Chris Bradford

SOUL HUNTERS

CHRIS **BRADFORD**

SOUL HUNTERS

Aus dem Englischen von
Alexander Wagner

Bei diesem Buch wurden die durch das verwendete Material und die Produktion entstandenen CO_2-Emissionen ausgeglichen, indem der cbj Verlag ein Projekt zur Aufforstung in Brasilien unterstützt. Weitere Informationen zu dem Projekt unter:
www.ClimatePartner.com/14044-1912-1001

MIX
Papier | Fördert
gute Waldnutzung
FSC® C014496

FSC
www.fsc.org

Wir produzieren
Klimaneutral
ClimatePartner.com/14044-1912-1001
Druckprodukt

Penguin Random House Verlagsgruppe
FSC® N001967

1. Auflage 2023
Erstmals als cbt Taschenbuch April 2023
© 2020 Chris Bradford
Die Originalausgabe erschien 2021 unter dem Titel:
»Soul Hunters« bei Puffin, einem Verlag
der Verlagsgruppe Penguin Random House, London
© 2020 für die deutschsprachige Ausgabe
cbj Kinder- und Jugendbuchverlag
in der Penguin Random House Verlagsgruppe GmbH,
Neumarkter Str. 28, 81673 München
Alle deutschsprachigen Rechte vorbehalten
Übersetzung: Alexander Wagner
Umschlaggestaltung: Isabelle Hirtz, Inkcraft
unter Verwendung der Motive von © Shutterstock
(Alones; Alexander Kirch; Stockphoto mania)
MP · Herstellung: LW
KCFG – Medienagentur, Neuss
Druck: GGP Media GmbH, Pößneck
ISBN 978-3-570-31556-9
Printed in Germany

www.cbj-verlag.de

FÜR MARY –
EINE LIEBE FREUNDIN UND ALTE SEELE
ICH DANKE DIR FÜR DIE HEILUNG

Mesoamerika (Guatemala), 2500 v. Chr.

»Zu Ehren Ra-Kas, dem Herrn der Unterwelt und Feuer der Erde«, brüllte der Hohepriester, »bringen wir dieses Opfer!«

Ein menschliches Herz pulsierte in der Faust des Hohepriesters, dessen letzte Schläge sich mit dem Rhythmus der zeremoniellen Trommeln zu vereinen schienen, die auf der Spitze der Steinpyramide ertönten. Hinter der Tempelanlage erhob sich ein riesiger Vulkan, der grollend Lava ausspie. Ströme geschmolzenen roten Gesteins liefen wie Adern die geschwärzten Hänge hinab und in den dampfenden Dschungel darunter.

Als der Hohepriester das Herz dem feurigen Gipfel entgegenstreckte, brach ein riesiger Jubel unter den Menschen aus, die auf dem Platz am Fuß der Pyramide versammelt waren. Der Vulkan antwortete mit einem weiteren finsteren Grollen. Dann verstummten die Trommeln und Schweigen senkte sich über die Menge.

Mit großer Vorsicht legte der Hohepriester das Herz in eine Holzschale und stellte diese vor die riesige Statue einer Gottheit mit katzenähnlichen Augen und einem weit aufgerissenen, mit Reißzähnen gespickten Maul. Er selbst trug den Schädel und das gesprenkelte Fell eines Jaguars als Umhang. Sein rot bemaltes Gesicht ragte durch die geöffneten Kiefer des Schädels, dessen scharfe Zähne noch seine markanten Gesichtszüge betonten: eine Nase wie das Blatt einer Streitaxt, hohe Wangenknochen und schmale Augen, hart und obsidianschwarz. Im flackernden Licht des Feuers erschien der Hohepriester so furchterregend wie die Götter, die das Volk der Tletl verehrte.

Der Priester näherte sich dem steinernen Altar, wo noch immer die Leiche des Opfers lag: ein Junge, nicht älter als vierzehn Jahre, die Augen weit aufgerissen vor Schreck und Schmerz, die nun ein Ende gefunden hatten. Mit einem knappen Nicken befahl der Hohepriester seinen Gefolgsleuten, die Opferzeremonie zu vollenden.

Zwei muskelbepackte Männer mit nackten, geölten Oberkörpern zogen auf der obersten Plattform des Tempels eine Steinplatte zurück, und Schwaden von schwefligem Dampf wälzten sich in den düsteren Himmel. Vier mit Jaguarmasken vermummte Gefolgsleute hoben den schlaffen Körper des Jungen vom Altar und trugen ihn zu der Öffnung. Noch einmal entfesselten die Trommler einen schweren, donnernden Rhythmus, und die Menschen auf dem Platz begannen frenetisch dazu zu tanzen.

»Ra-Ka!«, rief der Hohepriester. »Wir opfern dir das Herz, den Körper und die Seele dieses Jungen! Verzehre sie mit deinem Feuer!«

Unter einem gewaltigen Jubelschrei der Menge wurde die Leiche in den brodelnden Lavasee geworfen. Der Hohepriester hob zum Zeichen der Ehrerbietung seine blutroten Hände, während das Trommeln zu einem Crescendo anstieg, bevor es abrupt verstummte –

Alles war totenstill. Dann begann die Erde zu vibrieren. Zuerst kaum wahrnehmbar, dann schwoll das Zittern zu einem heftigen Beben an.

Die Bäume wankten …

Vögel stoben auf …

Hütten erbebten …

Steinmauern bröckelten …

Und unten auf dem Platz barst der Boden wie ein ausgetrocknetes Flussbett, Risse schlängelten sich zwischen den Füßen der in Panik geratenen Zuschauer hindurch.

Tief unten in seinem Schlund grollte der Vulkan und spuckte Bälle flammenden Magmas und schwarze, heiße Aschewolken aus. Der mächtige Zorn ihres Gottes ließ die Menschen auf dem Platz aufschreien. Aber der Hohepriester blieb ungerührt. Furchtlos und furchterregend stand er über ihnen.

»Nun zum *Haupt*opfer«, verkündete er, während das Erdbeben nachließ. »Dieses reine Opfer wird unseren Feuergott besänftigen und eine neue Morgendämmerung heraufbeschwören.«

Mit einem Lächeln so scharf wie eine Sense wandte sich der Hohepriester einem jungen Mädchen zu. Sie hatte lange tiefschwarze Locken, ein ebenmäßiges goldbraunes Gesicht und selbst jetzt strahlende Augen. Festgehalten von vier Gehilfen, wand sich das Mädchen verzweifelt, trat um sich und schrie, um dem Griff der Männer zu entkommen, die sie nun zum Altar schleppten. Die Trommeln hatten ihren donnernden Rhythmus wieder aufgenommen, und die Menge verfiel in einen rituellen Gesang.

»RA-KA! RA-KA! RA-KA!«

Das Mädchen wurde auf den Altar gehoben und fühlte, wie sich der kalte harte Stein gegen ihren nackten Rücken presste. Sie spürte auch die glitschig-warme Nässe des Blutes darauf. Vor lauter Schreck verstummten nun ihre Schreie, während ihre Gliedmaßen von den vier maskierten Männern auf den Altar gedrückt wurden.

Die dunklen, scheinbar seelenlosen Augen des Hohepriesters richteten sich auf sie, und jede Hoffnung, die sie noch in sich getragen hatte, wurde von diesem Blick ausgelöscht. Der Mann schwang in seiner Hand einen verzierten Jadedolch, in dessen Griff das Bild eines Jaguarmannes eingraviert war. Nur wenige Augenblicke zuvor hatte das Mädchen verfolgen müssen, wie diese Klinge ihren Freund aufgeschlitzt hatte. Sie war gezwungen gewesen, zuzusehen, wie der Hohepriester in den Körper des Opfers gegriffen und ihm das noch schlagende Herz aus der Brust gerissen hatte.

Doch ihr eigenes Herz schlug noch und das Mädchen wusste, dass es mit aller Kraft kämpfen musste. Sie bäumte sich in einem letzten verzweifelten Befreiungsversuch auf, aber es war zwecklos, und während der Hohepriester eine Beschwörungsformel ausstieß, in einer Sprache, die so alt war, dass sie wie dunkle Magie klang, fühlte sie jeden Widerstand schwinden.

>*Rura, rkumaa, raar ard ruhrd,*
Qmourar ruq rouhk ur darchraqq,
Ghraruq urq kugr rour ararrurd ...«

Der Klang der Trommeln dröhnte in ihren Ohren und der Gesang der Menge wurde immer lauter und wilder.
»*RA-KA! RA-KA! RA-KA!*«
Durch die Bannformel des Hohepriesters versank das Mädchen in eine Art Trance. Ihre Seele schien sich von ihrem Körper zu lösen und aufwärtszuschweben, sodass sie wie aus großer Höhe verfolgte, wie der mit einem Jaguarschädel maskierte Priester mit dem Jadedolch ausholte, der immer noch vom Blut ihres Freundes triefte.

Mit hocherhobener Klinge warf der Hohepriester einen Blick zum Horizont und wartete auf den genauen Zeitpunkt, an dem die Sonne untergehen und die letzten Lichtstrahlen verlöschen würden ... *für immer.*

1

London, Gegenwart

Als ich mich dem Museum nähere, bemerke ich in der Dunkelheit eine Gruppe von Teenagern, die abrupt ihre geflüsterte Unterhaltung unterbrechen und mir nachstarren, während ich die Stufen zum Vordereingang hinaufsteige. Ich klingele an der Tür und warte. Ein entferntes Trommeln klingt in meinen Ohren ... *oder vielleicht ist es mein Herzschlag* ...

Ich kann ihre Blicke auf mir spüren und das Schweigen ist unheimlich, aber ich will mich nicht nach ihnen umdrehen, aus Furcht, ich könne sie provozieren. Dann öffnen sich die Pforten des Museums, Licht fällt auf die Straße, und nachdem ich meine Einladungskarte vorgezeigt habe, werde ich hineingebeten.

Ich lasse die gruselige Gruppe hinter mir zurück, hänge meinen Mantel auf und betrete ein lärmerfülltes Foyer, in dem sich schick gekleidete Gäste tummeln.

»Genna! Du bist da!«, ruft Mei. Sie umarmt mich und

flüstert mir ins Ohr: »Danke, dass du gekommen bist. Dieser Abend wäre ohne dich so *öde* geworden!«

Ich blinzle verblüfft. »*Öde?*«

Mein Blick schweift durch den Raum und registriert die erstaunliche Vielfalt der ausgestellten Artefakte: eine geschnitzte Lulua-Stammesmaske aus dem Kongo, ein schimmernder griechischer Bronzeschild mit dem Gesicht der Medusa, eine glänzende Goldstatue des Buddha, ein Paar Samurai-Schwerter mit elfenbeinweißen Griffen. Der Raum ist erfüllt von atemlosem Geplapper, während sich Gäste, Reporter und Fotografen um die verschiedenen Ausstellungsstücke drängen. In einer Ecke spielt ein DJ diskret einen bunten Mix aus lateinamerikanischer, afrikanischer und asiatischer Musik, was zur lebhaften Atmosphäre beiträgt.

»Wie sollte das hier *öde* sein? Ich meine, das ist einfach – es ist *fantastisch!*«, rufe ich. »*Tausend* Dank, dass du mich eingeladen hast!«

Mei verdreht die Augen und lacht. »Mensch, kein Wunder, dass meine Eltern dich so mögen. Wenn du so weitermachst, werden sie mich durch dich ersetzen wollen!«

Ich werfe ihr einen fragenden Blick zu. »Bist du denn überhaupt nicht an ihrer Ausstellung interessiert?«

Sie zuckt gleichgültig mit den Achseln. »Wir haben zu Hause Tonnen von diesem alten Kram rumliegen. Ich sehe so was jeden Tag. Ehrlich gesagt, verstehe ich nicht, warum alle deswegen so aus dem Häuschen sind.«

»Mei, deine Eltern sind wie Indiana Jones und Lara Croft im wahren Leben!«, rufe ich. »Sie reisen um die Welt, um verschollene Schätze zu entdecken, und heute Abend zeigen sie ihre Privatsammlung. Es ist kein Wunder, dass die Leute aus dem Häuschen sind.«

»Nun, *du* bist es offensichtlich!«, bemerkt Mei spöttisch. »Aber es ist nicht so wunderbar, dass sie die ganze Zeit weg sind.«

Ich zucke zusammen. »Sorry ... Ich weiß, wie schwer das für dich und deinen Bruder ist.«

»Keine Sorge«, erwidert Mei und setzt ein Lächeln auf. »Lee und ich wissen, dass wir in ihrem Leben nur den zweiten Platz einnehmen. Wir haben es akzeptiert –«

»Genna! Wie schön, dich zu sehen«, ruft Meis Mutter, die in einem eleganten lila Kleid und mit einem Champagnerglas in der Hand herübergeschwebt kommt. »Ich freue mich so, dass du kommen konntest.«

Mei strafft sich, als ihre Mutter näher kommt. Sie mag ihre Interessen nicht teilen, aber ihr Aussehen sehr wohl: beide haben langes, seidiges schwarzes Haar, aufmerksame bernsteinfarbene Augen, hohe Wangenknochen und einen makellosen Teint.

»Das würde ich um nichts in der Welt verpassen wollen, Mrs Harrington«, antworte ich und begrüße sie mit einem Lächeln.

»Lin, ich glaube, wir haben unsere verlorene Tochter wiedergefunden«, sagt Meis Vater, lächelnd und mit einem Augenzwinkern, als er an meiner Seite erscheint. Groß, mit breiten Schultern, einem kantigen Kiefer und in einen schicken Khaki-Anzug gekleidet, sieht er aus wie die Idealbesetzung für die Rolle eines Abenteurers.

»Siehst du? Hab's dir doch gesagt!«, murmelt Mei und rollt die Augen. »Die tauschen uns im Handumdrehen aus!«

»*Bǎobèi*, du wirst *immer* unser größter Schatz sein«, sagt ihre Mutter beruhigend zu Mei. »Und ich bin sicher, dass Genna jetzt unbedingt unsere neuesten Entdeckungen bewundern möchte. Bitte gib ihr eine komplette Führung. Oh, und sag deinem Bruder, dass seine Freunde nicht draußen warten müssen.«

Mei nickt gehorsam und führt mich dann in den ersten Raum, in dem sich eine erstaunliche Sammlung von Schätzen aus dem Nahen Osten befindet. Während Mei ihrem Bruder eine Nachricht zukommen lässt, wende ich mich dem ersten Ausstellungsstück zu: einer viertausend Jahre alten persischen Vase.

»Warst du nur höflich zu meinen Eltern?«, fragt Mei und blickt von ihrem Handy auf. »Oder findest du dieses Zeug echt interessant?«

»Natürlich tu ich das.« Ich nicke begeistert und betrachte das zarte blaue Muster, das auf die Oberfläche der Vase gemalt ist. »Du weißt, ich liebe Geschichte.«

Mei neigt den Kopf zur Seite, betrachtet die Vase und wirkt wenig beeindruckt. »Aber es ist so todlangweilig. Das ist alles Vergangenheit!«

»Fühlt sich für mich nicht so an«, antworte ich, während ich zu einer Vitrine mit einer ägyptischen Steintafel gehe.

»Die Geschmäcker sind einfach verschieden, schätze ich«, sagt Mei. »Magst du was zu essen?«

Ich reiße meinen Blick von den komplizierten Hieroglyphen der Tafel los. »Eigentlich nicht.«

»Also, *ich* brauche was, um mir die Langeweile zu vertreiben«, sagt Mei seufzend und steckt ihr Handy ein. »Tu dir keinen Zwang an, während ich uns was vom Buffet hole.«

Mei schlendert auf den Bewirtungsbereich zu, gerade als Lees Freunde das Foyer betreten. Auch sie steuern direkt auf das Buffet zu und interessieren sich eindeutig mehr für das Essen als für die Ausstellung. Ich wende meine Aufmerksamkeit wieder der Steintafel zu, und während ich meinen Kopf gegen das Glas der Vitrine lehne, wird mir das entfernte Trommeln wieder bewusst. Der Rhythmus ist hypnotisierend. Zuerst denke ich, es muss der DJ sein, dann merke ich, dass dieses Geräusch aus einem Gang kommt. Neugierig, und zugleich wie magnetisch angezogen, folge ich dem Beat in einen Raum am anderen Ende des Flurs. Sobald ich eintrete, hört das Trommeln auf.

Wie seltsam, denke ich, während ich nach der Geräuschquelle suche. Im Raum herrscht eine schummrige Atmosphäre, nur die Vitrinen sind beleuchtet. Da er am weitesten vom Foyer entfernt ist, sind noch keine Besucher hier. Hier ist alles voller Kunstschätze aus Südamerika. Neugierig blicke ich auf das erste Artefakt, die kleine Tonfigur einer schwangeren Frau. Daneben eine aztekische Totenmaske mit Einlegearbeiten aus Türkis und Perlmutt, und daneben – bei dem Anblick ziehe ich eine Grimasse – ein mumifizierter Schrumpfkopf! Dann bemerke ich in einer eigenen Vitrine einen Dolch aus reiner Jade. Die etwa fünfzehn Zentimeter lange Klinge ist so grün, dass sie fast glüht.

Aus irgendeinem Grund kann ich meine Augen nicht von dem Dolch abwenden. Auf den Griff ist eine bizarre Symbolfigur geschnitzt, die aussieht, als sei es … eine Kreuzung aus Jaguar und Mensch. Wie von selbst greifen meine Finger nach dem Riegel des Glasschrankes, und da er überraschenderweise nicht verschlossen ist, ziehe ich ihn auf. Sofort dröhnt es mir in den Ohren. Ist das der Lärm aus dem Foyer? Aber nein, es ist verzerrt, als würde es über einen defekten Lautsprecher wiedergegeben. Ich höre etwas, das wie der Schrei eines Mädchens klingt, dann ertönt wieder der schwere Schlag von Trommeln, gefolgt vom Grollen eines fernen … *Donners*?

Noch immer strecken sich meine Finger nach dem Dolch aus, dessen gebogene Klinge wie eine grüne Feuerzunge aussieht. Der Raum um mich herum verschwimmt, wirkt seltsam unwirklich, das Dröhnen in meinen Ohren wird immer intensiver. Ein scharfer, beißender Geruch wie nach … *versengtem Haar* … steigt mir in die Nase. Ich bin kurz davor, den Griff des Dolches zu packen, als –

»An deiner Stelle würde ich das nicht anfassen.«

Erschrocken wirble ich herum. Der Raum rückt wieder scharf in mein Blickfeld, und der Lärm aus dem Foyer wird plötzlich lauter. Ein Junge in einem dunkelgrauen Adidas-Kapuzenpulli und Jeans steht in der offenen Tür und fixiert mich.

Ich fühle mich schuldig, als hätte man mich beim Klauen erwischt.

Er bemerkt den ängstlichen Ausdruck in meinem Gesicht und grinst. »Oh, mach dir keine Sorgen. Ich werde es niemandem verraten«, meint er, schließt dann leise die Tür hinter sich und schlendert zu mir rüber. »Aber am besten spielt man nicht mit Messern, vor allem nicht mit solchen, die unbezahlbar sind.«

»Unbezahlbar?«

Er nickt. »Das ist ein zeremonieller Dolch aus Guatemala. Über viertausend Jahre alt.«

Ich starre erstaunt auf die Klinge. Sie ist so gut erhalten, dass es den Eindruck erweckt, sie wäre erst gestern geschnitzt worden. »Für welche Art von Zeremonie wurde das Messer verwendet?«, frage ich.

»Menschenopfer.«

Meine Augen weiten sich erschrocken, und ein Schauder überläuft mich. Dann mustere ich den Jungen und überlege, ob er mich nur erschrecken will. »Das glaube ich dir nicht.«

Er zuckt mit den Achseln. »Glaub, was du willst. Aber da steht es.« Er deutet auf eine kleine Informationstafel neben der Vitrine. Dann kommt er einen Schritt näher. »Wie heißt du?«

»Genna«, nuschle ich und schaue ihn verlegen an. Mein Puls beschleunigt sich. Mit seinem wilden Schopf schwarzer Haare über den haselnussbraunen Augen und seiner blassen Haut wirkt er, als wäre er gerade eben aus dem Bett gekrochen. Aber es steht ihm – und obwohl es so aussieht, als käme er nicht viel in die Sonne, ist er fit und muskulös, auf eine sehr ansprechende Art und Weise. Ich löse meinen Blick widerwillig von seinen Oberarmen und schau ihm in die Augen.

Er schenkt mir ein Lächeln. »Hi, Genna, ich bin Damien. Am besten schließen wir die Vitrine wieder, bevor jemand rausfindet, dass wir heimlich rumgestöbert haben, oder?«

Als er hinübergreift, um den Riegel umzulegen, berühren sich unsere Körper, und ein Funke springt zwischen uns über. Die Luft scheint plötzlich zu vibrieren und meine Wangen werden heiß. Einen Moment lang starren wir uns nur an.

Ich weiche vor Verlegenheit ein Stück zurück.

»Ich *kenne* dich«, flüstert er.

Ich streiche eine lose Haarsträhne aus meinem Gesicht. »Ich glaube nicht«, stottere ich. Der Raum fühlt sich plötzlich übermäßig warm und stickig an.

Plötzlich packt er mein Handgelenk und schaut mir noch tiefer in die Augen. Seine Pupillen weiten sich und scheinen jetzt unnatürlich groß. Wie Tintenseen.

Ich versuche, meine Hand wegzuziehen, aber sein Griff umklammert mich nun. Auch seine Stimme wird jetzt tiefer und grollend. »Ich habe dich gesucht!«

»*Was?*« Jetzt bin ich verwirrt und ein wenig verängstigt. Der Druck auf mein Handgelenk schmerzt. »*Aua!*«, rufe ich. »Lass los!«

Aber Damien nimmt davon keine Notiz. Er beginnt mich Richtung Tür zu ziehen.

»LASS MICH LOS«, schreie ich und versuche mich aus seinem eisernen Griff zu befreien.

In dem Augenblick öffnet sich die Tür und Mei kommt herein, einen Teller mit Häppchen in der Hand.

»Da bist du ja, Genna!«, sagt sie mit einem erleichterten Lächeln. »Ehrlich, ich habe dich überall gesucht.« Doch der verängstigte Ausdruck auf meinem Gesicht lässt sie innehalten. Sie blickt zwischen mir und dem Jungen hin und her und ihr Lächeln weicht einem Stirnrunzeln. »Alles in Ordnung?«

»Ja, natürlich«, sagt Damien und lässt mein Handgelenk frei. »Ich habe Genna nur durch die Ausstellung geführt.«

Mei starrt ihn an. »Nun, ich denke, sie hat genug gesehen … und ich auch, besten Dank!«

»Wie ihr wollt«, sagt Damien mit einem Achselzucken und marschiert dicht an ihr vorbei aus dem Raum.

Ich stoße einen tiefen Seufzer aus. Mein Körper zittert und mein Mund ist staubtrocken.

Mei fixiert mich. »Genna? Alles in …?«

»Mir geht's gut«, sage ich und weiche ihrem neugierigen Blick aus. Dann wanke ich mit weichen Knien zurück ins Foyer, hole meinen Mantel und steuere auf die Tür zu.

Mei rennt mir nach, ihr Gesichtsausdruck eine Mischung aus Verwirrung und Besorgnis. »Genna! Wohin willst du?«

»Tut mir leid, aber ... I-I-Ich fühle mich nicht gut«, sage ich, schiebe mich an einer Gruppe neu ankommender Gäste vorbei und durch den Haupteingang hinaus.

Ich höre Mei mir etwas hinterherrufen, aber ich bleibe nicht stehen. Ich antworte nicht einmal. Als ich die Straße zur U-Bahnstation hinuntereile, riskiere ich einen Blick zurück.

Damien. Er steht an einem der Fenster des Museums. Und starrt mich an.

2

Als ich den Eingang zur U-Bahn erreiche, stelle ich zu meiner Bestürzung fest, dass die Station wegen Bauarbeiten geschlossen ist. Ein Schild weist mir den Weg zu einer Bushaltestelle auf der anderen Seite des Parks. Ich könnte einen Umweg machen, aber das würde ewig dauern, und laut Fahrplan würde ich den nächsten Bus verpassen. Und ich möchte einfach nur nach Hause. Mich in die Geborgenheit meines Zimmers flüchten.

Mein Handgelenk tut immer noch weh. Tatsächlich bildet sich bereits ein dunkler, ringförmiger Bluterguss. *Was war nur mit diesem Jungen los?* Die Art, wie er sich plötzlich ... *wandelte.*

Anders kann man es nicht beschreiben. In einem Moment war er freundlich und charmant. Im nächsten war er wie ein Raubtier. Und dieses seltsame Erlebnis mit dem Jadedolch – das Dröhnen in meinen Ohren, die Schreie des Mädchens und der schreckliche Gestank von brennendem Haar. *Was ist da nur mit mir geschehen?*

Plötzlich habe ich das mulmige Gefühl, dass ich beobachtet werde. Ich schaue mich nervös um, erwarte fast, den Jungen aus dem Museum wiederzusehen. Die Straße ist dicht bevölkert. Eine Gruppe Betrunkener stolpert aus einer Kneipe, schreit und flucht. Ein verliebtes Paar schlendert Arm in Arm auf ein Restaurant zu. Gelächter kündigt eine Gruppe von Frauen in Cocktailkleidern an, die silberne Geburtstagsballons hinter sich herziehen. Ein Büroangestellter wedelt verzweifelt mit seinem Arm in meine Richtung … aber ich merke schnell, dass er gerade ein Taxi herbeiwinkt. Niemand nimmt auch nur die geringste Notiz von mir …

Dann bemerke ich eine Gestalt, die in einer dunklen Türöffnung herumlungert. Sie ist kaum mehr als ein Schatten. Aber obwohl ich ihr Gesicht nicht sehen kann, scheint sie mich direkt anzustarren.

Mein Herz schlägt schneller. *Ist Damien mir gefolgt?*

Ein Lkw fährt vorbei und versperrt mir die Sicht. Ich versuche, die Gestalt im Auge zu behalten. Aber als der Wagen vorüber ist, fehlt von dem Schatten in der Türöffnung jede Spur. Ich frage mich, ob ich die Gestalt tatsächlich gesehen habe. Vielleicht war es nur jemand, der seine Haustür aufgeschlossen hat …

Ich schüttele den kalten Schauder ab und studiere erneut den Fahrplan. Wenn ich den nächsten Bus verpasse, kommt eine ganze Stunde lang keiner mehr. Zögernd drehe ich mich um, betrete den Park und folge dann zügig den provisorischen Schildern aus der U-Bahn. Hier ist es viel stiller als auf der Straße. Aber ich sage mir, je schneller ich die Bushaltestelle erreiche, desto schneller komme ich nach Hause.

Der Weg verläuft diagonal durch den düsteren Park. Die Hälfte der Laternen ist defekt, sodass ich zwischen den gelben Lichtinseln immer wieder ins Dunkel tauche. Bei jedem Schritt fühle ich Blicke auf mich gerichtet. Meine Paranoia gerät außer Kontrolle. Schon als kleines Kind dachte ich oft, dass Menschen mich beobachten, und das geht mir immer noch so. Meine Eltern meinen, es sei völlig normal, Fremden gegenüber ein gesundes Misstrauen zu haben, aber das ist es nicht. Es gibt immer wieder Menschen, die mich ein bisschen zu lange anstarren, als würden sie überlegen, ob sie mich kennen. Manchmal denke ich sogar selbst, dass ich eine Person schon einmal gesehen habe. Ich *erkenne* sie tatsächlich *wieder*, obwohl ich ihr das erste Mal in meinem Leben begegne. Es ist eine sehr seltsame Art von Déjà-vu.

Tatsächlich habe ich oft Déjà-vu-Erlebnisse. Die Empfindung ist manchmal sehr stark. Ich erinnere mich noch genau, wie meine Eltern mich einmal zu einem Anwesen des National Trust mitnahmen, einem Landhaus aus dem 17. Jahrhundert in Berkshire. Damals war ich etwa acht. Wir nahmen an einer Führung teil und hatten gerade den Salon erreicht, als ich dringend auf die Toilette musste. Meine Eltern fragten die Führerin, eine ziemlich strenge alte Dame, die schmallippig antwortete, ich hätte vor Beginn der Führung gehen sollen, da die einzige öffentliche Toilette draußen am Eingang sei. Aber ich wusste – ich schwöre, das *wusste* ich wirklich –, dass es hinter dem Bücherregal in der Ecke eine Toilette gab. Die Führerin schaute mich durch ihre Perlmuttbrille an und sagte mir, ich solle mich nicht lächerlich machen. Aber ich blieb hartnäckig. Da kam zufällig der Chefkurator des Hauses vorbei und erklärte, dass es tatsächlich vor langer Zeit hier eine Toilette gegeben hatte, die aber zugemauert worden sei. Vor etwa hundertzwanzig Jahren! Meine Eltern hatten mich beide mit offenem Mund angestarrt. Ich hatte keine Erklärung für sie. Irgendwie hatte ich es einfach *gewusst.*

Mein Handy pingt in meiner Tasche. Ich bleibe stehen und schaue auf das Display. Eine Nachricht von Mei.

G, alles ok? Mach mir Sorgen um dich. Sims, wenn du zu Hause bist. x

Als ich ihr gerade antworten will, nehme ich aus den Augenwinkeln eine schemenhafte Bewegung wahr. Mein Puls geht hoch und ich spähe in die Nacht. Das Leuchten meines Handy-Displays hat mich kurz geblendet, aber ich bin mir sicher, dass ich eine Gestalt erkennen kann, die reglos mitten im Park steht. Es herrscht plötzlich eine absolute *Stille* und mich überläuft eine Gänsehaut. Schaudernd atme ich tief durch, um mich zu beruhigen.

Ich stecke mein Handy ein und mache mich wieder auf den Weg. Es ist völlig menschenleer hier. *Wo sind denn alle? Warum nimmt niemand sonst diese Umleitung?* Ich wünschte, ich wäre wieder inmitten einer trubeligen Menschenmenge. Endlich sehe ich die Bushaltestelle, auf

der anderen Seite des Kinderspielplatzes, wie ein Leucht-
feuer, das Sicherheit verspricht. Ich laufe darauf zu, jede
Lichtinsel der Laternen als Zufluchtsort vor der tücki-
schen Dunkelheit nutzend.

Da huscht plötzlich eine Gestalt zu meiner Linken
durch den Park. Dann sind da drei weitere Schatten.

*Wie kannst du nur so dämlich sein, Genna! Wie oft
haben Mum und Dad dich schon davor gewarnt, solche
Risiken einzugehen? Warum zum Teufel habe ich diese Abkürzung genommen?*

Jetzt erscheint die Bushaltestelle weiter weg als je zuvor. Ich beginne zu rennen. Mein Atem geht stoßweise,
das Blut hämmert mir in den Ohren. Als ich den Spielplatz erreiche, tritt wie aus dem Nichts eine Gang in
Kapuzenpullovern aus der Dunkelheit und versperrt mir
den Weg. Sie umzingeln mich.

»Wohin so eilig?«, fragt einer von ihnen, sein Gesicht
im Schatten der Kapuze verborgen.

»H-heim«, antworte ich mit zitternder Stimme.

»Nicht heute Nacht, tut uns leid.«

Ich kämpfe gegen meine Panik an, greife in die Jackentasche und ziehe meine Geldbörse raus. »Hier, nehmt«,
sage ich und halte sie ihnen hin. Mein Vater sagt immer,
falls ich jemals überfallen werde, soll ich ihnen einfach
geben, was sie verlangen. Geld kann ersetzt werden –
mein Leben nicht. Aber keiner von ihnen reagiert. Sie
stehen nur da, Hände in den Taschen, Gesichter im
Schatten.

Ich greife jetzt nach meinem Handy und strecke es ihnen hin. »Das ist alles, was ich habe. *Bitte*, nehmt es einfach und lasst mich in Ruhe.«

»Wir wollen weder dein Geld … noch dein Handy«, sagt einer der Kerle.

Mein Magen verkrampft sich. »Was wollt ihr *denn*?«

Er tritt ins Licht und enthüllt ein blasses Gesicht mit Augen, die so weit geöffnet sind, dass sie wie schwarze Löcher aussehen.

»Dich, Genna«, sagt Damien. »Wir wollen nur *dich*.«

Nackte Panik ergreift mich, als sich die fünf Kapuzenkerle von allen Seiten nähern und mich einkreisen. Ich bin wie erstarrt vor Angst, kann weder kämpfen noch fliehen, jeder normale Reflex ist ausgeschaltet. Der verzweifelte Versuch eines Schreis erstickt in meiner zugeschnürten Kehle. Meine Augen huschen umher und suchen nach irgendjemandem, der mir helfen könnte. Aber der Park ist vollkommen verlassen.

In einiger Entfernung sehe ich das Wartehäuschen der Busstation, Menschen laufen in ihre Handys vertieft daran vorbei, blind für alles um sie her. Der Lärm des Verkehrs und die Rufe der Nachtschwärmer dringen an meine Ohren, aber sie klingen seltsam gedämpft, als würde eine Glaswand den Park umgeben. Ich fühle mich völlig isoliert.

Als sich der Kreis weiter um mich schließt, greift einer der Kapuzenkerle sich meinen rechten Arm, ein anderer den linken. Erst jetzt finde ich meine Stimme wieder, ich rufe verzweifelt um Hilfe und bete, dass meine Schreie den Verkehrslärm übertönen. Doch sofort umschließt eine Hand meinen Mund.

Ich wehre mich und trete um mich. – *Nein, nein, nein!*

Weitere Hände greifen nach mir. Meine Beine werden unter mir weggerissen und sie schleppen mich auf den Spielplatz. Abseits des Laternenlichtes und der Hauptwege sind wir in völlige Dunkelheit gehüllt und vor möglichen Blicken verborgen. Grob lassen sie mich auf einen Picknicktisch fallen, halten meine Arme und Beine aber weiter fest umklammert. Mein Entsetzen wird noch verstärkt, weil die Gang in völliger Stille zusammenarbeitet. Mit ihren im Schatten der Kapuzen liegenden Gesichtern ragen sie über mir auf wie eine Bruderschaft gesichtsloser Mönche.

Damien nähert sich mir, ein dämonisches Grinsen verzerrt seine hübschen Gesichtszüge. »Keine Sorge, Genna – es ist bald vorbei.«

Er zieht ein Messer aus seiner Tasche – es ist der Jadedolch aus dem Museum! Die gebogene Klinge schimmert wie eine geschliffene Glasscherbe. Plötzlich erfüllt ein beißender Brandgeruch die Luft, und in meinen Ohren dröhnt wieder das ferne Trommeln. Alle noch verbliebenen Kräfte verlassen mich, ich liege schlaff auf dem Picknicktisch, spüre das harte Holz an meinem Rücken, während ich zu weinen beginne.

Doch plötzlich ... wird einer meiner Angreifer nach hinten gerissen und landet mit ohrenbetäubendem Scheppern auf der metallenen Kinderrutsche.

Der Rest der Gang fährt herum. Eine Silhouette erhebt sich über dem gestürzten Kapuzenkerl – ein Teenager in einer ledernen Bikerjacke.

Damiens dunkle, unergründliche Augen sind nun auf den Angreifer gerichtet. »Ah, wen haben wir denn da?«, spöttelt er. »Einen Möchtegern-Helden?«

»Lasst sie gehen«, befiehlt der Junge. Der Hauch eines amerikanischen Akzents schwingt in seiner Stimme mit.

»Oh, was für ein knallharter Typ.« Damiens Tonfall ist herablassend. »Geh und spiel irgendwo anders den guten Samariter. *Verzieh dich!*«

Aber der Junge bleibt stehen, hoch aufgerichtet, die Fäuste geballt. »Das läuft nicht.«

Damien seufzt verärgert. »Vielleicht wirst du diese Entscheidung noch bereuen. Das heißt, *falls* du sie überlebst.« Und mit einem Nicken schickt er zwei von seiner Gang los, es mit dem Jungen aufzunehmen.

Meine Arme sind plötzlich frei und ich stemme mich vom Picknicktisch hoch.

»Ey, ey«, sagt Damien und deutet mit der Klinge auf mich. »Du gehst nirgendwohin.«

Ich sehe jetzt, dass die Person, die mein linkes Bein festhält, gar kein Kerl ist, sondern ein Mädchen. Jetzt löst sie ihren Griff, geht um den Tisch und packt mich stattdessen an den Haaren. Sie reißt meinen Kopf zurück, und ich zucke vor Schmerz zusammen. Mit dem Jadedolch an meiner Kehle kann ich nur zusehen, wie die beiden anderen auf meinen potenziellen Retter zumarschieren. Der an der Rutsche hat sich inzwischen ebenfalls erholt, ist wieder auf den Beinen und offensichtlich auf Rache aus. Es steht drei gegen einen, der Junge in der Lederjacke hat keine Chance. Aber als sie sich ihm nähern, nimmt er eine Art Kampfposition ein – die Beine leicht gespreizt, die Hände erhoben –, und ein winziger Funke Hoffnung regt sich in mir.

Die drei Kapuzentypen greifen gleichzeitig an. Der Junge weicht dem ersten Schlag aus und kontert mit einem Hieb, der so schnell kommt, dass ich ihn kaum wahrnehme. Seine Faust trifft das Kinn des ersten Angreifers und lässt ihn wie einen angeschlagenen Boxer taumeln.

Die nächste Kapuzengestalt attackiert ihn mit einem brutalen Tritt gegen das Bein, aber der Junge blockt mit dem Schienbein ab, bewegt sich dann blitzschnell vorwärts, packt seine Angreiferin am Arm und wirft sie über seine Schulter.

Sie landet mit einem harten, dumpfen Schlag auf dem Asphalt und ringt keuchend nach Atem.

Der dritte Schläger – der kräftigste von allen – stürzt sich wie ein Rammbock auf den Jungen. Mein Retter wird nach hinten geschleudert, die beiden donnern gegen ein mit Graffiti beschmiertes Karussell und setzen es in Gang. Das Spielgerät knarrt und ächzt, während der Kapuzentyp den Jungen mit hammerartigen Fäusten traktiert, der die Schläge abwehrt, so gut er kann. Ein Blutspritzer landet auf dem Metall des Karussells.

»Aufhören! AUFHÖREN!«, schreie ich, aber ich weiß, dass es vergeblich ist. Der Brutalo drischt nur noch wilder auf ihn ein, bis ich ein widerliches Knirschen höre und erneut Blut spritzt. Ich zucke zusammen … bevor ich begreife, dass dies nicht das Blut des *Jungen* ist.

Es stammt aus der Nase des Schlägers, die ihm durch einen kräftigen Stoß mit der Handfläche gebrochen wurde. Mit einem dumpfen Heulen stürzt er gegen das Karussell, die sich drehenden Stäbe knallen gegen seinen Kopf und schlagen ihn k.o.

Damien spuckt vor Verachtung über das Versagen seiner Gang aus. Er starrt das groß gewachsene Mädchen an, das mich immer noch festhält. Er befiehlt: »Mach dem ein Ende«, während mein Retter sich wieder aufrichtet.

Während Damien mir den Dolch noch fester an die Kehle drückt, huscht sie hinüber, um sich in den Kampf einzuschalten. Die ersten beiden Angreifer, die jetzt wieder im Einsatz sind, stürzen sich wie Kampfhunde auf meinen Retter. Der Junge ist so darauf konzentriert, sie abzuwehren, dass er weder das Mädchen hinter sich bemerkt – noch die Waffe in ihrer Hand.

»Vorsicht!«, rufe ich. Aber es ist bereits zu spät.

Sie schlägt ihm mit einem Stück Stahlrohr auf den Hinterkopf, und der Junge geht in die Knie. Die beiden anderen fangen an, auf ihn einzutreten, als wäre er ein Fußball.

Damien lacht grausam. »Oh ja, von Hero zu Zero!«

Seine sadistische Freude über den Sturz meines Retters

lässt eine Welle der Wut in mir aufwallen. Während Damiens Aufmerksamkeit auf den Kampf gerichtet ist, verpasse ich ihm einen harten Tritt mit dem Fuß und erwische ihn in der Leiste. Er krümmt sich vor Schmerz, hält seinen Unterleib umklammert. Ich rolle vom Picknicktisch und stolpere davon. Desorientiert und mit weichen Knien taumle ich über den Spielplatz und suche einen Fluchtweg.

Damien brüllt vor Wut und macht sich an die Verfolgung.

Ich winde mich durch die Stäbe eines riesigen Klettergerüsts und versuche, ihn in der Dunkelheit abzuschütteln. Rasch wird mir klar, dass ich so meinem Peiniger niemals entkommen werde, und als ich an einem Spielhäuschen vorbeikomme, verkrieche ich mich darin. Zitternd und zu Tode geängstigt hocke ich in der Ecke, ziehe meine Beine hoch, schlinge die Arme darum und versuche, mich so klein wie möglich zu machen.

Draußen kratzt eine Klinge mit unheimlichem Geräusch über die Metallkonstruktion des Klettergerüsts.

»Verstecken ist zwecklos, Genna«, faucht Damien. »Jetzt, da ich in deine Seele geblickt habe, kannst du dich nicht länger vor mir verstecken.«

In meine Seele geblickt? Er ist ja völlig irre! Sein wahnsinniges Gerede verängstigt mich nur noch mehr.

Das Geräusch der schabenden Klinge kommt immer näher und näher, jetzt hört es sich an wie das Kreischen einer gequälten Katze. Es ertönt direkt an der Tür des

Spielhauses ... und bewegt sich weiter, entfernt sich schließlich von mir.

Ich kauere schlotternd in der Dunkelheit und traue mich kaum zu atmen. Das wütende Handgemenge des Kampfes dauert an. Ich möchte weinen. Ich hätte dem Jungen helfen sollen. Stattdessen bin ich weggerannt und habe mich versteckt. Scham brennt in mir. Der Junge versucht mich zu retten, und jetzt –

Plötzlich erscheint im Fenster Damiens Gesicht wie ein schrecklicher, schwarzäugiger Springteufel.

»Gefunden!«, trällert er mit einer singenden Stimme, als wäre dies alles ein lustiges Versteckspiel für ihn.

Ich stoße einen Schrei aus und zucke vor seinen krallenartigen Händen zurück. Er packt mich. Ich zappele und winde mich. Meine Jacke zerreißt, während ich mich losmache und aus dem Spielhaus flüchte. Aber in meiner Panik und Verwirrung renne ich direkt in das Netz des Klettergerüsts. Für einen Moment verfange ich mich darin, wie eine Fliege in einem Spinnennetz. Ich drehe mich um, will in die andere Richtung flüchten ... nur, um zu entdecken, dass Damien mir den Ausweg versperrt.

»Oh, Genna, du machst es mir nicht leicht«, knurrt er und kommt mit dem Jadedolch in der Hand auf mich zu.

Ich bin am Ende meiner Kraft. Mein Rücken ist gegen das Netz gepresst, ich kann nirgendwo mehr hin. *Außer nach oben.* Ich drehe mich um, um am Netz hinaufzuklettern, als ein Blitz aus schwarzem Leder heranzischt. Damien wird gegen das Spielhaus geschleudert. Mein mysteriöser Retter rammt ihm den Ellenbogen ins Gesicht und ringt mit ihm um den Dolch. Während sie gegeneinander kämpfen, schimmert der bösartige Jadesplitter in der Dunkelheit. Die Klinge ratscht über den linken Unterarm meines Retters und durchschneidet seinen Lederärmel. Blut strömt aus der Wunde, trotzdem weigert sich der Junge, Damien loszulassen.

»Lauf, Genna! LAUF!«, schreit der Junge.

Ohne groß zu überlegen, flüchte ich vom Spielplatz. Vorbei an den reglosen Körpern der Bande, aber ich bin zu panisch, um mich zu fragen, wie der Junge es geschafft hat, sie alle zu besiegen ... *oder woher er meinen Namen kennt!*

Ich sprinte über den Rasen zurück auf den Weg und erreiche die erste funktionierende Laterne. Erst dann halte ich inne und blicke zurück. Vor dem Klettergerüst sind nur noch zwei Silhouetten in einen erbitterten Zweikampf verwickelt, das tödliche Jademesser schnellt wie eine Schlange zwischen ihnen hin und her.

Der Junge sieht mich unter der Lampe verharren und schreit erneut: »Lauf, Genna! *Renn um dein Leben!*«

Auf dem Spielplatz rappelt sich einer der Kapuzenkerle langsam wieder hoch und kommt auf mich zu. Da hält mich nichts mehr. Ich hetze den Weg entlang, erreiche das Parktor und stürze hinaus auf die belebte Straße. Der Bus Nummer 37 hält gerade an der Haltestelle gegenüber. Mein Bus. Ich renne quer über die Straße. Reifen quietschen, das wütende Hupen eines Autos ertönt.

Aber ich traue mich nicht, innezuhalten. Die Türen des Busses schließen sich in dem Moment, als ich hineinspringe. Der Fahrer mustert mich finster. Ich muss ziemlich mitgenommen aussehen – Jacke zerrissen, Haare zerwühlt, Augen weit aufgerissen. Aber zweifellos kriegt er in der Nachtschicht noch viel Schlimmeres zu sehen, deshalb fragt er nicht nach, sondern murmelt nur: »Fahrkarte?«

Erschüttert durch seine Teilnahmslosigkeit fummele ich nach meinem Busticket, wobei meine Finger so stark zittern, dass ich das verdammte Ding kaum halten kann. Der Fahrer winkt mich gereizt weiter, sichtlich besorgter um seinen Fahrplan als um mein Wohlbefinden. Auch die anderen Fahrgäste sind sehr darauf bedacht, Abstand zu halten, entweder ignorieren sie mich oder wirken plötzlich von ihren Handys magisch angezogen. Als ich hinten einen freien Sitzplatz finde, lasse ich mich in die abgenutzten Polster fallen und spähe nervös durch die Heckscheibe. Vom hellen Inneren des Busses aus gesehen, liegt der Park draußen verborgen hinter dem undurchdringlichen Vorhang der Nacht.

Ich kann den Spielplatz nicht mehr sehen. Ich kann die Kapuzen-Gang nicht mehr sehen.

Und auch den Jungen nicht, der mich gerettet hat.

4

»Hast du es der Polizei gemeldet?«, fragt Mei, als wir in der Schulpause mit unseren Freundinnen Anna und Prisha zusammen auf einer Bank sitzen. Um uns herum plaudern unsere Mitschülerinnen und Mitschüler, spielen Fußball, naschen Chips und schlürfen Limonade, oder sind ganz allgemein einfach froh, nicht im Unterricht zu sein. Ich fühle mich seltsamerweise von all dem entrückt – das sorglose Verhalten und das unbeschwerte Lachen der anderen wirkt heute irgendwie befremdlich auf mich.

Ich schüttle den Kopf. »Nein. Ich habe es nicht einmal meinen Eltern erzählt«, gebe ich zu. Das ganze Wochenende musste ich darüber grübeln, ob ich es ihnen sagen soll oder nicht. Abgesehen davon, dass ich sie nicht beunruhigen will, schäme ich mich wegen des Vorfalls, weil ich so dumm gewesen bin, im Dunkeln diese Abkürzung zu nehmen. Und nach wie vor bin ich ängstlich und verwirrt, weil der Bandenchef gesagt hat, er würde mich kennen.

»Aber du wurdest *überfallen*!«, ruft Anna aus, ihre sommersprossigen Wangen röten sich vor Entrüstung, bis sie die Farbe ihres rotbraunen Haares annehmen. »Das ist ein Verbrechen! Du musst es jemandem melden.«

»Was würde das bringen?«, sage ich. »Es gab keine Zeugen. Wer würde mir glauben?«

»*Wir* glauben dir, und das reicht«, sagt Prisha. Ihre feinen Augenbrauen kräuseln sich zu beiden Seiten ihres Bindis. »Und was ist mit dem Jungen?«

Plötzlich empfinde ich eine erdrückende Schuld und meine Fingernägel bohren sich in meinen Handrücken, bis beinahe Blut fließt. Das ganze Wochenende habe ich mich wegen seines Schicksals gequält. Die Gang hatte brutal auf den Jungen eingedroschen und ihm den Arm aufgeschlitzt. Trotzdem hatte er nur *meine* Sicherheit im Sinn gehabt. Und alles, was ich getan hatte, war ... *wegzulaufen.*

»Ich weiß nicht, ob er überhaupt noch lebt«, stammele ich.

Als mir die Tränen in die Augen schießen, nimmt Mei meine Hand und drückt sie beruhigend. »Ich bin sicher, dass es ihm gut geht. Du hast selbst gesagt, es fand sich nichts darüber in den Medien, also kann er nicht zu ernsthaft verletzt worden sein.«

»Und es klingt, als könne er gut auf sich selbst aufpassen«, fügt Anna hinzu.

Ich nicke und erinnere mich daran, wie der Junge es mit drei Angreifern gleichzeitig aufgenommen hatte. Er war entweder unglaublich mutig oder absolut draufgängerisch.

Prisha schenkt mir ein zaghaftes Lächeln. »Es ist irgendwie cool, seinen eigenen Schutzengel zu haben, findest du nicht auch?«

Ich trockne die Tränen ab. »Ja«, sage ich, »wenn er nicht gewesen wäre ... Ich will gar nicht daran denken, was dann passiert wäre.« Ich unterdrücke ein Schluchzen. »Ich will nur wissen, ob es ihm gut geht. Und eine Chance kriegen, ihm für meine Rettung zu danken.«

»Nun, vielleicht können wir ihn finden, damit du es kannst«, schlägt Mei vor, indem sie mir ein Taschentuch reicht. »Wie sah er denn aus, dein Retter?«

Ich runzele die Stirn. »Keine Ahnung«, erwidere ich und versuche, mich zu erinnern.

»Was meinst du mit *keine Ahnung*?«, fragt Anna.

»Es war dunkel ... Ich war in Panik ... Ich konnte sein Gesicht kaum erkennen«, erkläre ich und zerknülle das Taschentuch zwischen meinen zitternden Fingern. Plötzlich sehe ich das blutbefleckte Karussell wieder vor mir, grausames Lachen hallt in meinem Kopf wider, und ein Junge mit schwarzen Augenhöhlen starrt mich an. Mich schaudert bei der Erinnerung. »Aber das Gesicht des Anführers werde ich *nie* vergessen«, flüstere ich, mehr zu mir selbst als zu meinen Freundinnen.

»Irgendeine Ahnung, wer er war?«, fragt Mei.

Ich sehe sie an, halb verängstigt, halb wütend. »Ja, zufälligerweise. Der Junge aus dem Museum ... Damien.«

Sofort verhärten sich Meis weiche Gesichtszüge. »Der unheimliche Typ, der deinen Arm gepackt hat? Unglaublich! Ich rufe sofort meinen Bruder an.«

»*Was?*«, rufe ich. »Tu das nicht!«

Aber Mei ignoriert mich einfach. Sie springt von der Bank auf und zieht ihr Handy aus der Tasche. »Mein Bruder wird wissen, wo dieser Damien wohnt«, sagt sie, wobei sie den Namen des Jungen fast ausspuckt. »Wir können ihm die Polizei auf den Hals hetzen.«

»Aber was ist, wenn sie mich dann erst recht verfolgen?«, sage ich. »Damien und seine Bande.« Ich habe Angst, dass sie Rache nehmen werden. Mir wehtun. Mich vielleicht sogar *töten*.

»Nein, Genna«, sagt Mei mit Nachdruck. »Wir müssen das melden.« Dann läuft sie weiter, grimmig und entschlossen, und beginnt, aufgeregt in ihr Handy zu sprechen.

Prisha legt ihren Arm um meine Schultern. »Es ist das Richtige, Gen«, versichert sie mir leise. »Wenn wir diesen Dreckskerl nicht anzeigen, wird er jemand anderen angreifen. Und die- oder derjenige könnte nicht so viel Glück haben wie du.«

Ich nicke wie betäubt, weil ich weiß, dass sie recht hat, aber immer noch besorgt über die möglichen Auswirkungen bin. Meine Freundinnen sind auf meine Sicherheit bedacht, aber der schwarzäugige Junge hatte etwas zutiefst Beunruhigendes an sich. Etwas *Böses*. Etwas Unerbittliches. Ich meine, wer stiehlt schon einen viertausend Jahre alten Jadedolch, nur um jemanden zu überfallen?

Wer bei klarem Verstand hält dich an allen vieren auf einem Tisch fest und foltert dich? Ich habe keine Ahnung, was er von mir wollte, aber ich habe das Gefühl, er würde vor nichts Halt machen, um –

Mei steht wieder neben der Bank, die Stirn in Falten gelegt.

»Was ist los?«, frage ich zaghaft.

»Lee meint, er kenne niemanden namens Damien.«

Nach der Schule warten Mei und Prisha am Schultor auf mich.

»Ihr werdet euren Bus verpassen«, sage ich und werfe einen Blick auf die letzten einsteigenden Schüler.

Mei mustert mich besorgt. »Bist du sicher, dass du allein nach Hause gehen kannst? Sollen wir dich nicht lieber begleiten?«

»Ich bin doch kein Kind mehr!«, antworte ich. Mein Ton ist etwas schärfer als beabsichtigt, und Mei wirkt verletzt.

Prisha streckt die Hand aus und berührt sanft meinen Arm. »Du weißt, dass wir das nicht so gemeint haben.«

»Es tut mir leid«, murmele ich und schenke Mei ein entschuldigendes Lächeln. »Ich bin immer noch durch den Wind, das ist alles. Aber es wird schon wieder. Hier sind massig Leute unterwegs, es ist heller Tag und ich habe es nicht weit.«

»Also ... wenn du dir absolut sicher bist«, sagt Mei, umarmt mich und lässt mich widerwillig gehen.

Mei und Prisha winken zum Abschied und steigen in ihren Bus. Ich sehe ihn abfahren und wünsche mir noch im selben Augenblick, ich hätte ihr Angebot angenommen. Als ich die Hauptstraße in die entgegengesetzte Richtung hinuntergehe, löst sich meine Tapferkeit bald in Luft auf, und ich kann nicht anders, als alle paar Schritte über meine Schulter zu schauen.

Autos rauschen auf der viel befahrenen Straße vorbei. Die Bürgersteige sind bevölkert von Angestellten, Schülern und Einkäufern. Aber niemand scheint mich auch nur zu beachten oder gar mir zu folgen. Ich schüttle den Kopf und lache über meine eigene Paranoia. Die Tatsache, dass Lee nicht weiß, wer Damien ist, lässt vermuten, dass der Kerl einfach von der Straße reingekommen ist und die Ausstellung unbemerkt betreten hat, offensichtlich um zu klauen. Und dann sein Diebesgut in Form des Dolches für einen Überfall zu benutzen. Ich war einfach nur zur falschen Zeit am falschen Ort. Also ist die Wahrscheinlichkeit gering, dass sich so etwas wiederholt. Zumindest rede ich mir das ein. Die Alternative – dass ich gezielt zum Opfer eines Angriffs wurde – ist zu unheimlich, um darüber nachzudenken.

Auf dem weiteren Weg versuche ich, den Überfall zu vergessen. Stattdessen konzentriere ich mich auf meinen bevorstehenden Geschichtstest.

Erst als ich auf die Hauptstraße abbiege, wird mir bewusst, dass auf der gegenüberliegenden Straßenseite eine Gestalt mit mir Schritt hält. Ein Impuls warnt mich davor, sie direkt anzustarren – um nicht zu verraten, dass ich *weiß*, dass ich verfolgt werde. Also bleibe ich vor einer Boutique stehen und tue so, als würde ich die ausgestellten Kleider betrachten, während ich mich in Wahrheit auf die Spiegelung im Schaufenster konzentriere. Fußgänger strömen in beide Richtungen vorbei wie Fische in einem Fluss. Zuerst fällt mir niemand besonders auf. Dann erblicke ich einen großen Jungen, der neben einer Bushaltestelle herumlungert, eine blaue Baseballkappe tief ins Gesicht gezogen. Ein Bus hält an, aber er steigt nicht ein.

Mein Herz beginnt zu klopfen. *Ist es Damien? Oder eines seiner Gangmitglieder?*

Ich zwinge mich, nicht zu rennen, schlendere die Straße entlang und biege dann rechts auf einen belebten Straßenmarkt ein. Mein Plan ist, zuerst herauszufinden, ob ich wirklich verfolgt werde, und wenn ja, meinen Stalker in der Menge abzuhängen.

»Zwei Körbchen zum Preis von einem«, brüllt ein Händler, als ich an seinem Obststand vorbeikomme. Ein anderer ruft: »Jeans für einen Zehner! Nur ein Zehner pro Hose!«

Während ich mich durch das Gedränge der Käufer schiebe, versuche ich, in Deckung und außer Sichtweite zu bleiben. Sobald ich tief in die Menge eingetaucht bin, blicke ich zurück und erspähe eine blaue Baseballkappe, die in meine Richtung wippt.

Ich hatte recht! Ich werde verfolgt. Mein Mund wird

trocken, der Atem wird mir knapp, mein Herz beginnt zu rasen, und ich spüre, wie Panik in mir aufsteigt.

Schnell husche ich in eine schmale Lücke zwischen zwei Marktständen und ducke mich tief. Hinter der blau-weiß gestreiften Plane beobachte ich die sich vorbei-bewegende Menschenmenge und warte.

Nach einigen Sekunden eilt der Junge mit der Base-ballmütze sichtlich gehetzt vorbei. Er bemerkt mich nicht und läuft weiter. Bald verliere ich inmitten des Gedränges seine Mütze aus den Augen. Ich seufze erleichtert auf und beschließe, noch etwa eine Minute zu warten, bevor auch ich mich wieder aufrichte.

Während ich im Schatten des Standes ausharre, spüre ich ein leichtes Zupfen an meinem Ellbogen und vor Schreck bleibt mir fast das Herz stehen. Ich wirble herum und sehe mich einem bärtigen Mann gegenüber, dessen Pudelmütze und alter Dufflecoat schon bessere Zeiten gesehen haben. Sein Atem stinkt nach Zigarettenrauch, und seine knochigen Finger kratzen ständig an seinem schorfigen Hals.

»Haste vielleicht bisschn Kleingeld?«, murmelt er mit starkem Südlondoner-Akzent.

Als ich nicht antworte – ich starre ihn nur stumm und erschrocken an –, fügt er zur Klarstellung hinzu: »Fürn Tässchen Tee.« Und er schenkt mir das, wovon ich an-nehme, dass es sein einschmeichelndstes Lächeln ist: Er bleckt sein lückenhaftes Gebiss, sodass man seine tabak-fleckigen Zähne sieht .

Ich reiße mich zusammen und krame eilends in meiner Manteltasche nach Münzen. Ich will ihn so schnell wie möglich loswerden, damit er keine Aufmerksamkeit auf mich lenkt.

Als ich das Geld in seine offene Handfläche fallen lasse, nimmt er aus Dankbarkeit meine Hand und zwinkert mir zu.

»Ah, Gott segne dich ...«

Dann erschlafft sein Gesicht und seine Augen scheinen den Fokus zu verlieren. Seine Hände fangen an zu zittern, und für einen Moment fürchte ich, er steht kurz vor einem epileptischen Anfall.

Doch dann tritt wieder Klarheit in seinen dunkler werdenden Blick, und seine knochigen Finger legen sich um mein Handgelenk.

»*C'est elle! C'est elle!*«, ruft er mit hoher, rauer Stimme und hebt meinen Arm hoch, damit es jeder sehen kann. »*Elle doit être tuée, au nom de la Révolution! Liberté, égalité, fraternité! Vive la Nation! Vive la République! À la guillotine! À la guillotine!*«

Er setzt seine irre Tirade unvermindert fort und die Leute beginnen, uns anzustarren. Der alte Mann wedelt mit meinem Arm herum und plappert lauthals in fließendem Französisch.

Immer mehr Umstehende drehen sich neugierig in unsere Richtung. Wenn das noch ein bisschen länger so weitergeht, wird mein Verfolger auf die Szene aufmerksam und mich entdecken.

Ich entwinde meinen Arm seinem stählernen Griff und flitze zurück auf den Markt. In meiner Eile werfe ich eine Kiste mit Äpfeln um, und die Früchte purzeln über den Boden. Ich stolpere, finde mein Gleichgewicht wieder und laufe weiter, selbst als der Standbesitzer hinter mir herschreit.

Hinter mir tobt der Obdachlose weiter, die Faust in der Luft. »*À la guillotine! À la guillotine!*«

»Alles in Ordnung in der Schule?«, fragt meine Mutter, während ich das Essen auf meinem Teller herumschiebe. Sie sitzt mir am Esstisch gegenüber, nippt an einem Glas Wasser, ihre eisblauen Augen auf mich gerichtet, während sie eine lose Strähne ihres hellblonden Haares zurückschiebt, die sich aus ihrem Dutt gelöst hat.

»Ja ... alles bestens«, murmele ich in Gedanken versunken. Der seltsame Stadtstreicher auf dem Markt hat mir noch mehr Angst gemacht als der Junge mit der Baseballkappe. Die Art, wie er sich ... *wandelte*. Nicht nur sein Wesen, sondern auch seine Stimme. Er hörte sich plötzlich wie ein ganz anderer Mensch an. Er verhielt sich auch so. Und sein Französisch wirkte fließend und mühelos. Es wäre ja möglich, dass er Franzose ist oder irgendwann einmal in Frankreich gelebt hat. Das Äußere täuscht manchmal, aber sein Dialekt war am Anfang ganz eindeutig ein Südlondoner. Der arme Mann musste so etwas wie eine Persönlichkeitsstörung haben. Entweder das oder er war ein sehr guter Schauspieler!

»Seit du am Samstagabend Mei getroffen hast, bist du so schweigsam«, sagt meine Mutter und lässt nicht locker. Sie stellt ihr Glas ab und legt ihre Hand sanft auf meine. »Ihr zwei hattet doch keinen Streit, oder?«

»Nein, alles in Ordnung«, antworte ich, aber ich kann ihr immer noch nicht in die Augen blicken. Ich will nicht, dass sie bemerkt, wie aufgeregt und erschüttert ich bin. So lieb meine Eltern auch sind, ich bin noch nicht bereit, ihnen gegenüber offen zu sagen, was passiert ist. Sie werden nur überreagieren und mehr Fragen haben, als ich beantworten kann. Um ehrlich zu sein, habe ich selbst keine Ahnung, was vor sich geht. Ich bin verwirrt und ängstlich – und fange an, mein eigenes Urteilsvermögen anzuzweifeln. Ich frage mich inzwischen, ob der Junge mit der Baseballmütze mir überhaupt gefolgt ist. Und was den Stadtstreicher betrifft, vielleicht war ich es ja, die eine Panikattacke hatte? Eine posttraumatische Episode, verursacht durch den Überfall der Gang. Das erklärt aber immer noch nicht mein seltsames Erlebnis mit dem Jadedolch in der Ausstellung … Langsam frage ich mich, ob ich vielleicht durchdrehe.

»Mobbt dich jemand?«, fragt mein Dad, wie üblich geradeheraus. Seine Nasenflügel weiten sich und seine ansonsten glatte braune Stirn runzelt sich besorgt. Er piekst mit der Gabel ein Stück Huhn auf, wartet aber auf meine Antwort, bevor er es in den Mund schiebt.

Ich schüttle den Kopf und stupse eine weitere Erbse an den Tellerrand.

»Ärger mit Jungs?«

»Nein, Dad!«, rufe ich aus, meine Gabel klappert auf den Teller. Mir ist schon klar, dass er Liebeskummer meint, trotzdem kommt seine Ausdrucksweise der Sache erstaunlich nahe. Ich schiebe meinen Teller weg. »Darf ich aufstehen?«

Der Kiefer meiner Mum klappt herunter. »Aber, Liebling, du hast kaum einen Bissen gegessen!« Dann legt sie mir eine Hand auf die Stirn und fragt: »Hast du dir etwas eingefangen?«

Mein Stuhl kratzt über den Holzboden, während ich aufstehe. »Es geht mir gut. Ich muss noch eine Menge lernen, das ist alles. Nächste Woche ist der Geschichtstest.«

»Natürlich«, sagt Dad und legt meiner Mum sanft die Hand auf den Arm, damit sie mich in Ruhe lässt. »Du musst in der Schule unter großem Druck stehen. Geh ruhig nach oben. Lass uns einfach wissen, wenn du etwas brauchst.«

Mit einem fröhlichen Lächeln und einem Kuss auf die Wange, um meine Mum zu beruhigen, verlasse ich das Esszimmer und gehe in den Flur. Als ich die Treppe hinaufsteige, höre ich sie reden.

»Etwas stimmt *definitiv* nicht«, sagt sie. »Sie ist so verschlossen. Das passt überhaupt nicht zu ihr.«

»Es sind wahrscheinlich nur die Hormone«, antwortet mein Dad mit einem Seufzer. »Du weißt, wie Teenager sind.«

Ich höre meine Mum schnauben. »Steve, sie sieht fast

grau aus! Und ihre Augen sind blutunterlaufen. Ich kann nicht anders, als mir Sorgen zu machen –«

»Wir sind ihre Eltern. Es ist unser Job, uns Sorgen zu machen. Also, schauen wir mal, wie es ihr morgen geht, nachdem sie sich ausgeruht und geschlafen hat. Vielleicht ist es nur ein 24-Stunden-Virus. Aber wenn es ein größeres Problem gibt, werden wir es lösen. Gemeinsam.«

Ein Lächeln huscht über meine Lippen. Dad ist der Problemlöser in unserer Familie. Er ist immer bereit, zuzuhören und einen pragmatischen Weg einzuschlagen. Aber ich frage mich, ob es für mein spezielles Problem eine einfache Lösung gibt.

Ich schlurfe über den Gang zu meinem Zimmer, schließe die Tür hinter mir und lasse mich an meinem Schreibtisch nieder. Mein Zimmer ist meine Oase. Mein weißes Himmelbett steht in einer Ecke, mit vielen Kissen darauf, auf denen Coco thront, mein altes flauschiges Häschen, von dem ich mich nicht trennen kann. Über dem Kopfende des Bettes hängen Postkarten aus verschiedenen Familienferien sowie Poster und Zeitschriftenausschnitte meiner derzeitigen Lieblings-Boyband, *The Rushes*. An der gegenüberliegenden Wand befindet sich mein Bücherregal, wobei ein ganzes Fach historischen Romanen vorbehalten ist, darüber thronen eine Handvoll Urkunden für besondere schulische Leistungen und in der Mitte, worauf ich ganz besonders stolz bin, eine goldene Medaille fürs Turnen. Links vom Bücherregal zeigt das große Schiebefenster hinaus auf eine Reihe von

Gärten, die zu den umliegenden Häusern gehören, und diese typische Vorstadtansicht wird umrahmt von einer Lichterkette und meinen fuchsiafarbenen Vorhängen.

Sicher in meiner Zuflucht angekommen, verblasst die Erinnerung an meine Begegnung mit dem Obdachlosen wie ein böser Traum. Sogar der Überfall der Gang fühlt sich allmählich immer unwirklicher an, als ob er jemand anderem zugestoßen wäre. Aber meine unterschwellige Sorge lässt nicht nach. Um mich zu beschäftigen, ziehe ich meine Schulbücher aus der Tasche. Die Mathe-Hausaufgaben können warten. Geografie auch. Ich wähle mein Geschichtsbuch und blättere auf die Seite mit dem Lesezeichen. Durch einen seltsamen Zufall behandelt der bevorstehende Test die Französische Revolution. Ich schalte meinen Laptop ein, damit ich mir Notizen machen kann, und beginne zu lesen:

Die Schreckensherrschaft (5. September 1793 – 28. Juli 1794), auch bekannt als *La Terreur*, war eine Periode der Gewalt, die nach dem Ausbruch der Französischen Revolution begann. Sie wurde ausgelöst durch den Konflikt zwischen zwei rivalisierenden politischen Fraktionen – den Girondins und den Jakobinern …

Ich gebe die Daten und die beiden politischen Gruppierungen ein. Im Gegensatz zu manchen in meiner Klasse, die das Fach öde und langweilig finden, ist Geschichte für mich sehr lebendig. Einige Perioden empfinde ich als besonders spannend, wie die Tudor-Epoche oder den Zweiten Weltkrieg. Wenn ich darüber lese, kommt es mir vor, als ob das alles erst gestern geschehen wären, so plastisch steht es mir vor Augen. Und wenn ich mich stark konzentriere, kann ich mich beinahe in diese Zeiten zurückversetzen.

La Terreur war bekannt für die Massenhinrichtungen von »Feinden der Revolution«. Die Zahl der Todesopfer überstieg 40.000, wobei 16.594 Menschen durch –

Thunk ...

– die Guillotine und mehr als 25.000 durch Schnellhinrichtungen in ganz Frankreich zu Tode kamen. Praktisch die gesamte französische Aristokratie wurde ...

Thunk ...

Ich blicke auf, als ein weiterer dumpfer Schlag meine Lektüre stört. Als ich aus dem Fenster blicke, entdecke ich unseren Nachbarn Mr Jenkins in seinem Garten, dessen stattlicher Körper beinahe die Nähte seines grünen Parkas sprengt, der auch schon bessere Tage gesehen hat. Unter seinem Apfelbaum hackt er Holz. Es ist zwar erst

September, aber offenbar möchte er schon jetzt den Vorrat für seinen Kaminofen auffüllen. Ich kehre zu meinem Buch zurück; sein Hacken setzt den unregelmäßigen, aber eindringlichen Rhythmus im Hintergrund fort. *Thunk... thunk... thunk...*

Die Guillotine, die den Spitznamen »Nationales Rasiermesser« trug, wurde zum Symbol der revolutionären Bewegung und durch eine Reihe hochgestellter Hingerichteter berühmt-berüchtigt: König Ludwig XVI. und Marie Antoinette gehörten zu den berühmtesten.

Unter dem Text befindet sich die Reproduktion eines Ölgemäldes von Marie Antoinettes Hinrichtung auf der Place de la Révolution am 16. Oktober 1793. Ich kann mir die Szene in meinem Kopf so deutlich vorstellen, als befände ich mich in der Menge: Die ehemalige Königin trägt ein weißes Kleid, ein weißes Tuch, das ihre Schultern bedeckt, und eine weiße Haube mit einem Band. Ich spüre ihre würdevolle Haltung, während sie unter dem Hohn und den Beleidigungen der auf dem Platz Versammelten vom offenen Wagen gezerrt wird. Die Wachen sind in Rot, Weiß und Blau gekleidet, sie verspotten die abgesetzte Königin und spucken sie voller Abscheu an. Als Marie das Schafott hinaufsteigt, tritt sie versehentlich auf den Fuß des Henkers und entschuldigt sich mit einem höflichen »*Pardonnez-moi*«. Der Henker – der berüchtigte

Charles-Henri Sanson – schert Maries lange Locken ab, um einen schnellen, sauberen Schnitt seines Fallbeils zu gewährleisten. Sie kniet für einen Augenblick nieder, spricht ein kaum hörbares Gebet und wird dann auf die Holzplanke der Guillotine geschnallt. Mit handwerklicher Effizienz senkt Sanson das Brett ab, schiebt Marie nach vorne und sichert ihren Kopf zwischen den Holzbügeln.

Die Menge verstummt. Die Augen jedes Mannes, jeder Frau und jedes Kindes sind auf die kurz bevorstehende Enthauptung gerichtet.

Mit einem schnellen, scharfen Zug gibt Sanson die Klinge der Guillotine frei ... *Thunk!*

Der Kopf Marie Antoinettes fällt in den Korb, die Menge jubelt begeistert und ruft: »*Vive la Nation! Vive la Republique!*«

Sanson greift in den Korb und setzt den enthaupteten Kopf auf einen Spieß, um ihn der Menge zu präsentieren.

Genau in diesem Moment wird mein Handgelenk gepackt. Erschrocken fahre ich herum und sehe mich einem zahnlosen Grinsen gegenüber. Es ist das Gesicht des Stadtstreichers! Nur ist er jetzt glatt rasiert und trägt die Uniform der Revolutionsgarde.

»*C'est elle! C'est elle!*«, schreit er und hebt meinen Arm, damit Sanson mich sehen kann.

Der Henker stürzt auf mich zu, seine kohlrabenschwarzen Augen weiten sich in einer Mischung aus Unglauben und Freude. Indem er Maries Kopf in meine Richtung stößt, erklärt Sanson auf Französisch: »Sie muss im Namen der Revolution hingerichtet werden! Freiheit, Gleichheit, Brüderlichkeit!«

Während ich die Stufen des Schafotts hinaufgezerrt werde, stimmt die Menge einen Sprechchor an: »Auf die Guillotine! *À la guillotine! À la guillotine!*«

Trotz meiner Gegenwehr werde ich auf die Holzplanke gebunden, der Lederriemen schneidet tief in meinen Rücken. Es klappert, als die Planke heruntergelassen wird, und mein Kopf wird in die Holzmulde gedrückt. Nachdem der Nackenbügel gesichert ist, kann ich nur noch in den blutgetränkten Weidenkorb starren. Ein durchdringender Schrei kommt aus meiner Kehle, wird aber unterbrochen, als die Stahlklinge herabsaust –

Ich erwache mit einem Ruck. Der Schrei ist nun ein Wimmern. Kalter Schweiß bedeckt meine Stirn. Instinktiv zuckt meine Hand an meine Kehle.

Der Alptraum war so lebendig, dass ich fast fühlen kann, wie die rasiermesserscharfe Klinge meinen Hals getroffen hat.

Ich blicke auf die Uhr. Es ist schon nach elf. Der Mond wirft einen silbrigen Schein durch mein Zimmer und auf mein Bett. Coco ist in einem merkwürdigen Winkel zusammengesunken, seine langen, abgenutzten Ohren fallen zur Seite und erwecken den Eindruck, als wäre sein Hals gebrochen.

Mein Blick wandert wieder zu dem Bild der Hinrichtung von Marie Antoinette.

Jetzt bemerke ich auf dem Gemälde eine Frau in der Menge, ihr Gesicht ist mir unheimlich vertraut. Ein kalter Schauer läuft mir über den Rücken und ich schlage das Schulbuch zu.

Es ist nur Einbildung, sage ich mir, *nur Einbildung.*

Auf meinem schwankenden Weg zum Bett schalte ich die Lichterkette an meinem Fenster aus und ziehe die Vorhänge zu. Während ich das tue, erblicke ich eine geisterhafte Gestalt unter dem Apfelbaum im Garten meines Nachbarn. Die Silhouette steht stocksteif neben der Axt, deren Klinge in einen großen Baumstumpf versenkt ist, als wäre er ein Scharfrichterblock.

Einen Schrei unterdrückend ziehe ich die Vorhänge zu und tauche unter meine Bettdecke. Mit geschlossenen Augen und zusammengepressten Händen beginne ich zu beten. Ich weiß, dass da draußen jemand in der Dunkelheit ist. Er beobachtet mein Fenster.

Er beobachtet mich.

Am nächsten Morgen, im kalten Licht der Dämmerung, entpuppt sich die Gestalt unter dem Baum als Mr Jenkins' Parkajacke, die an einem Ast hängt. Mitten in der Nacht wirkte diese Silhouette so unheimlich, aber mein Verstand hat mir einen Streich gespielt ... Trotzdem kann ich den nagenden Verdacht nicht abschütteln, dass jemand im Garten gewesen *ist*.

Ich setze für meine Eltern mein bestes Pokerface auf – lächelnd und ganz entspannt. Ich springe die Treppe hinunter und nehme fröhlich ein herzhaftes Frühstück zu mir. Das scheint ihre Ängste zu zerstreuen, obwohl meine immer noch tief in mir schwelen. Also schreibe ich Mei eine Nachricht und sie erklärt sich bereit, bei mir zu Hause vorbeizukommen, um mich zur Schule zu begleiten, auch wenn es für sie ein großer Umweg ist.

»Danke, dass du gekommen bist«, sage ich, als wir gemeinsam die Straße entlanggehen.

»Hey, dafür sind Freunde da«, antwortet sie und

nimmt meinen Arm. »Also, worum geht es hier eigentlich?«

Ich erzähle ihr alles. Na ja, *fast* alles. Über den Jungen mit der blauen Baseballmütze. Den Stadtstreicher und seinen französischen Ausbruch. Das Gespenst im Garten. Aber den Alptraum mit der Guillotine behalte ich für mich. Ich will nicht, dass Mei denkt, ich wäre total verrückt.

Obwohl es mir mit dem meisten davon todernst ist, kann Mei nicht anders, als über den Parka-Vorfall zu lachen. »Du wurdest von einem Mantel zu Tode erschreckt!«

»Ja«, gebe ich ganz offen zu.

Sie muss den Schrecken in meinen Augen sehen, denn ihr Lachen verstummt sofort und ihr Grinsen verschwindet. »Dieser Damien und seine Bande haben dir wirklich ganz schön Angst eingejagt!« Sie schaut sich gründlich um und kontrolliert dabei die Straße auf beiden Seiten. Ihr Ausdruck wird hart und entschlossen. »Wenn ich jemanden auch nur im Geringsten Verdächtigen bemerke, der sich dir nähert, dann kriegt er es mit *mir* zu tun.«

»Mein persönlicher Bodyguard«, sage ich und versuche ein Lächeln. Aber es gefriert mir auf den Lippen und geht in ein ängstliches Zittern über. Ich schaue meine Freundin mit ernster Miene an. »Du glaubst doch nicht, dass ich mir das alles nur einbilde, oder?«

Mei schüttelt den Kopf, zuckt dann aber leicht mit den Schultern. »Nach allem, was letztes Wochenende passiert ist, überrascht es mich nicht, dass du dich so mies fühlst. Ich denke, es besteht schon die Möglichkeit, dass dir einer aus der Bande folgt, obwohl ich es für unwahrscheinlich halte. Wie wäre es, wenn ich ab jetzt morgens mit dir zur Schule gehe?«

»Du kannst doch nicht jeden Tag auf mich aufpassen«, protestiere ich, obwohl ich von ihrem Angebot gerührt bin und mich bei dem Gedanken, sie an meiner Seite zu haben, schon besser fühle.

»Ich bin sicher, dass Anna und Prisha auch mitkommen werden.« Sie schenkt mir ein strahlendes, beruhigendes Lächeln und nimmt meinen Arm. »Wir Mädels müssen in dieser Welt zusammenhalten. Und jetzt los, sonst kommen wir zu spät.«

Wir gehen weiter die Straße entlang. An einem Fußgängerüberweg blicke ich über die Schulter, meine Augen huschen nervös umher und suchen nach dem Jungen mit der blauen Kappe, dem Stadtstreicher oder jedem anderen, der verdächtig aussehen könnte.

»Hey, nur die Ruhe! Das ist mein Job«, sagt Mei, zieht eine Sonnenbrille aus ihrer Tasche und setzt sie auf. »*Ich* bin der Bodyguard, schon vergessen?«

Ich lache, als sie eine Show abzieht, bei der sie den Weg nach vorne sichert und mir dann eine Gasse durch die entgegenkommenden Menschen bahnt, so als ob ich eine echte Berühmtheit wäre. Mei ist vielleicht nicht die diskreteste Leibwächterin, aber sie ist definitiv meine beste Freundin.

Im Laufe der folgenden Woche begleiten mich Mei, Anna und Prisha abwechselnd zu Fuß zur Schule und wieder zurück. Zuerst schaue ich mich ständig um. Ich zucke bei jedem flüchtigen Schatten zusammen. Bin mir sicher, dass Leute mich anstarren. Befürchte, dass ich verfolgt werde. Wir variieren sogar die Route, nur um auf Nummer sicher zu gehen.

Doch nach ein paar ereignislosen Tagen und ohne dass wir potenzielle Verfolger gesichtet hätten, beruhige ich mich allmählich. Ich fange an zu glauben, dass ich albern und paranoid bin. Meine Freundinnen versichern mir, dass es schon in Ordnung sei. Dass es besser ist, auf Nummer sicher zu gehen. Trotzdem frage ich mich, ob ich mir das alles nicht nur eingebildet habe. Schließlich habe ich seither keine seltsamen Erlebnisse, keine merkwürdigen Träume oder Halluzinationen mehr gehabt. Vielleicht hatte mein Vater recht, als er meinte, es seien nur Teenager-Hormone.

Am Ende der Woche ist es ganz klar, dass mir niemand folgt. Deshalb schlage ich meinem Leibwächtertrupp vor, dass er seine Arbeit einstellt. Meine Freundinnen sind dagegen, aber ich weiß, dass sie extra früh aufstehen müssen, nur, um mich zur Schule zu begleiten. Ich versichere ihnen, dass ich bestens alleine zurechtkomme. Mei besteht jedoch darauf, mich am Montagmorgen zu treffen, um sicherzustellen, dass ich es zum Geschichtstest schaffe. *Eine letzte Mission*, wie sie es ausdrückt.

Ich warte bereits eine Weile mit gepackter Schultasche vor meiner Haustür, als mein Handy pingt und ich eine Textnachricht von Mei erhalte.

Hallo G. Tut mir echt leid. Bin total krank. Komme heute nicht in die Schule. Kannst du alleine gehen?

Mit einem schiefen Lächeln auf den Lippen frage ich mich, ob sie einen auf krank macht, um den Test zu schwänzen. Aber ich weiß auch, dass meine beste Freundin mich nie im Stich lassen würde, also muss sie ausnahmsweise einmal wirklich krank sein. Ich schreibe ihr zurück, dass alles bestens ist und es ihr hoffentlich bald wieder besser geht.

Ich stecke mein Handy zurück in die Tasche, öffne das Gartentor, trete hinaus auf den Bürgersteig und fühle mich sofort unwohl.

Du bist so blöd, sage ich mir. Seit meinem Zusammentreffen mit dem Obdachlosen vor über einer Woche ist nichts passiert, niemand hat mich verfolgt … *Zumindest soweit du weißt*, meldet sich eine kleine Stimme in meinem Kopf zu Wort. Ich ignoriere sie und eile die Straße hinunter.

Ich halte mich an die verkehrsreichste Route. Ständig schaue ich mich um und lasse nie in meiner Aufmerksamkeit nach. Alle kümmern sich um ihre eigenen Angelegenheiten; eine Schülerin auf dem Weg zur Schule ist die geringste ihrer Sorgen. Als ich mich der Hauptstraße nähere, werfe ich sicherheitshalber noch einmal einen kurzen Blick über meine Schulter und stoße mit einem älteren Herrn mit Schnurrbart und Nadelstreifenanzug zusammen.

»Himmel, pass doch auf, wo du hingehst, Mädchen!«, schnappt er.

»Entschuldigung«, murmele ich und bemerke den wütenden Ausdruck in seinen grau gesprenkelten Augen.

Als ich weiterlaufe, glotzt mir der alte Mann unverhohlen hinterher. Ob aus Verärgerung oder einem vagen Wiedererkennen heraus, kann ich nicht sagen, aber sein Blick bleibt seltsam starr, und das gefällt mir nicht. Mit gesenktem Kopf versuche ich, mich unter die morgendlichen Pendler zu mischen. An einem Zebrastreifen schaue ich nach links und rechts, und gerade als ich die Straße überqueren will, sehe ich einen Teenager mit blauer Baseballkappe und schwarzer Lederjacke, der mir direkt gegenüber auf der anderen Straßenseite steht. Einen Moment lang starren wir uns einfach nur an.

Es ist nicht Damien, das ist sicher. Die Augen dieses Jungen sind so blau wie Saphire. Sie heben sich deutlich gegen sein goldbraunes Gesicht und die langen kastanienfarbenen Locken ab. Verblasste Blutergüsse färben seine hohen Wangenknochen, und an seinen Knöcheln sind Schürfwunden von einem kürzlichen Kampf zu sehen. *Einer von der Gang? Oder vielleicht –*

Ein weißer Lieferwagen hält am Bordstein und versperrt mir die Sicht. Zwei Männer springen aus der Fahrerkabine. Ohne Vorwarnung packen sie mich an den Armen, dann gleitet die Seitentür des Lieferwagens auf und ich werde in den Frachtraum gestoßen. Bevor ich einen klaren Gedanken fassen kann, wird die Tür zugeknallt und mich umgibt Dunkelheit.

Ich werde entführt!

Meine Brust krampft sich in Panik zusammen, und ich krabble blindlings zur Tür hinüber. Draußen brummt der gedämpfte Verkehrslärm, und ich höre Leute vorbeilaufen. Verzweifelt suche ich nach dem Türhebel.

Es gibt keinen.

Ich hämmere mit den Fäusten gegen die Seiten des Wagens, nur um festzustellen, dass sie mit Polstermaterial ausgekleidet sind. Meine Schläge erzeugen nicht mehr als ein leises dumpfes Geräusch. Ich schreie um Hilfe. *Irgendjemand* muss doch gesehen haben, wie ich gepackt wurde, oder?

Aber es passierte derartig schnell, und so viele Londoner haben es oft viel zu eilig, um überhaupt zu bemerken – oder sich sogar darum zu kümmern –, was um sie herum vorgeht. Meine Eltern werden nicht erfahren, was mit mir passiert ist!

Ich fummele im Dunkeln nach meiner Tasche und suche nach meinem Handy. Aber es hat kein Netz. Das ergibt doch keinen Sinn – *ich bin mitten in London, um Himmels willen!* Dann dämmert es mir, dass die Polsterung des Lieferwagens den Empfang meines Mobiltelefons blockiert. Als mir klar wird, wie gründlich sich meine Entführer vorbereitet haben, gerate ich noch mehr in Panik.

Draußen auf der Straße ertönt Geschrei, ein Handgemenge, dann hallt ein ohrenbetäubendes Krachen durch den Laderaum, als ob etwas oder jemand gegen die Seite des Wagens geschleudert worden wäre. Noch mehr wütende Rufe, gefolgt von einem Schmerzensschrei.

Für einen Moment wird alles still. Da ist nur das Rauschen des Bluts in meinen Ohren und das Keuchen meines Atmens. Dann fliegt die Tür auf. Das Sonnenlicht blendet mich für einen Moment. Ich blinzle dagegen an. Die Tür umrahmt den Jungen mit der blauen Baseballkappe. Er streckt mir eine Hand entgegen.

Ich zögere ängstlich.

»Vertrau mir«, sagt er, sein amerikanischer Akzent ist sanft und beruhigend. »Dein Leben hängt an meinem, *wie immer.*«

Seine Worte verwirren mich zutiefst, aber da mir klar ist, dass ich kaum eine andere Wahl habe, packe ich seine ausgestreckte Hand …

7

Scheinbar von weit oben sehe ich zu, wie der Hohepriester sich über meinem reglosen Körper erhebt, der auf dem Opferaltar liegt. Seinen zeremoniellen Jadedolch empor-gereckt wartet er darauf, dass endlich die letzten Strahlen der untergehenden Sonne am Himmel verschwinden. Doch bevor er das Messer in meine Brust stoßen kann, zieht neben mir einer der maskierten Gehilfen eine in seinem Gewand verborgene Obsidianklinge – und rammt ihre widerhakenbesetzte Spitze direkt in das Herz des Hohe-priesters.

Sofort löst sich meine Trance auf, meine Seele kehrt in meinen Körper zurück, und ich atme tief ein. Ein bitterer Gestank von schwefelhaltigem Rauch dringt in meine Nase, und das Dröhnen des ausbrechenden Vulkans donnert erneut in meinen Ohren. Von Panik erfüllt, zucke ich zu-sammen, als der maskierte Mann mir die Hand reicht.

»Vertrau mir«, drängt er. »Dein Leben hängt an mei-nem, wie immer.«

Ich zögere, bin verwirrt und ängstlich. Auch wenn

meine Trance durchbrochen ist, bin ich immer noch misstrauisch gegenüber diesem mysteriösen Retter. Seine Stimme wird durch die Maske gedämpft, doch er spricht in der Sprache des Omitl-Volkes, meines Clans.

»VERRÄTER«, heult der Hohepriester, während er vor der Statue der Gottheit niedersinkt. Er umklammert die schwarze Klinge, die aus seiner Brust ragt, sein rot bemaltes Gesicht verzerrt sich, nicht vor Schmerz, sondern vor Wut.

Der maskierte Angreifer fixiert den furchterregenden Priester. »Bin ich nicht, denn ich war niemals einer deiner Anhänger, Tanas.«

Die Verwendung seines wahren Seelennamens löst in den tiefschwarzen Augen des Hohepriesters einen Blitz des Wiedererkennens aus. »DU!«, knurrt er. »Ich dachte, ich hätte dich für immer verbannt!«

»Nein, nicht wirklich für immer«, antwortet mein Retter. Er verpasst einem der maskierten Helfer, die mich immer noch festhalten, einen festen Tritt, worauf der Mann die steinernen Stufen der Pyramide hinunterstürzt. Dann reißt er seine eigene Jaguarmaske herunter und streckt mir erneut die Hand entgegen. »Zianya, ich bin's!«, sagt er.

Meine Augen weiten sich, als ich sein dunkles, markantes Gesicht mit den schwarzen Wirbeln der Stammestätowierungen erkenne: »Necalli«, keuche ich. Strampelnd befreie ich meine Beine aus den Fängen der beiden anderen Männer und umarme den jungen Krieger, der mein Freund ist, seit ich zurückdenken kann.

Um uns herum herrscht Chaos: Der mächtige Vulkan speit brüllend Feuer und Schwefel, die Eruption schleudert flammende Magmakugeln wie einen Meteoritenschauer in den schwarzen Himmel. Auf dem Platz unter uns sind die Tletl entsetzt und wütend zugleich. Sie fürchten den Zorn ihres Feuergottes und sind aufgebracht, dass ein Betrüger ihr Opfer entführen könnte. Rasch rottet sich ein wütender Mob zusammen und stürmt die Pyramide hinauf.

Necalli sucht dringlich nach einem Fluchtweg für uns, aber Tanas, mit dem Rücken gegen die Statue gestützt, scheint dem Tod zu trotzen. Gestärkt durch den Geist des Wer-Jaguars zieht er die Obsidianklinge aus seinem Herzen. Blut, schwarz wie Teer, sickert aus der Wunde. Dann richtet er sich langsam wieder auf und brüllt: »TÖTET DEN VERRÄTER!«

Die beiden muskulösen Wachen ziehen ihre mit Obsidiansplittern verzierten Schwerter, aber Necalli greift eine der Fackeln, die um die Statue des Gottes brennen, und treibt sie damit zurück. Während er sich gegen die Wachen verteidigt, packt mich einer der finster dreinblickenden Gefolgsleute von hinten, ein anderer schnappt sich den Jadedolch vom Tempelboden und mit weit aufgerissenen Augen und einem Ausdruck der Raserei holt er aus, um ihn mir ins Herz zu stoßen.

»Ich vollende das Ritual für dich, Meister«, ruft er und nimmt die seltsame Beschwörungsformel wieder auf: »Rura, rkumaa, raar ard ruhrd ...«

Ich kratze, beiße und schreie wie eine Wildkatze. Bevor

er den Gesang beenden und die Klinge in mein Herz rammen kann, fällt ein Klumpen geschmolzenen Gesteins vom Himmel und trifft seinen Kopf, wobei das glühende Magma seinen Schädel versengt. Der Mann kreischt und windet sich zu meinen Füßen, während der beißende Gestank von brennendem Haar in meine Nasenlöcher steigt. Der verbliebene Gehilfe, schockiert über das Schicksal seines Kameraden, lockert kurzzeitig seinen Griff – lange genug für mich, um meinen Kopf nach hinten zu schleudern und ihm die Nase zu brechen. Dann wirble ich herum und stoße ihn mit aller Kraft von mir. Er wankt am Rand der Lavagrube, bevor er mit einem hohen Kreischen über den Rand kippt.

»Das ist für Meztli«, rufe ich und erinnere mich an das Schicksal meines jungen Freundes, während der Schrei des Gehilfen von der brodelnden Lava übertönt wird.

Ich drehe mich um und suche nach Necalli. Dem jungen Krieger ist es gelungen, einem Wächter den Schwertarm zu verbrennen, wodurch dieser gezwungen war, seine Waffe fallen zu lassen. Mit einem zweiten, gezielten Stoß der Fackel entzündet er das Lendentuch des Wächters. Der muskulöse Mann quietscht wie ein aufgespießtes Schwein, während er an seinen flammenden Kleidern zerrt und davonläuft.

Aber der andere Wächter ist schneller und geschickter mit dem Schwert. Er spaltet die Fackel in zwei Hälften, worauf Necalli unbewaffnet und wehrlos dasteht. Dann treibt er meinen Freund mit einer Reihe wütender Hiebe *vor sich her. Necalli weicht bis an den Rand der Lavagrube zurück, dann hält er inne. Er rudert mit den Armen und versucht verzweifelt, sein Gleichgewicht zu halten. Der nächste Schwertstreich des Wächters wird entweder seinen Kopf treffen oder ihn in die Grube katapultieren.*

Ich bin in einem Clan von Omitl-Kriegern aufgewachsen und werde nicht tatenlos zusehen, wie mein Freund in den Tod stürzt. Ich ziehe den Jadedolch aus der Hand des toten Gehilfen zu meinen Füßen, renne hinüber und versenke die Klinge im Rücken des Wächters. Er grunzt vor Schmerz und fällt auf die Knie. Ich trete das Schwert aus seinem Griff, dann packe ich Necalli, der gerade dabei ist, das Gleichgewicht endgültig zu verlieren.

»Und ich dachte, ich wäre derjenige, der dich retten muss!«, lacht Necalli erleichtert.

Da die Wachen zwar niedergeschlagen, aber noch nicht ausgeschaltet sind, nimmt Necalli meine Hand, und wir hetzen zur südlichen Treppe... nur um auf den Mob zu treffen, der zu uns heraufstürmt.

Ich bleibe stehen. »Was nun?«

Necallis Blick fällt auf einen großen zeremoniellen Schild, der sich unter den zahlreichen Opfergaben für den Feuergott Ra-Ka befindet. Er schleppt ihn zur Treppe hinüber und legt ihn auf eine glatte Steinrampe, die zu beiden Seiten der Stufen bis zum Platz darunter verläuft.

Er befiehlt: »Steig auf!«

Ich werfe ihm einen ungläubigen Blick zu. Aber in dem Moment taumelt Tanas auf uns zu, knurrend und fauchend wie eine verwundete Bestie. Als er an der gefallenen Wache vorbeikommt, reißt er dem Mann die Jadeklinge aus dem Rücken und stürzt sich auf mich. Ich habe keine andere Wahl. Ich springe auf den Schild, und Necalli steigt hinter mir auf.

»Festhalten«, ruft er und stößt uns ab, während Tanas nach uns ausholt, wobei die Jadeklinge haarscharf an meinem Hals vorbeizischt.

Auf dem Schild schlittern wir am äußeren Rand der Treppe hinunter. Jeder, der unsere Abfahrt zu bremsen versucht, wird zur Seite geschleudert und löst eine Menschenlawine auf den Stufen aus. In halsbrecherischer Geschwindigkeit erreichen wir das untere Ende der Pyramide, krachen auf den Platz und werden kopfüber auf die Steine geschleudert, während der Schild in hundert Stücke zersplittert.

»LASST SIE NICHT ENTKOMMEN«, donnert Tanas von der Spitze der Pyramide. »Sie MUSS geopfert werden!«

Der Mob ändert seine Richtung und verfolgt uns erneut. Necalli zieht mich auf die Beine, und wir rennen in Richtung Dschungel. Aber er humpelt stark, da er sich beim Aufprall das Bein verletzt hat. Die wütenden Rufe der Gottesanbeter begleiten uns den ganzen Weg. Pfeile und Blasrohr-Geschosse, die von den Tletl-Kriegern abgefeuert werden, schwirren wie pfeifende Dämonenvögel an uns vorbei, während weiter tödliche Brocken geschmolzenen Gesteins herabregnen, als stünde der Himmel selbst in Flammen.

Als wir den dichten Dschungel betreten, finden wir etwas Deckung, aber es ist so dunkel, dass wir kaum den Weg erkennen können, das einzige Licht stammt vom Feuerregen des Vulkans. Bäume werden in Brand gesteckt und Brüllaffen kreischen vor Schrecken. Ein gewaltiger Donnerschlag verkündet, dass der Berg selbst auseinanderbricht, und die Erde beginnt mit einem Zorn zu beben, wie ihn nur ein Gott entfachen kann.

»Ist das meine Schuld?«, schreie ich mit einem ängstlichen Blick zurück auf den wütenden Vulkan.

»Es ist das, was Tanas sein Volk glauben machen wollte, aber nein«, keucht Necalli stolpernd. Er drängt mich, immer dicht bei ihm zu bleiben, ein menschlicher Schutzschild.

Hinter uns holen die Tletl-Krieger immer mehr auf. Rings um uns surren Blasrohrgeschosse und Pfeile bohren sich mit dumpfem Aufprall in die Baumstämme. Blätter und Farne peitschen uns ins Gesicht, während wir durch das dichte Gestrüpp flüchten.

Wie durch ein Wunder schaffen wir es, den Fluss zu erreichen, wo ein Einbaum liegt.

Necalli hilft mir an Bord. Am Heck, das Paddel haltend, steht ein junges Mädchen in meinem Alter.

»Bring sie in Sicherheit. Haltet sie versteckt«, sagt Necalli und schiebt das Gefährt in das schnell fließende Wasser hinaus.

»Was ist mit dir?«, frage ich voller Kummer. »Kommst du nicht mit uns? Um mich zu beschützen?«

Der Dschungel am Ufer ist jetzt voller Tletl-Krieger. Necalli antwortet mit einem Lächeln, das von Schmerz gezeichnet ist. Die Strömung des Flusses reißt das Kanu mit sich, aber er unternimmt keinen Versuch, uns hinterherzuschwimmen.

»Im nächsten Leben«, antwortet er, bevor er im Wasser zusammenbricht, einen Pfeil in seinem Rücken.

8

Eine Welle der Übelkeit überflutet mich, während die Vision nachlässt. Obwohl sie Ewigkeiten anzudauern schien, können es nur Sekunden gewesen sein. Meine Hand liegt immer noch in der Hand des Jungen, dessen blaue Augen leuchtend hell wie Sterne sind. Dann verblasst das Licht, und ich frage mich, ob ich dieses übernatürliche Scheinbild überhaupt gesehen habe.

»Los, komm«, sagt er, während er mir aus dem Wagen hilft.

Ich schwanke unsicher, als ich meine Füße auf den Bürgersteig setze. Eine Schar von Schaulustigen hat sich versammelt, einige filmen die Szene mit ihren Smartphones, andere gaffen nur, aber keiner kommt uns zu Hilfe. Die beiden Männer, die mich vorhin gepackt haben, liegen jetzt auf dem Boden und stöhnen vor Schmerzen, der Arm eines der Männer ist in einem unnatürlichen Winkel verdreht.

»Hast *du* das getan?«, frage ich erschrocken. Der amerikanische Junge, so zäh er auch aussieht, ist sicherlich kein ebenbürtiger Gegner für zwei ausgewachsene Männer.

»Wir müssen weg hier«, beharrt er und zieht mich durch die Menge davon, während in der Ferne eine Sirene ertönt.

»Nein!«, protestiere ich und befreie mich aus seinem Griff. »Die Polizei ist doch schon unterwegs.«

»Genau. Und du bist hier nicht in Sicherheit.«

Ich runzele verwirrt die Stirn. »Wie kann ich bei der Polizei nicht sicher sein?«

In diesem Moment öffnet sich die Fahrertür des Lieferwagens, und ein Junge mit dunkelgrauem Kapuzenshirt springt heraus. Rabenhaarig, vampirblass und mit pechschwarzen Augen ist er nicht zu verwechseln.

Damien.

Ein schreckliches Gefühl der Lähmung überkommt mich. Alle meine Gliedmaßen scheinen zu versagen, und ich verliere jeden Willen. Kann mich nicht bewegen. Nicht wegrennen. Nichts, außer meinen Peiniger anzustarren.

Damien greift in die Vordertasche seines Kapuzenshirts und zieht eine Waffe heraus. Während er zielt und feuert, werde ich seitlich in die Deckung eines Briefkastens gerissen, und die Kugel trifft stattdessen eine Büroangestellte. Schreie ertönen und die Menschen laufen in Panik auseinander. Ich starre mit offenem Mund auf die Frau, entsetzt über den hellen Blutfleck, der sich auf ihrer Bluse ausbreitet.

»Beweg dich!«, befiehlt der Junge und zerrt mich mit

sich. Zu geschockt, um mich zu wehren, lasse ich mich wie betäubt durch das Gedränge der Menschen schieben. Wir verlassen den Bürgersteig und sprinten die Straße entlang. Hinter uns quietschen Reifen, und als ich mich umblicke, sehe ich, wie der Lieferwagen eine scharfe Kehrtwende macht. Er schlängelt sich durch den Verkehr, sein Fahrer ist fest entschlossen, uns einzuholen.

In meiner Eile stoße ich mit jemandem zusammen, stolpere und lasse meine Schultasche auf die Straße fallen.

Als ich mich nach ihr umdrehe, kommandiert der Junge: »Lass sie liegen.«

»Aber da ist mein Handy drin«, protestiere ich. »Ich habe es gerade erst bekommen. Meine Eltern werden mich umbringen.«

»Du bist sowieso tot, wenn du dich nicht beeilst«, ruft der Junge und zieht mich am Arm davon.

Ich renne hinter ihm her, meine Sohlen hämmern auf den Asphalt, mein Atem geht keuchend, mein Herz pocht wie rasend in meiner Brust. Das Dröhnen des Liefer-wagenmotors wird immer lauter. Der Junge biegt links auf den Straßenmarkt ein, und wir ducken uns unter einer gelb-schwarzen KEINE-ZUFAHRT-Schranke hin-durch. Aber die Sperre hält den Lieferwagen nicht auf. Er donnert geradewegs hindurch und die Schranke zersplit-tert in tausend Stücke.

Trotzdem treibt mich der Junge weiter, im Zickzack durch die Stände, stößt dabei die Leute aus dem Weg. Hinter uns pflügt der Lieferwagen durch einen Fischstand und lässt Eis und Meeresgetier in einer Explosion aus Silber und Schuppen durch die Luft segeln. Damien – oder wer auch immer den Lieferwagen fährt – scheint entschlossen, uns niederzumähen, koste es, was es wolle.

Gerade als wir uns dem Ende des Marktes nähern, stolpere ich über einen losen Pflasterstein und falle auf die Knie. Der Junge hilft mir wieder auf ... aber es ist zu spät: Der Lieferwagen ist fast bei uns. Der Junge schlingt seine Arme um meinen Kopf und meine Schultern, um mich zu schützen, und ich schließe meine Augen, erwarte den Aufprall. Es gibt ein ohrenbetäubendes Krachen und ich presse meine Augen noch fester zu ... dann höre ich das Splittern von Glas, gefolgt von einem lauten Knall.

Vorsichtig öffne ich die Augen. Der Lieferwagen ist plötzlich und gewaltsam zum Stehen gekommen. Die Windschutzscheibe ist zerborsten, die Fahrerin durch die Scheibe auf die Straße geschleudert worden. Dampf steigt aus dem zerknautschten Kühler des Lieferwagens, der gegen einen massiven Betonpoller geprallt ist.

Für einen Moment ist alles unheimlich ruhig. Der Junge lockert seinen Griff, und ich schaue mich nach der Verwüstung um. Der Markt sieht aus, als wäre eine Bombe eingeschlagen. Die Stände sind umgestürzt oder in tausend Teile zertrümmert, überall liegen Waren verstreut. Manche Menschen drängen sich in ängstlichen Gruppen zusammen, andere irren ziellos umher oder stehen einfach nur schockiert da. Die Schmerzensschreie der Verletzten erfüllen die Luft.

Die Ursache all dieser Zerstörung befindet sich nicht mehr als einen Meter von mir entfernt. Der Lieferwagen ist ein komplettes Wrack, der Motor abgestorben, der Kühler pfeift, die Windschutzscheibe ist ein klaffendes Loch ... und die zerknitterte weiße Motorhaube ist mit Blut verschmiert.

Ein metallisches Kreischen ertönt, als sich die Beifahrertür öffnet und Damien aus dem Wagen steigt, benommen, aber anscheinend unverletzt.

Ich stoße einen leisen Angstschrei aus. Ruhig, aber bestimmt zieht mich der amerikanische Junge auf die Beine. Verdeckt von den Dampfwolken, die aus dem Kühler des Lieferwagens zischen, bugsiert er mich zu einem nahe gelegenen Verkaufsstand, und wir ducken uns zwischen die anderen Marktbesucher, die sich dahinter versteckt halten.

Eine junge Frau in Tanktop und Jogginghose umklammert meinen Arm und keucht: »*Er hat eine Waffe!*«

Nun wendet sie ihren Blick wieder mir zu. Ihr Gesicht ist vom Schrecken gezeichnet. Doch dann verändert sich ihr Gesichtsausdruck, wandelt sich regelrecht. Ihre Augen bekommen einen wilden, grausamen und dunklen Ausdruck. Ihre Lippen verziehen sich höhnisch. Der Griff um meinen Arm wird fester, ihre falschen Nägel graben sich tief in mein Fleisch.

»Das Mädchen ist hier!«, kreischt sie, und auch ihre Stimme hat sich verändert. Plötzlich klingt sie viel älter, als sie geifert: »*Hier! Hier ...*«

Doch ihre Schreie verstummen, als der amerikanische Junge mit der Handkante die Seite ihres Halses trifft. Ihre Augen verdrehen sich und sie sackt bewusstlos zu Boden. Gleichgültig gegenüber den Protesten der anderen Käufer murmelt er: »Wir haben Glück. Es ist nur eine Wächterin.«

»W-was ist eine Wächterin?«, stottere ich und blicke ängstlich auf die ohnmächtige Frau.

Aber ihm bleibt keine Zeit für Erklärungen. Damien hat uns entdeckt. Er hebt seine Waffe und feuert einen Schuss ab. Die Kugel zischt an meinem Kopf vorbei und prallt am Metallgerüst des Marktstandes ab. Bevor Damien erneut schießen kann, packt mein Retter meine Hand und zerrt mich in eine nahe gelegene Gasse. Damien sprintet hinter uns her.

Als wir eine größere Straße erreichen, huschen wir zwischen dem Verkehr hindurch und tauchen gegenüber in eine weitere Gasse ein. Meine Lungen beginnen zu brennen, meine Füße stolpern immer wieder, während wir versuchen, unseren Verfolger im Labyrinth der Nebenstraßen abzuhängen.

»Lauf schneller!«, drängt der Junge, als er bemerkt, wie schwer es mir fällt, sein Tempo zu halten.

Wir biegen links in eine belebte Straße ein und kommen an einer Bushaltestelle vorbei, gerade als eine Gruppe von Berufspendlern aussteigt. Damien gerät in die Menge, wird aufgehalten, und wir lassen ihn hinter uns zurück. An der nächsten Kreuzung rennen wir nach rechts, dann links, dann wieder nach rechts, und ich beginne zu glauben, dass die Richtungsänderungen des Jungen völlig willkürlich sind, bis wir neben einem eleganten, leuchtend blauen Motorrad anhalten. Er zieht einen Schlüsselbund aus seiner Jeans.

»Was ... zum Teufel ... geht hier vor?«, keuche ich, während ich nach Luft schnappe.

Aber der Junge ignoriert mich und drückt mir einen Sturzhelm in die Hände. Er besteigt das Motorrad und startet den Motor. »Steig auf«, sagt er.

»Kannst du das Ding überhaupt fahren?«, rufe ich und werfe ihm einen zweifelnden Blick zu. *Er kann unmöglich alt genug sein, um einen Führerschein zu besitzen.*

»Klar kann ich das!«, antwortet er ungeduldig. »Ich war in den Sechzigern ein Hells Angel. Und jetzt steig auf!«

»Nein!«, sage ich und ignoriere seine seltsame Antwort. »Erst erklärst du mir, was hier läuft. Wer bist du? Warum werde ich angegriffen, verfolgt und entführt? Warum wird auf mich geschossen?«

Der Junge blickt über die Schulter zurück auf die Straße. »Komm schon! Dafür haben wir jetzt keine Zeit.«

Ich bleibe stur. Ich fühle mich in einem Tornado gefangen: verängstigt, verwirrt und zerschlagen. Aber ich darf mich nicht mitreißen lassen. Ich habe keine Ahnung, wer dieser Junge ist oder wohin er mich bringen wird.

Er flucht. »Okay, gut – ich erkläre es dir während der Fahrt!«

Ich zögere noch einen kurzen Moment, dann entdecke ich, wie Damien mit der Waffe in der Hand um die Ecke biegt und auf uns zu hetzt. Rasch stülpe ich den Helm über, springe auf das Motorrad und schlinge meine Arme um die Taille des Jungen.

»Gut festhalten«, sagt er, bevor wir losdonnern – begleitet vom Stakkato der Schüsse.

Der Motor des schlanken Bikes dröhnt, während wir uns durch den Verkehr schlängeln. Ich habe noch nie auf einem Motorrad gesessen, und unsere Geschwindigkeit ist atemberaubend. Mehrere Polizeiautos und ein Krankenwagen rasen mit heulenden Sirenen und Blaulicht in entgegengesetzter Richtung vorbei. Der Schock überwältigt mich jetzt, und mir wird schlecht. In meinem Kopf herrscht ein einziges Chaos. All die armen Menschen, die von dem Lieferwagen überfahren wurden, und die Frau, die Damien und seine Komplizen erschossen haben. Meine Gefühle schwanken zwischen Panik, Schuld, Wut und Verwirrung.

Der Junge sucht meinen Blick im Rückspiegel. »Bist du verletzt?«, ruft er über das Röhren des Motors hinweg.

Ich schüttle den Kopf, und er grinst erleichtert. »Gut. Übrigens, ich heiße Phoenix.«

»H-hi, ich bin Genna«, bringe ich hervor.

»Genna Adams. Ich weiß«, sagt er, während wir an einer Straße vorbeisausen, die ich wiedererkenne.

»Ich wohne gleich um die Ecke«, schreie ich ihm ins Ohr.

»Ich weiß«, antwortet Phoenix erneut und rast weiter.

»Wir sollten dorthin fahren. Meine Eltern –«

»Nicht sicher.«

Er lehnt sich in eine Kurve und saust haarscharf an einem Straßenschild vorbei, das in Richtung Londoner Innenstadt weist. Der Junge scheint eine Menge über mich zu wissen, während ich keine Ahnung habe, wem ich mich hier anvertraut habe.

»Du hast versprochen, mir zu erklären, was hier vor sich geht!«, rufe ich.

»Du wirst gejagt«, sagt er unverblümt.

»Gejagt? Was soll das heißen, *gejagt*?«

»Es ist meine Schuld … Ich habe dich zu spät gefunden … Die Inkarnaten wissen, wer du bist … Sie schrecken vor nichts zurück … Deine Seele …«

Wegen des vorbeipeitschenden Windes, des Verkehrslärms und der Tatsache, dass meine Ohren von dem Helm bedeckt sind, kann ich ihn nur schlecht verstehen. Und was zu mir durchdringt, ergibt überhaupt keinen Sinn. »Entschuldige bitte, die *Inkarnaten*?«, frage ich.

Phoenix drosselt den Motor, der Verkehr wird immer dichter, je mehr wir uns der Kreuzung bei Elephant and Castle nähern.

»Seelenjäger«, erklärt er. »Eine alte religiöse Sekte, deren Ziel es ist, die Ersten Nachkommen zu finden und ihre Seelen für immer auszulöschen.«

Nach wie vor kapiere ich kein Wort. »Erste *was*?«, frage ich. »Aber was wollen die von *mir*?«

Phoenix hebt eine Augenbraue und wirft mir einen ungläubigen Blick zu. »Deine Seele, natürlich.«

»*Meine Seele*? Wie meinst du das?«

»Das –« Phoenix blickt in den Rückspiegel und flucht. Er gibt kräftig Gas, wir machen einen Satz nach vorne und ich verliere fast den Halt. Ich klammere mich verzweifelt an ihm fest, während wir die Straße hinaufbrausen, an dem zähen Verkehr vorbei.

»Fahr langsamer!«, schreie ich.

»Kann nicht!«, antwortet Phoenix. »Er hat uns gefunden.«

Ich riskiere einen Blick über die Schulter und erspähe Damien, der uns auf den Fersen ist. Er fährt ein knallgelbes Motorrad, auf dessen Tank in roten Buchstaben der Schriftzug *XP DELIVERY* prangt – ein Motorrad, das zweifellos mit vorgehaltener Waffe von einem unglücklichen Kurier gestohlen wurde. Flankiert wird er von zwei weiteren Motorradfahrern mit schwarzem Helm und dunkel getöntem Visier. Mir gerinnt fast das Blut in den Adern angesichts von Damiens tödlicher Entschlossenheit.

Die Dreiergruppe donnert hinter uns her, sie schlängelt sich durch den Verkehr wie Haie inmitten eines Fischschwarmes. Ein Hupkonzert ertönt, als wir eine rote Ampel missachten, quer über den Kreisverkehr preschen und die dritte Ausfahrt in Richtung Stadt nehmen. Meine

Beine verkrampfen sich und mein Herz hämmert wie wild, während Phoenix durch die auf den ersten Blick kaum passierbaren Lücken im Verkehr rast.

»Leg dich mit mir in die Kurve!«, schreit Phoenix, während wir uns mit halsbrecherischer Geschwindigkeit einer weiteren Kreuzung nähern.

Ich tue mein Bestes, aber mich in einem Winkel von mehr als fünfundvierzig Grad zur Seite zu neigen, ist fast zu viel für mich. Der Asphalt fliegt dicht vor meinem Gesicht vorbei. Irgendwie schaffen wir es, die Kurve zu nehmen und uns wieder aufzurichten – nur um fast in das Heck eines Lastwagens zu prallen. Phoenix bremst hart ab, weicht auf die andere Straßenseite aus. Ich kann vor lauter Angst kaum noch atmen. Mein Puls ist außer Kontrolle geraten, ich riskiere einen Blick in den Rückspiegel, der mir zeigt, dass Damien und seine Begleiter weiter aufholen.

Phoenix biegt nach links ab, dann nach rechts, dann wieder nach links und nimmt schließlich eine Seitenstraße zur Eisenbahnunterführung der London Bridge. »Ich kann sie nicht abschütteln«, schreit er, während wir in den Tunnel hineinfahren. Das Donnern der Motorradmotoren hallt von den Ziegelmauern wider. Der Tunnel spuckt uns am anderen Ende aus, und wir entgehen um Haaresbreite einem entgegenkommenden Auto.

Der erste Motorradfahrer hinter uns hat nicht so viel Glück. Er knallt mit vollem Tempo gegen die Motorhaube des Wagens und wird über den Lenker geschleudert, bevor er mit voller Wucht in den Stahlzaun neben dem Tunnelausgang knallt. Ich zucke vor Entsetzen zusammen und ziehe an Phoenix' Arm. Aber er fährt mit unvermindertem Tempo weiter ...

Ebenso wie Damien und sein verbliebener Begleiter.

Während ich mich noch fester an Phoenix klammere, beschleunigt er erneut, dann zieht er nach rechts, wobei in meinem Augenwinkel ein rotes *Einbahnstraßen*-Schild aufblitzt.

»*NEIN!*«, rufe ich. »Da können wir nicht durch!« Aber genau das scheint sein Plan zu sein.

Wir rasen gegen den Verkehrsstrom die Straße hinauf, im Slalom zwischen den Fahrzeugen hindurch.

Ein wütender Autofahrer hupt ... weicht aus ... kracht hinter uns gegen einen parkenden Lieferwagen – und blockiert die Straße. In letzter Sekunde bremst der Motorradfahrer mit dem schwarzen Helm stark ab. Aber Damien setzt einfach über den Bordstein, rast ein Stück auf dem Bürgersteig, wo die Fußgänger wie aufgescheuchte Tauben beiseite springen. Dann gibt er Vollgas und fährt nun direkt neben uns.

»Du kannst nicht entkommen!«, faucht er und beugt sich zu mir herüber. Ich schreie, als er den Kragen meiner Jacke packt und versucht, mich von meinem Sitz zu zerren. Phoenix reagiert, indem er Damiens Motorrad in die Spur eines entgegenkommenden Busses abdrängt. Um einen tödlichen Zusammenstoß zu vermeiden, ist Damien gezwungen, auszuweichen und seinen Griff zu lösen.

Am Ende der Einbahnstraße biegen wir scharf links ab und nehmen die Hauptstraße in Richtung Themse. Phoenix holt alles aus der Maschine heraus und versucht, unseren Vorsprung auszubauen. Vor uns liegt das festungsartige Tor zur Tower Bridge und dahinter, auf dem anderen Ufer, der Tower of London mit seinen vier Steintürmen, die die Skyline der Stadt prägen.

Als wir uns der Brücke nähern, ertönt eine Hupe, eine Ampel blinkt rot und zwei Schranken beginnen die Straße abzusperren. Als ich flussaufwärts schaue, bemerke ich ein Schiff mit hohen Masten, das auf die Durchfahrt wartet.

In Panik rufe ich Phoenix ins Ohr: »Die Brücke! Sie öffnet sich!«

»Das sehe ich!«, faucht er. Trotzdem fährt er entschlossen weiter. Wir rasen an der roten Ampel vorbei und unter den Absperrungen hindurch. Die Fahrbahn vor uns teilt sich bereits und die Brückenhälften beginnen sich zu heben – mit ziemlichem Tempo.

Hinter uns scheint der Biker mit dem schwarzen Helm die Jagd aufgegeben zu haben, aber Damien fährt weiter, wild entschlossen, seine Beute bis zum bitteren Ende zu verfolgen.

Ich höre, wie Phoenix sagt: »Halt dich fest!«, während er die immer schräger werdende Brückenhälfte hinaufrast. Als ob ich jetzt daran denken würde, loszulassen! Das Ende der Brückenhälfte kommt immer näher, und Phoenix' Absicht wird nur allzu deutlich.

»*Das ist Wahnsinn!*«, schreie ich, während ich meine Arme noch enger um seine Brust schlinge.

Die Lücke über dem Fluss vergrößert sich mit jeder Sekunde, erst ein Meter ... dann zwei ... dann fünf ... Die Maschine arbeitet heulend gegen die steiler werdende Rampe an, und mir wird klar ... *Wir werden es niemals schaffen!*

Wir schießen über den Rand der Rampe hinaus. Mein ganzer Körper fühlt sich schwerelos an und mein Magen hebt sich. Für eine kurze Sekunde schweben wir in der Luft: Ich sehe den Tower von London aus der Vogelperspektive, während direkt unter uns, wie ein Abgrund, das dunkle, schiefergraue Wasser der Themse darauf wartet, uns zu ertränken. Der Moment erscheint mir schrecklich und surreal zugleich, als wäre ich in einem Actionfilm gefangen. Doch dann werde ich wieder in die Realität zurückversetzt, als wir mit einem harten Krachen auf der anderen Brückenseite landen. Das Motorrad rollt die Rampe hinunter, Phoenix ringt um die Kontrolle des Lenkers. Er bremst hart und rutscht seitwärts, bis er kurz vor den geschlossenen Schranken auf der Nordseite des Flusses zum Stehen kommt.

Atemlos vor Schreck und Erleichterung blicke ich hinter mich, gerade noch rechtzeitig, um zu verfolgen, wie auch Damien den Sprung wagt. Sein gelbes Motorrad schwebt durch die Luft ... Ich habe das düstere Gefühl, dass die Verfolgungsjagd noch nicht vorbei ist. Aber nein – in den Sekunden zwischen unseren Sprüngen hat sich der Abstand der beiden Brückenhälften zueinander vergrößert und erweist sich jetzt als unüberwindlich.

Damien verpasst die gegenüberliegende Brückenkante um Haaresbreite und stürzt mit seinem Motorrad in den Fluss.

Phoenix fährt hinüber zur Brüstung und schaut auf den Fluss hinaus. »Kannst du ihn sehen?«, fragt er.

Ich starre in das trübe Wasser der Themse hinunter. Da ist ein sich ausdehnender Kreis von Wellen, aber keine Spur von Damien oder seinem Motorrad. Ich schüttle den Kopf.

»Such weiter«, sagt Phoenix, sein Blick tastet immer noch den Fluss ab. »Wir müssen ganz sicher sein.« Er blickt auf, als Sirenengeheul das Eintreffen der Polizei am Südufer ankündigt und die Brücke sich wieder zu senken beginnt. Er gibt Vollgas, sodass das Hinterrad durchdreht – Phoenix wartet nicht ab, bis die Polizei uns empfängt oder Damien schließlich doch noch auftaucht. Stattdessen jagen wir, bevor uns jemand aufhalten kann, durch die sich öffnende Schranke und dann die Straße hinunter.

Ich klammere mich wie betäubt an meinem Retter fest, benommen und erschöpft von unserer waghalsigen Flucht. Ich kann nicht fassen, dass wir über die geöffnete Tower Bridge *gesprungen* sind!

Nachdem Phoenix um mehrere Kurven gebogen ist, drosselt er das Tempo auf die vorgeschriebene Höchstgeschwindigkeit. Ich habe keinen Überblick mehr, in welche Richtung wir fahren. Nach einer Weile biegen wir in

Nebenstraßen ab und enden schließlich in einer Gasse. Phoenix stellt den Motor ab, klappt den Seitenständer aus und wir steigen beide ab.

Nachdem ich meinen Helm abgenommen habe, lehne ich mich Halt suchend gegen eine bröckelnde Ziegelmauer. Mein ganzer Körper zittert wie Espenlaub, und mir ist übel, die Nachwirkungen all des Adrenalins, das mich durchströmt. Ich schaffe es nur mit Mühe, mich nicht zu übergeben.

Phoenix marschiert zu einem verrosteten Eisentor an der Seite eines Gebäudes, entriegelt ein Vorhängeschloss und zieht ein heftig kreischendes Tor auf. Er winkt mich hinein. Vorsichtig betrete ich einen Raum, der wie die Eingangshalle einer stillgelegten Londoner U-Bahnstation wirkt. Düster und staubig, mit einem Fahrkartenschalter samt gesprungener Glasfront und einem klapprigen alten Drehkreuz, scheint der Ort seit Jahrzehnten nicht mehr betreten worden zu sein.

Phoenix schiebt sein Motorrad hinein, bedeckt es eilig mit einer ölverschmierten Plane und schließt dann das Tor hinter uns. Er führt mich hinüber zu einer Wendeltreppe aus Beton, die in die Dunkelheit hinabführt. Er knipst eine Taschenlampe an, beleuchtet den vor mir liegenden Weg und winkt mir, ihm zu folgen. Das Geräusch tropfenden Wassers wird lauter und der kalte, feuchte Geruch nimmt mit jedem Schritt in die Tiefe zu. Wir lassen das schwache Tageslicht hinter uns. Unten herrscht nur noch Finsternis.

Schließlich erreichen wir den Grund. Phoenix reicht mir die Taschenlampe und entriegelt in ihrem zitternden Lichtstrahl eine schwere Stahltür. Er betätigt einen Schalter und an der Decke erwachen flackernd eine Reihe Leuchtstoffröhren zum Leben.

»Hier sind wir sicher«, sagt er. »Zumindest vorläufig.«

Im grellen Neonlicht offenbart sich ein niedriger, schmaler Tunnel, in dem sich reihenweise alte Etagenbetten aus Metall befinden.

»Wo sind wir?«, frage ich.

Phoenix dreht sich zu mir um, ein seltsames Grinsen auf seinem jungen, aber welterfahrenen Gesicht.

»Das solltest du eigentlich wissen, Genna. Du warst schon einmal hier.«

10

Ich blicke den schier endlosen Tunnel entlang, an der Decke wölben sich weiße Eisenträger wie die Rippen eines Wal-Skeletts. Die Etagenbetten ziehen sich weiter und weiter und verschwinden in der Ferne um eine Kurve. Ich habe keinerlei Erinnerung an diesen Ort.

»Das ist ein Luftschutzbunker aus dem Zweiten Weltkrieg«, sagt Phoenix. »Während des Blitzkriegs haben wir hier Schutz gesucht, du und ich.«

Verwirrt runzele ich die Stirn. »Aber … das war im letzten Jahrhundert! Was redest du denn?«

Mit einem wissenden Lächeln schlüpft Phoenix aus seiner Motorradjacke und hängt sie an den Pfosten eines Stockbetts. Er wirft seine Baseballkappe auf einen zerknitterten Schlafsack und fährt sich mit den Händen müde durch seine kastanienbraunen Haare. Sein linker Unterarm ist bandagiert, ein dunkler Fleck getrockneten Blutes ist sichtbar. Und auf einmal fügt sich alles zusammen. Die Lederjacke. Die Baseballmütze. Sein amerikanischer Akzent. Die verblassten Blutergüsse auf seinem Gesicht …

»*Du* bist der Junge aus dem Park! Der mich gerettet hat.«

Phoenix nickt.

Ich mustere ihn mit zusammengekniffenen Augen. »Und der mir die ganze Zeit gefolgt ist.«

Er grinst. »Schuldig im Sinne der Anklage. Aber es war zu deinem eigenen Schutz.«

»Ach ja? Und *warum* genau beschützt du mich noch mal?«

Phoenix zuckt mit den Achseln. »Weil es meine Aufgabe ist. Weil ich es schon immer getan habe.« Aus einem Pappkarton holt er eine Flasche Sprudel und einen Müsliriegel und bietet sie mir an.

Zu erstaunt über seine Antwort, schüttle ich den Kopf. Essen ist das Letzte, woran ich im Moment denken kann.

»Du solltest aber etwas essen«, sagt er, indem er den Verschluss aufdreht und den Inhalt fast auf einmal hinunterstürzt, »solange du noch die Gelegenheit dazu hast.«

Er fischt erneut in dem Karton, findet eine weitere Flasche Wasser und reicht sie mir. Dieses Mal greife ich danach, schraube den Deckel ab und nehme einen langen Schluck. Das Wasser kühlt und macht meinen Kopf frei. Als ich mich umsehe, bemerke ich einen Rucksack, der an das Bettgestell gelehnt ist. Daneben steht ein kleiner Campingkocher samt Pfannen und einem Teller, dazu etwas schmutziges Besteck – sowie ein Schweizer Taschenmesser, dessen dreizöllige Klinge aufgeklappt ist. Auf dem gegenüberliegenden Etagenbett befinden sich eine trag-bare Lampe, ein zerfleddertes Taschenbuch, ein kleiner Stapel Kleidung und eine Schachtel mit Vorräten – Früh-stücksflocken, Brot, Bohnen, Suppen und verschiedene andere Dosen.

Ich frage ungläubig: »Du wohnst hier unten?«

»Es ist ein sicheres Versteck«, erwidert Phoenix, packt den Müsliriegel aus und beißt ein Stück ab. »Orte mit einer starken Verbindung zu unserer gemeinsamen Ver-gangenheit haben ein Element des Schutzes. Sie *verhül-len* unsere Anwesenheit vor den Seelenjägern und allen Wächtern in der Nähe. Das ist jedoch nicht hundertpro-zentig wirksam. Es ähnelt eher einem Nebel als einem Kraftfeld.«

Ich nehme noch einen Schluck Wasser. »Wovon redest du da?«

Er wischt den Staub von der Kante des Etagenbetts und macht mir ein Zeichen, mich zu setzen. Vorsichtig nehme ich Platz, dann lässt er sich neben mich plumpsen, wobei die Bettfedern unter seinem Gewicht ächzen. Sein Gesichtsausdruck ist feierlich und ernst.

»Genna«, sagt er und wendet sich zu mir. »Du bist eine der Ersten Nachkommen, eine immer wieder neu gebore-ne Seele, die aus den Anfängen der Menschheit stammt. Du und ich, wir haben unzählige Leben zusammen gelebt. Als Omitl-Krieger in den Dschungeln Mittelame-rikas. Als Samurai in Japan. Als Seeleute an Bord einer spanischen Galeone. Als Cheyenne in den Prärien Nordamerikas. Unsere Leben sind zahlreich und miteinander verflochten. Aber du bist in großer Gefahr. Das war immer so und wird immer so bleiben. Die Inkarnaten sind darauf aus, Erste Nachkommen wie dich aufzuspüren und ihre Seelen zu zerstören – damit hoffen sie, das Licht der Menschheit auszulöschen. Unglücklicherweise sind diese Seelenjäger sehr schwer aufzuspüren. Sie sehen aus wie gewöhnliche Menschen. Tatsächlich könnten sie *jeder* andere Mensch sein. Man muss ihre Augen sehen, ganz aus der Nähe, um zu erkennen, was sie sind.«

»Schwarz wie die Nacht«, murmle ich und denke dabei an die unergründlich dunklen Tiefen der Pupillen in Damiens Augen.

Phoenix nickt. »Sie werden so, wenn die Jäger *sich wandeln* und sich ihrer wahren Natur bewusst werden. Deshalb musste ich warten, bis sie ihren ersten Schritt unternommen hatten. Ich musste im Verborgenen bleiben, sonst hätte ich meinen einzigen Vorteil verspielt – das Element der Überraschung.«

Ich schüttle abwehrend den Kopf. »Das kann nicht wahr sein – ich glaube es nicht. Warum ich? Es ist nichts Besonderes an *mir* –« Meine Worte bleiben mir im Hals stecken und Tränen verschleiern meine Sicht. »Sag mir die Wahrheit: Warum hat Damien *wirklich* versucht, mich zu erschießen?«

Ein finsterer Ausdruck huscht über Phoenix' Gesicht. »*Damien?* Ist das der Name, den er jetzt trägt?« Er schnaubt, dann stößt er ein heiseres Lachen aus. »Nun, er hat nicht versucht, *dich* zu erschießen. Er hat versucht, *mich* zu töten.

Ich blinzle schockiert. »*Dich!* Warum?«

»Weil ich dein Guardian bin, der Leibwächter deiner Seele.«

Ich starre Phoenix verständnislos und mit offenem Mund an.

»Versteh mich nicht falsch: Damien will dich tot sehen. Aber nicht durch eine Kugel.« Phoenix nimmt einen weiteren Bissen von seinem Müsliriegel. »Das würde nichts lösen. Es würde nur das Opferritual auf ein späteres Leben verschieben.«

Ich nehme einen Schluck Wasser, um meinen trockenen Mund zu befeuchten. »Ich verstehe nicht.«

Phoenix isst zu Ende und wendet sich dann wieder mir zu. »Die Inkarnaten können dich nicht einfach töten«, erklärt er. »Sie müssen eine Opferzeremonie durchführen, ein uraltes und grausames Ritual, das darauf abzielt, deine Seele *für immer* auszulöschen.«

»Ein rituelles Opfer?«, flüstere ich. Ich denke an den ominösen Jadedolch, an Damiens Angriff auf mich im Park und beginne zu weinen.

Phoenix legt seine Hand auf meine und blickt mich aus seinen saphirblauen Augen an. Wieder ist dieses sternenklare Funkeln in ihnen. »Mach dir keine Sorgen, Genna. Als dein Guardian ist es meine Aufgabe, dich vor den Seelenjägern zu beschützen und zu verstecken.«

Für einen Moment möchte ich ihm glauben. Ich spüre

sogar einen Hoffnungsschimmer. Ich stelle mir vor, in seinen Armen zu liegen, sicher und geborgen vor jeder Gefahr. Dann ziehe ich meine Hand weg. Natürlich habe ich schreckliche Angst vor Damien und seinen sogenannten Jägern, aber ich sollte mich auch vor diesem Jungen und seinen fantastischen Geschichten über wiedergeborene Seelen und frühere Leben fürchten. Er mag besonnen, stark und mutig auftreten – aber was weiß ich denn über ihn? Er ist offensichtlich obdachlos und möglicherweise psychisch instabil.

Ich stelle meine Wasserflasche ab und stehe vom Bett auf. »Tut mir leid, aber das klingt alles völlig ... *verrückt*. Ich denke, es ist das Beste, wenn ich jetzt nach Hause gehe.«

Phoenix erhebt sich ebenfalls und versperrt mir den Weg zur Tür. »Mir ist klar, dass es unglaublich klingt. Ich habe oft Schwierigkeiten, dich zu überzeugen. Du erinnerst dich selten an deine vergangenen Leben ... zumindest am Anfang. Ich denke, es ist ein Weg, um dich selbst zu schützen. Solange du dir deines Wesens nicht bewusst bist, gelingt es den Inkarnaten offensichtlich nur schwer, dich aufzuspüren.«

»Ich möchte gehen, *jetzt*!«, insistiere ich, sein Gerede scheint immer absurder zu werden.

»Bitte hör mich zu Ende an«, drängt Phoenix und hebt seine Hände, um mich am Weglaufen zu hindern. »Sind deine Träume manchmal so lebendig, dass es dir vorkommt, als müssten sie irgendwann real gewesen sein?

Oder hattest du je ein so überwältigendes Déjà-vu, dass du überzeugt warst, du müsstest wirklich schon einmal an dem Ort gewesen sein?«

Ich bewahre einen neutralen Gesichtsausdruck, aber sofort fällt mir die seltsame Episode während meiner Lektüre zur Französischen Revolution ein. Phoenix bemerkt, dass ich zögere, und nutzt seine Chance. »Verfügst du über außergewöhnliches Wissen oder Fähigkeiten, Genna, die dir niemand beigebracht hat?«

Ich schlucke, als ob mir ein Kieselstein im Hals stecken würde. In der Schule scheine ich oft historische Fakten zu kennen, bevor meine Geschichtslehrerin etwas davon erzählt, und manchmal korrigiere ich sie sogar in einigen Punkten. Und als ich mit dem Bogenschießen begann, traf jeder Pfeil, den ich abschoss, mitten ins Schwarze, obwohl ich noch nie zuvor auch nur einen Bogen in der Hand gehalten hatte. Der Ausbilder meinte, ich wäre ein Naturtalent, meine Freundinnen und ich hielten es für reines Anfängerglück. Aber eine Fähigkeit aus einem früheren Leben? Ehrlich jetzt, das ist doch albern!

Phoenix kommt näher, legt seine Hände auf meine Schultern und schaut mir tief in die Augen. »Und erkennst du die Gesichter von Fremden wieder? Sind sie dir auf rätselhafte Weise vertraut, wie wenn Freunde sich nach langer Zeit wiederbegegnen?«

Es liegt eine aufrichtige und sehnsuchtsvolle Zuneigung in seinem Blick, die mir bekannt und zugleich erschreckend vertraut vorkommt.

»Dies alles sind Echos deines früheren Lebens«, erklärt er. »Wiedergeburten deiner Seele. Schimmer, wie die Ersten Nachkommen sie nennen.«

Ich erinnere mich an die bizarre Vision, die mich erfasst hat, als er zum ersten Mal meine Hand nahm. Plötzlich droht meine Welt und jede Gewissheit sich aufzulösen, und obwohl ich seine Worte nicht glauben will, spüre ich, dass ihre Wahrheit etwas tief in mir berührt, das in meinem Herzen verankert ist. In meiner Seele.

»*Lass mich vorbei!*«, schreie ich.

»Warte, ich werde es dir beweisen.« Phoenix holt eine alte, ramponierte Metallkiste unter seinem Etagenbett hervor. »Leg deine Hände darauf.«

»Was ist das?«, frage ich misstrauisch.

»Ein Medizinkoffer. Der Erste-Hilfe-Kasten, den du während des Blitzkriegs benutzt hast, um mich zu verbinden. Ein *Zeitenstein*, durch ihn trittst du in Kontakt mit deinen früheren Leben.«

Wider besseres Wissen knie ich neben dem Kasten nieder. Ich bin entschlossen zu beweisen, dass alles, was er mir erzählt hat, Unsinn ist – um seiner und meiner eigenen geistigen Gesundheit willen. Ich lege meine Hände auf den Deckel und …

Die Lichter flackern über uns. Ein donnernder Schlag ertönt. Staub löst sich von der Decke. Ein weiteres tiefes Grollen, dann verlöschen die Lichter endgültig. Schreie und Gewimmer hallen durch den Tunnel. Eine Sirene heult in der Dunkelheit. Beißender Brandgeruch verpestet die Luft.

Gaslampen flackern auf und zeigen Reihen blasser, ängst-
licher Gesichter, Frauen und Kinder, die entsetzt an die
Decke starren.

»Das Schrapnell steckt ziemlich tief. Haben Sie noch
Verbandszeug übrig?«, fragt ein junger Soldat mit Ost-
londoner Akzent. Sein hageres Gesicht ist blass vor Schreck,
aber seine blauen Augen leuchten, während er die Zähne
gegen den Schmerz zusammenbeißt.

Ich blicke auf den Metallkasten in meinen Händen, der
jetzt neu und unversehrt ist, dann wieder auf den jungen
Mann, der ausgestreckt in dem Stockbett liegt. Ich erkenne
ihn sofort wieder, obwohl sein Gesicht und sein Akzent
anders sind und sein Name gerade ... Harry lautet. Er hat
eine große blutige Wunde am rechten Bein. Neben ihm, in
der benachbarten Schlafkoje, liegt ein weiterer verwundeter
Soldat, der stöhnt und seinen Arm umklammert hält.

Ich nicke Harry zu, stelle den Erste-Hilfe-Kasten hin,
öffne den Deckel und ziehe einen frischen Verband heraus.
Eine weitere Bombe explodiert über uns. Der Bunker er-
bebt unter der Explosion, Ziegelsteine und Mörtel fallen
auf mich herab, und ich schreie ...

»Was hast du mit mir gemacht?«, rufe ich und nehme
die Hände von der Kiste, als ob sie in Flammen stünde.
Ich bin desorientiert, mir ist schwindelig und ich starre
Phoenix vorwurfsvoll an. Die Tunnellichter brennen wie-
der, ihr Licht ist hart und grell. Die Explosionen und
Schreie sind verstummt. Wir sind alleine im Tunnel, die
Etagenbetten sind leer und verlassen.

Phoenix grinst triumphierend. »Du hast eine Verbindung gespürt, ein vergangenes Leben gesehen, richtig?«

Ich schüttle heftig den Kopf und leugne alles, auch vor mir selbst.

»Nein … Ich weiß nicht, was ich gesehen habe.« Mein Blick fällt auf die Wasserflasche am Fuß des Etagenbetts. »Du hast mir was in das Wasser getan, stimmt's?«

»*Nein!*«, protestiert Phoenix und packt mich am Arm. »Du musst mir glauben. Das Überleben deiner Seele hängt davon ab.«

Ich versuche mich aus seinem Griff zu befreien, aber er lässt mich nicht los und ich bekomme Todesangst. Ich schnappe mir eine Dose Bohnen aus der Vorratskiste und donnere sie ihm mit aller Kraft gegen den Schädel. Der harte Metallrand trifft seine Schläfe und er stürzt benommen zu Boden. Ich springe auf, renne zur offenen Tür, schlage sie hinter mir zu und stürze die Wendeltreppe hinauf.

Während ich flüchte, höre ich Phoenix hinter mir herschreien. »Genna, komm zurück! Die Inkarnaten wissen, wer du bist!«

Aber ich bleibe nicht stehen. Ich wage es nicht, innezuhalten.

Seine verzweifelte Stimme verfolgt mich die Treppe hinauf. »Sie werden nicht aufhören, dich zu jagen, Genna. Nicht jetzt. Niemals!«

11

»Vier Menschen wurden getötet und viele weitere verletzt, als heute Morgen am Clapham Market ein Lieferwagen in die Fußgängerzone raste«, verkündet eine ernste Stimme, während ich die Eingangstür zu unserem Haus öffne und leise den Flur betrete. Aus dem Wohnzimmer ertönen die Fernsehnachrichten: *»Eine Frau Mitte zwanzig befindet sich nach einem Schuss in die Brust in kritischem Zustand. Die Polizei geht von einem Zusammenhang zwischen beiden Vorfällen aus und behandelt sie als mutmaßlichen Terroranschlag, obwohl sich bisher noch keine Organisation zu den Anschlägen bekannt hat. Mittlerweile wurden drei Personen festgenommen, und es wird im Zusammenhang mit den Anschlägen nach mindestens drei weiteren Verdächtigen gefahndet ...«*

Als ich das Wohnzimmer betrete, zeigen sie im Fernsehen die Fahndungsfotos von drei Personen. Ich erkenne die beiden Männer als die Kerle wieder, die mich zu entführen versuchten. Die Frau ist vermutlich die Fahrerin des Lieferwagens. Damien ist nicht unter ihnen. Als meine

Mutter mich in der Tür sieht, springt sie vom Sofa auf; ihre Wimperntusche ist verlaufen, und ein Haufen zerknitterter Taschentücher liegt auf dem Couchtisch.

»*Genna*«, ruft sie, schließt mich in die Arme und küsst mich mit einer fast verzweifelten Heftigkeit auf Stirn und Wangen. Dann hält sie inne und mustert mich mit weit aufgerissenen Augen. »Wir haben uns solche Sorgen um dich gemacht. Die Schule hat angerufen, dass du heute Morgen nicht zu deinem Geschichtstest erschienen bist. Dann haben wir die Nachricht von den Angriffen gesehen und das Schlimmste befürchtet ...« Mums Stimme versagt.

Hinter ihr steht mein Vater und starrt mich mit einer Mischung aus Wut, Erleichterung und Freude an. Sein Gesicht wirkt so faltig, als wäre er seit dem Frühstück um zwanzig Jahre gealtert. »Wo warst du denn die ganze Zeit?«, fragt er mit rauer Stimme.

»Ich ...« Aber mir fehlen die Worte. Aus irgendeinem Grund will und *kann* ich meinen Eltern nicht von Phoenix erzählen. Unbegreiflicherweise will ich ihn schützen. Auch von der versuchten Entführung möchte ich ihnen nicht erzählen. Jedenfalls noch nicht. Sie sind beide schon gestresst genug, und ich denke, sie brauchen nicht noch mehr Sorgen. »Ich habe mich versteckt«, antworte ich, wobei ich mich so weit wie möglich an die Wahrheit halte. »Nach den Anschlägen hatte ich solche Angst. Ich wusste nicht, was ich sonst tun sollte. Ich hab völlig das Zeitgefühl verloren ...«

»Warum hast du nicht *angerufen*?«, will mein Dad wissen. »Deshalb haben wir dir dein eigenes Telefon geschenkt! Ich habe dir unzählige Nachrichten hinterlassen!«

Ich zucke schwach mit den Achseln. »Ich habe meine Schultasche fallen lassen, als ich weggerannt bin ... Es tut mir so leid, dass ich das Handy verloren habe ... Ich wollte euch nicht verärgern.«

Mum zieht mich enger in die Arme und hält mich so fest, dass ich fürchte, sie könnte mich nie mehr loslassen. »Wir sind nicht böse auf dich, Genna ... Wir waren nur so, so besorgt ... Wir dachten, du wärst –«

Eine weitere Meldung im Fernsehen unterbricht sie: »*An der Tower Bridge untersucht die Polizei einen zweiten Vorfall, der möglicherweise ebenfalls mit dem Anschlag heute Morgen in Clapham in Verbindung steht*«, verkündet die Nachrichtensprecherin. Hinter ihr ist die Aufnahme eines Schwimmkrans zu sehen, der ein gelbes XP-Liefermotorrad aus dem Fluss fischt. »*Nach einer rasanten Verfolgungsjagd, an der vier Motorräder beteiligt waren, sprang ein Motorradfahrer mit Beifahrer über die sich gerade öffnende Tower Bridge.*« Die Nachrichtensprecherin hebt ungläubig eine Augenbraue, und der Bildschirm wechselt zu einem wackeligen Handy-Clip, der zeigt, wie ein Motorrad zwischen den beiden hochgeklappten Hälften der Brücke durch die Luft fliegt.

Ich starre verblüfft auf den todesmutigen Stunt. Das Motorrad und die beiden Personen darauf segeln über eine immer größer werdende Lücke hinweg, fünfzig Meter über dem eiskalten Wasser der Themse. Vom Flussufer aus gesehen ist klar, dass Phoenix nicht weniger als ein Wunder vollbracht hat.

»Ein zweites Motorrad versuchte zu folgen«, fährt die Nachrichtensprecherin fort, *»schaffte aber den Sprung nicht und stürzte in die Themse. Zunächst wurde befürchtet, der Fahrer könnte ertrunken sein, doch kurz darauf wurde ein junger Mann beobachtet, der nahe Butler's Wharf aus dem Fluss stieg und zu Fuß von der Unfallstelle floh.«*

Bei dieser Nachricht läuft es mir eiskalt den Rücken hinunter.

»Ein dritter Verdächtiger wurde von der Polizei verfolgt und festgenommen, während ein vierter unter Polizeibewachung im Krankenhaus liegt, da er sich nach einem Unfall in kritischem Zustand befindet. In der Zwischenzeit wurden der draufgängerische Fahrer und sein unbekannter Beifahrer dabei beobachtet, wie sie mit hoher Geschwindigkeit in den Ostteil der Stadt unterwegs waren. Die Polizei bittet die Bevölkerung um Hinweise, die zur Ergreifung ...«

Der Rest des Berichts geht in meiner aufkommenden Panik unter.

»Ist alles in Ordnung mit dir?«, fragt Mum, die meine Anspannung spürt.

»Ich muss mich hinlegen«, murmle ich, löse mich aus ihren Armen und ziehe mich in den Flur zurück.

Mum will mir folgen, aber Dad legt ihr eine Hand auf die Schulter und hält sie sanft zurück. »Das ist eine gute

Idee, Genna«, sagt er mit einem sorgenvollen Lächeln, denn sein Ärger ist mittlerweile seiner gewohnten Fürsorglichkeit gewichen. »Dieser Vormittag muss ein schrecklicher gewesen sein.«

Auf zittrigen Beinen mache ich mich auf den Weg nach oben in mein Zimmer. »Ich schaue später nach dir«, ruft Mum mir nach. Dann höre ich, wie sie die Wohnzimmertür hinter sich schließen und eine angespannte, geflüsterte Diskussion beginnen.

In meinem Zimmer breche ich auf meinem Bett zusammen und drücke Coco, mein Schlappohr-Häschen, an meine Brust. Ich fühle mich zerschlagen, innerlich ausgehöhlt vor Angst. Die Nachricht, dass Phoenix und ich auf der Flucht beobachtet wurden, beunruhigt mich nicht allzu sehr. Wir sind schließlich unschuldig. Es ist vielmehr die Tatsache, dass Damien den Sprung überlebt hat und entkommen ist... Mein Peiniger läuft immer noch frei herum.

Ich schnappe mir meinen Laptop vom Schreibtisch und schalte ihn ein. Da mein Handy verloren ist, starte ich über den Browser einen Videoanruf bei Mei. Nach ein paar Klingeltönen wird eine Verbindung hergestellt, und das Gesicht meiner besten Freundin erscheint auf dem Bildschirm, erschöpft und etwas grau. Sie liegt auf dem Bett, eine Schüssel neben sich auf dem Nachttisch.

»Genna!«, ruft Mei überrascht und blickt in die Kamera. »Was machst du jetzt schon zu Hause?«

»Hey, alles okay?«, frage ich.

Mei nickt. »Klar doch. Nur eine Magenverstimmung. Aber was ist mit dir? Wie war der Test?«

Ich beiße mir auf die Unterlippe. »Ich habe ihn verpasst.«

»*Was?*«, ruft Mei mit weit aufgerissenen Augen. »Das Superhirn schwänzt einen Test! Wieso das denn?«

»Hast du die Nachrichten gesehen?«, frage ich.

»Ja, klar, schrecklich«, antwortet Mei mit einem missbilligenden Schmollmund. »Diese Terroristen sind einfach krank. Ich meine, wie können sie Leute überfahren im Namen von –«

»Es war kein Terroranschlag«, unterbreche ich sie. Mei blinzelt überrascht und verstummt. »Sie haben *mich* verfolgt.«

Meis Unterkiefer fällt herab. »*Dich?* Wovon redest du da?«

»Damien hat versucht, mich zu entführen«, erkläre ich ihr.

Meis Mund öffnet sich weiter und weiter, während ich ihr von dem weißen Lieferwagen, meiner Entführung, der Rettung durch Phoenix und von der seltsamen Vision des Opferrituals erzähle.

Sie hört fassungslos zu, während ich die schockierenden Details schildere, wie Damien jemanden angeschossen und dann versucht hat, Phoenix und mich zu überfahren; unsere gefährliche Flucht auf dem Motorrad, gefolgt von Phoenix' unglaublicher Enthüllung über Seelenjäger und seine Behauptung, mein Guardian, mein

Seelen-Bodyguard, zu sein. Und schließlich enthülle ich ihr meine surreale Rückblende in ein vergangenes Leben im Zweiten Weltkrieg.

Bereits als ich ihr meine Geschichte erzähle, wird mir klar, wie absurd das alles klingt.

Am Ende spiegelt Meis Gesichtsausdruck eine Mischung aus Verwunderung, Unglauben, Entsetzen und Heiterkeit.

»Du verarschst mich, oder?«, sagt sie.

»Das ist *kein* Witz«, antworte ich in ernstem Tonfall. »Was soll ich deiner Meinung nach tun?«

Mei richtet sich im Bett auf. »Das *musst* du der Polizei melden.«

»Glaubst du denn, die werden mir glauben?«

»Wahrscheinlich nicht«, sagt Mei und schüttelt den Kopf. »Zumindest nicht alles. Vielleicht solltest du die Sachen mit diesen früheren Leben lieber für dich behalten.«

»Glaubst *du* mir denn?«, frage ich und spüre einen Anflug von Verzweiflung. Bei dem Gedanken, ich könnte den Bezug zur Realität verlieren, graut mir.

Mei spitzt die Lippen, überlegt gründlich und sagt dann: »Ich glaube, dass Damien wirklich hinter dir her ist und dass Phoenix eingeschritten ist, um dich zu retten – im Park und auch heute Morgen. Aber bei diesem Frühere-Leben-Zeug bin ich mir nicht so sicher. Du wurdest überfallen und gekidnappt. Das würde jeden psychisch schwer belasten. Glaubst du, diese Erinnerungsfetzen könnten nur *Einbildung* gewesen sein?«

»Nein. Sie fühlten sich tatsächlich an wie *Erinnerungen*«, beharre ich. »Es war alles so vollständig. Ich konnte sehen, schmecken, riechen, fühlen. Auf keinen Fall könnte ich mir solche Dinge einfach ausdenken – und es waren auch keine Träume. Es war genauso real wie jetzt, wo du und ich miteinander sprechen!«

»Aber du meintest doch, Phoenix hätte dir vielleicht etwas in dein Wasser getan. Könnte das nicht der Grund gewesen sein?«, erinnert mich Mei.

Ich seufze und zucke mit den Achseln. »Ich weiß es nicht, ehrlich ... Selbst wenn er es getan hätte, erklärt das nicht all diese Flashbacks, die ich hatte.«

Mei schweigt wieder, scheinbar gedankenverloren. Schließlich sagt sie: »Glauben manche Religionen nicht an die Wiedergeburt? Ich bin sicher, Prisha hat mal drüber gesprochen. Ich nehme an, da wird schon irgendwas dran sein.«

»Dann werde ich nicht allmählich verrückt?«, frage ich zögernd.

Mei lächelt mich freundlich an. »Nein, das wirst du ganz sicher nicht. Aber dein Schutzengel könnte es sein. Dieses ganze Gerede von *Inkarnaten* und *deine Seele beschützen,* das klingt definitiv ein bisschen durchgeknallt ... wie mutig oder gutaussehend du ihn auch immer findest!«

Sie lacht, ich falle ein, und fühle mich jetzt entspannter, nachdem Mei mich so beruhigt hat und meine Vermutung über Phoenix' Geisteszustand bestätigt hat. Trotzdem, bei dem Gedanken an ihn setzt mein Herz einen Schlag aus, und tief in mir spüre ich die tiefe Sehnsucht, ihn wiederzusehen. Ich versuche, das Gefühl zu unterdrücken.

»Was soll ich also tun, wenn Phoenix mich wiederfindet?«, frage ich.

»Fühlst du dich von ihm bedroht?«, fragt Mei vorsichtig.

»Ganz im Gegenteil«, gebe ich zu. »Ich fühle mich bei ihm *sicher*. Das ist es ja, was mich so erschreckt. Ich kenne ihn kaum, also warum sollte ich dann so empfinden?«

»Das ist ganz normal. Er hat dich ja beschützt«, erklärt Mei, dann verfinstert sich ihr Gesichtsausdruck. »Um ehrlich zu sein, würde ich mir mehr Sorgen machen, dass Damien dich wiederfindet. Er ist die *wahre* Bedrohung –«

Wir werden von einem Klopfen an meiner Tür unterbrochen, und Mum steckt ihren Kopf herein. Ich will ihr gerade erklären, dass ich ein Gespräch mit Mei führe, als ich den ernsten Ausdruck auf ihrem Gesicht bemerke.

»Die Polizei ist hier und will dich sprechen.«

12

»Sind das deine Schultasche und dein Handy?«, fragt der weibliche Detective Inspector und hält eine durchsichtige Plastiktüte mit einer Schultasche mit Blumenmuster und einem Smartphone in Glitzerhülle hoch. Ihr Gesichtsausdruck ist streng, aber nicht offen feindselig, ihre grauen Augen wirken scharf und wachsam hinter ihrer getönten Brille, und ihr schwarzes Haar ist zu einem festen Dutt aufgesteckt. Sie hat sich als DI Katherine Shaw von der Metropolitan Police vorgestellt, trägt aber statt der üblichen Polizeiuniform einen maßgeschneiderten marineblauen Anzug und eine weiße Bluse.

»Ja«, antworte ich und strecke die Hand aus, um meinen Besitz entgegenzunehmen. Aber sie übergibt ihn mir nicht. Stattdessen reicht sie die Tüte an ihren Kollegen weiter, einen Polizeibeamten mittleren Alters in Uniform. Er ist stämmig, trägt einen ordentlich gestutzten Bart und sieht eher wie ein Bodyguard als ein Polizist aus.

»Wir würden das gerne als Beweismittel behalten, wenn es dir nichts ausmacht«, erklärt DI Shaw, wobei ihr knapper Tonfall darauf hinweist, dass dies eher eine Feststellung als eine Bitte war.

»Beweismittel?«, fragt mein Vater scharf. Er wirft der Kriminalbeamtin einen herausfordernden Blick zu. »Sie vermuten doch wohl nicht, dass unsere Tochter etwas mit diesem Terroranschlag zu tun hat, oder?«

DI Shaw zieht ein Notizbuch aus ihrer Jackentasche und klickt auf das Ende ihres Kugelschreibers. »Das ist es, was wir herausfinden wollen, Sir. Wir möchten Genna lediglich ein paar Fragen stellen. Einige Dinge klären.«

Meine Eltern tauschen unbehagliche Blicke aus, als die Polizistin mir gegenüber am Esszimmertisch Platz nimmt und mir direkt in die Augen starrt. Ich winde mich ein wenig in meinem Stuhl. Plötzlich fühlt sich das Esszimmer heiß und stickig an. Mein Mund wird knochentrocken.

Mum setzt sich an das Tischende und umklammert eine Tasse Tee, ohne Anstalten zu machen, daraus zu trinken. Dad steht neben ihr, die Arme verschränkt, die dichten Augenbrauen gerunzelt, die ganze Situation ist ihm sichtlich unangenehm.

DI Shaw lächelt mich kühl an. Möglicherweise hat sie vor, mich damit zu beruhigen, doch ihr aufgesetztes Lächeln bewirkt so ziemlich das Gegenteil. »Genna«, beginnt sie, »kannst du uns sagen, wo du dich heute Morgen aufgehalten hast?«

»Ich ... war auf dem Weg zur Schule«, antworte ich, ein hörbares Zittern in meiner Stimme.

»Oaklands School?«, fragt sie, worauf ich nicke und sie sich eine Notiz macht. »Warst du irgendwo in der Nähe von Clapham Market?«

Ich nicke erneut, und sie kritzelt eine weitere Notiz.

»Und warst du Zeugin eines der Anschläge?«

Wieder nicke ich. Ich weiß nicht, wie viel ich dieser Frau erzählen soll. Ich habe Angst, ich könnte etwas sagen, das mich belastet. Gleichzeitig wollte Mei, dass ich mit der Polizei spreche, und nun ist sie hier. Aber das Auftreten der Kommissarin ist so distanziert und herablassend, dass ich mich eher wie eine Kriminelle fühle.

»Könntest du gegebenenfalls einen der Attentäter identifizieren?«, fragt sie.

»Ich denke schon«, antworte ich.

DI Shaw hält das körnige Standbild einer Videoüberwachungskamera vom Clapham Market hoch. »Kennst du den Jungen auf diesem Bild?«

Ich starre auf den schwarzhaarigen, hellhäutigen Jungen, der inmitten der zerstörten Marktstände steht. Sein Gesicht ist unscharf, aber ich erkenne ihn sofort wieder. Ein Schauder überläuft mich. Sogar auf einem Foto lässt seine unheimliche Präsenz meine Haut kribbeln. »Ja ...«, sage ich. »Sein Name ist Damien.«

Die Kriminalbeamtin blickt zu dem Constable hinüber und hebt eine Augenbraue, diese Information hat eindeutig ihr Interesse geweckt. »Was weißt du noch über ihn, Genna?«, fragt sie.

Da ich nichts über das Seelenjäger-Zeug, wie Mei es

nennt, verraten möchte, zucke ich mit den Achseln und sage: »Eigentlich nichts.«

DI Shaw beugt sich in ihrem Stuhl nach vorne, stützt ihre Ellbogen auf den Tisch und fixiert mich mit ihrem durchdringenden Blick. »Nichts? Mehrere Zeugen behaupten, sie hätten beobachtet, wie *du* aus dem weißen Lieferwagen gestiegen bist, der an dem Anschlag beteiligt war –«

»Moment!«, unterbricht mein Dad und löst seine Arme aus der Verschränkung. »Dies ist mehr als nur eine ›Klärung der Dinge‹. Wer sind diese sogenannten Zeugen? Sollte für solche Fragen nicht ein Anwalt anwesend sein?«

»Ich glaube nicht, dass dergleichen nötig sein wird«, sagt DI Shaw. »Oder, Genna?« Wiederum macht ihr bestimmter Tonfall deutlich, dass es sich hier um eine Ansage und nicht um eine Frage handelt.

Ich schüttle stumm den Kopf, erleichtert, aber auch etwas ängstlich angesichts der Aussicht, endlich jemandem von der Polizei von meinem Peiniger berichten zu können. Ich atme tief ein. »Ich glaube, Damien hat versucht, mich zu entführen –«

»*Entführen?*«, schreit Mum und verschüttet fast ihren Tee. Ich weiche ihrem entsetzten Blick aus und fahre fort.

»Er und die anderen haben mich in den hinteren Teil des Lieferwagens geworfen ... Aber ich konnte entkommen, und da hat er versucht, mich zu erschießen ...«

»Damien versuchte, dich zu erschießen?«, hakt DI Shaw nach.

Ich nicke. »Er schoss daneben und traf stattdessen die arme Frau.« Tränen brennen in meinen Augen und mein Kinn beginnt zu zittern, als ich mich an den tragischen Vorfall erinnere. »Vor einer Woche haben Damien und seine Bande mich in einem Park in der Nähe des Museums überfallen.«

Dad stürzt nach vorn und stemmt seine Hände auf den Esstisch. Er starrt mich völlig geschockt an. »Genna, warum hast du uns nichts davon erzählt?«, fragt er sichtlich erschüttert. »Wir hätten etwas tun können. Die Polizei anrufen. Ihn verhaften lassen!«

Als ich den bestürzten und enttäuschten Ausdruck auf dem Gesicht meines Vaters sehe, habe ich das Gefühl, ihn verraten zu haben, und beginne zu weinen. »Ich … ich hatte Angst. Ich wusste nicht, was ich tun sollte. Ich dachte, niemand wird mir glauben …«

Mum rutscht neben mich und legt einen Arm um meine Schultern. »Schon gut, Schätzchen«, tröstet sie mich und reicht mir ein Taschentuch. »Du bist jetzt zu Hause. Du bist in Sicherheit. Du brauchst keine Angst zu haben.«

Sobald ich mich beruhigt habe, fragt DI Shaw: »Warum glaubst du, sollte Damien dich entführen wollen?«

Ich wische mir die Tränen ab und antworte zögernd: »Ich … weiß es nicht.«

Sie fixiert mich weiterhin mit steinernem Blick und wartet eindeutig auf eine andere Antwort – die Wahrheit. Eine quälende Stille setzt ein. Der Druck, mich zu äußern, lastet schwer auf meiner Brust. Doch ich weiß, dass die

Wahrheit, oder zumindest der Grund, der mir dafür genannt wurde, so weit hergeholt und unglaublich ist, dass alle denken würden, ich wäre verrückt oder würde lügen.

Gerade als das Schweigen für mich unerträglich wird, fragt DI Shaw: »Wer war der andere Junge, mit dem du zusammen warst?«

»Was…« Ich schlucke schwer. Wieder bin ich mir des unerklärlichen Drangs bewusst, Phoenix' Identität zu schützen. »Welcher andere Junge?«

Die Polizistin klopft ungeduldig mit ihrem Stift auf ihr Notizbuch. »Der, mit dem du beim Wegrennen beobachtet wurdest«, sagt sie.

Ich senke meine Augen und weiche ihrem starrenden Blick aus. »Keine Ahnung, wer er ist«, murmle ich. »Ich bin ihm noch nie begegnet.«

DI Shaws Lippen werden schmal: Sie ist eindeutig skeptisch. Nachdem sie eine Notiz in ihr Büchlein gekritzelt hat, streckt sie die Hand in Richtung des Polizeibeamten aus, der ihr einen dünnen Ordner reicht. Sie klappt ihn auf. Auf die Innenseite der Mappe ist das Passfoto eines Jungen mit hohen Wangenknochen, karamellfarbenem Teint und kastanienbraunem Haar geheftet. Seine Augen erscheinen auf dem Foto eher dunkel, und ich frage mich, ob nur *ich* das sternenähnliche blaue Strahlen in ihnen erkennen kann.

»Also«, sagt sie, »unsere ersten Ermittlungen haben einige grundlegende Fakten über ihn zutage gefördert. Sein Name ist Phoenix Rivers. Er ist amerikanischer

Staatsbürger, laut Reisepass in Flagstaff, Arizona, geboren. Sein Vater ist unbekannt. Die Mutter ist Ángela Silva, ursprünglich aus Córdoba, Mexiko, sie starb bei einem Autounfall, als er drei Jahre alt war, danach wuchs er bei einer Reihe von Pflegefamilien auf. Es scheint, dass er so etwas wie ein *Problemkind* war, und laut seiner Krankenakte hat er sich zahlreichen psychotherapeutischen Behandlungen unterzogen. Er landete vor zweiunddreißig Tagen in Heathrow, sein Flug startete vom internationalen Flughafen Los Angeles aus. Aufenthaltsort danach unbekannt. Was ich wissen möchte, Genna, ist, in welcher Verbindung *du* zu ihm stehst.«

Ich knete meine Hände unter dem Tisch, meine Handflächen sind feucht, mein Puls rast. »Es gibt keine Verbindung.«

DI Shaws Augen verengen sich hinter ihrer getönten Brille. »Warum hat er dann aber einfach so sein Leben für dich riskiert?«

Ich zucke mit den Achseln. »Weil er ein guter Mensch ist, nehme ich an.«

»Wo ist er jetzt?«

»I-i-ich weiß es nicht«, lüge ich. Es besteht die Möglichkeit, dass er immer noch im unterirdischen Bunker ist, aber auch jetzt hindert mich mein Instinkt daran, ihr dies zu verraten.

DI Shaw lehnt sich in ihrem Stuhl zurück und atmet tief und gemessen ein. »Ich bin nicht überzeugt, dass du mir die ganze Wahrheit sagst, Genna«, erklärt sie. Mein

Vater öffnet den Mund, um zu protestieren, aber sie hebt eine Hand und stoppt ihn. Aus dem Ordner zieht sie ein Video-Standbild der Tower Bridge, das zwei Fahrer auf einem schlanken leuchtend blauen Motorrad zeigt: Phoenix' Gesicht ist unter seiner Baseballmütze deutlich zu erkennen, aber das Gesicht seiner Beifahrerin ist von einem Helm verdeckt.

»Phoenix Rivers wurde eindeutig als einer der Motorradfahrer identifiziert, die in den Vorfall an der Tower Bridge verwickelt waren.« Sie mustert mich von oben bis unten und nimmt besonders meine Jeans, mein weißes Shirt und meine grüne Jacke in Augenschein. »Da deine Kleider mit denen der Person auf den Videoaufnahmen übereinstimmen, nehme ich an, dass du seine Beifahrerin warst.«

Plötzlich scheint nicht mehr genug Luft im Raum zu sein, und ich wünsche mir verzweifelt, dass jemand ein Fenster öffnet.

Meine Eltern mustern mich, als ob sie mich nicht mehr kennen würden, ihre Gesichter sind vor Schock und Unglauben ganz starr. Der Polizeibeamte baut sich an der Tür auf, offenbar in der Befürchtung, ich könnte einen Fluchtversuch starten, während DI Shaw mich weiterhin mit ihrem stählernen Blick durchbohrt.

Unter der Last der feindseligen Blicke aller gerät meine Haltung ins Wanken.

Unter einer Flut von Schluchzern und Tränen verrate ich die ganze Geschichte: Phoenix' unwahrscheinliche

Erzählung über frühere Leben und Erste Nachkommen, über Inkarnaten und Seelenjäger sowie Damiens Absicht, mich in einem Opferritus zu töten. Meine eigenen Flashbacks aus vergangenen Leben gestehe ich nicht ein, aus Angst, die Polizei und meine Eltern könnten meinen Geisteszustand endgültig infrage stellen. Aber als ich fertig bin, schauen sie mich alle mit tiefem, fast demütigendem Mitleid an.

DI Shaws eisiges Verhalten taut auf. Sie streckt ihre Hand aus und berührt meine. »Genna, es war das Beste, was du tun konntest, dass du es uns erzählt hast. Es ist verständlich, dass du verwirrt und verängstigt bist nach all dem, was du erlebt hast. Dieser Phoenix hat dich vielleicht gerettet, aber meiner professionellen Einschätzung nach nutzt er dich in deinem verletzlichen Zustand aus.«

Ich schaue sie an und runzele die Stirn. »Warum sollte er das tun?«

»In Anbetracht seiner Erziehung, seiner medizinischen Vorgeschichte und der Tatsache, dass er ein Waisenkind ist, hat der Junge wahrscheinlich Bindungsprobleme«, erklärt sie. »Er hat sich diese Fantasiewelt mit Seelenbeschützern und Seelenjägern geschaffen, um seine Opfer anzulocken und sie davon zu überzeugen, sich allein auf ihn zu verlassen. Ich würde also grundsätzlich allem, was er sagt, nicht viel Wahrheitsgehalt beimessen. Ich bin kein Psychologe, aber es klingt, als könnte er ein paranoider Schizophrener sein.«

»Ein was?«, frage ich.

»Jemand mit einem chronischen psychischen Problem, aufgrund dessen er den Bezug zur Realität verliert. In der Regel sind solche Personen an sich harmlos, aber sie glauben oft, dass man sie verfolgt oder gegen sie ein Komplott schmiedet. Es kommt auch häufig vor, dass sie unter Größenwahn leiden und glauben, sie seien jemand Wichtiges oder Berühmtes, was zu Phoenix' Erzählungen von früheren Leben passt. Die meisten paranoiden Wahnvorstellungen sind komplex, aber die dieses Jungen scheinen wirklich außergewöhnlich zu sein. Seine Hintergrundgeschichte erfordert nicht den geringsten Beweis, und deshalb ist sie so effektiv.«

Die Einschätzung der Kriminalbeamtin beruhigt und bestürzt mich zugleich. »Phoenix hat also Wahnvorstellungen?«, frage ich.

DI Shaw nickt. »Tatsächlich würde ich sogar so weit gehen, diese als gefährlich einzustufen. In Anbetracht seiner waghalsigen Heldentaten ist er für dich eine ebenso große Bedrohung wie dieser Damien ... wenn nicht sogar eine noch größere.«

13

»Wir müssen Genna mitnehmen, damit sie eine offizielle Aussage machen kann«, verkündet Detective Inspector Shaw, indem sie sich erhebt und die Befragung beendet. Sie gibt dem Polizeibeamten einen Wink, worauf dieser um den Esstisch herum auf mich zukommt.

Aber Dad schreitet ein. »Wird unsere Tochter als Zeugin oder als Verdächtige mitgenommen?«

»Dies ist lediglich ein Standard-Polizeiverfahren, Mr Adams«, antwortet DI Shaw. »Wir werden sie nicht verhaften. Sie hilft uns nur bei unseren Ermittlungen. Aber wenn Sie sich dabei wohler fühlen, dann arrangieren Sie auf jeden Fall die Anwesenheit eines Anwalts.«

Der Constable deutet an, dass mein Vater zur Seite treten soll. Für einen Moment weigert sich Dad, Platz zu machen. Dann lässt er den Beamten nur sehr widerwillig vorbei und sagt:. »Ja, ich werde auf jeden Fall einen Anwalt einschalten.«

Plötzlich werde ich nervös, als der Polizist mich am Arm packt und aus dem Esszimmer führt.

»Muss das *jetzt gleich* sein?«, fragt Mum und folgt uns durch den Flur.

»Der Zeitfaktor ist bei terrorbezogenen Ermittlungen von entscheidender Bedeutung, Mrs Adams«, erwidert DI Shaw, öffnet die Haustür und führt mich hinaus in den hellen, kalten Sonnenschein.

»Aber Genna sagte, es sei eine Entführung gewesen, kein Terroranschlag«, erinnert sie Mum.

»Das haben *wir* zu beurteilen«, entgegnet DI Shaw, während man mich zu dem blau-weißen Streifenwagen eskortiert, der vor unserem Haus geparkt ist. Sie öffnet die hintere Beifahrertür, und der Constable hilft mir auf den Rücksitz.

»Sollten nicht besser *wir* Genna zum Revier bringen?«, sagt mein Vater entschlossen.

»Für die Sicherheit Ihrer Tochter ist es das Beste, wenn wir das übernehmen«, erwidert DI Shaw. »Genna ist eine wichtige Zeugin dieser mutmaßlichen Terroranschläge und daher ein potenzielles Ziel. Wenn Phoenix so unausgeglichen ist, wie es scheint, und dieser Damien so entschlossen und skrupellos ist, wie er es bisher unter Beweis gestellt hat, dann ist der sicherste Ort für Ihre Tochter die Polizeiwache. Je schneller wir sie dorthin bringen, desto besser. Sie können uns jedoch in Ihrem eigenen Wagen folgen. Wir warten auf Sie.«

Für einen kurzen Moment sieht es so aus, als wolle mein Dad kurzerhand zu mir auf den Rücksitz des Streifenwagens springen, aber dann knallt DI Shaw die Tür zu, und plötzlich bin ich allein, gefangen im Inneren des Fahrzeugs.

Mein Vater rennt los, um seinen Mantel und die Autoschlüssel zu holen, während Mum sich in aller Eile ihre Schuhe anzieht. Vor dem Streifenwagen scheinen die Kriminalbeamtin und der Constable eine kurze, hitzige Debatte darüber zu führen, wer fährt, dann reicht der Mann seiner Vorgesetzten die Schlüssel und eilt zur Beifahrerseite. Ich fummle an meinem Sicherheitsgurt herum, während meine Hände zu zittern beginnen und meine Angst zunimmt. Die Gefahr, die von Damien ausgeht, wird auf eine fast greifbare Art real. Wenn die Polizei sich schon so angespannt verhält, dann habe ich wirklich allen Grund, mir Sorgen zu machen. Umso mehr, wenn ich an die zusätzliche Bedrohung durch Phoenix' Geisteszustand denke.

Durch das Wagenfenster beobachte ich, wie meine Eltern hastig das Haus abschließen und zur Garage eilen. Trotz des Versprechens, auf sie zu warten, klettert DI Shaw auf den Fahrersitz, betätigt die Zündung und setzt den Wagen in Gang. Während wir die Straße entlangfahren, blicke ich durch die Heckscheibe zurück. Der silberne Volvo meiner Eltern ist gerade erst aus der Einfahrt gebogen. Am Ende unserer Straße hält sich DI Shaw rechts und beschleunigt, mit eingeschalteten Blaulichtern, aber ohne Sirene. Meine Eltern haben Mühe mitzuhalten.

»Äh … könnten wir bitte etwas langsamer fahren?«, frage ich. Aber die beiden Beamten ignorieren mich.

Die Häuser entlang der Hauptstraße sausen vorbei, Passanten drehen die Köpfe, als das blinkende Polizeifahrzeug die Straße hinunterschießt. Jetzt bin ich definitiv beunruhigt und meine Fingernägel graben sich in meine Handflächen.

Alles geht so schnell, und ich habe das Gefühl, völlig die Kontrolle zu verlieren, wie eine Feder, die von einem Hurrikan mitgerissen wird.

Wir nähern uns einer Kreuzung, und DI Shaw prescht über die rote Ampel, während meine Eltern hinter uns davon aufgehalten werden.

»Halt!«, schreie ich. »Meine Eltern mussten an der Ampel stehen bleiben.«

»Sie kennen den Weg«, antwortet DI Shaw kurz angebunden. Sie rast weiter die Straße hinunter, der silberne Volvo meiner Eltern bleibt rasch in der Ferne zurück.

»Aber Sie kennen den Weg doch hoffentlich auch, Ma'am?«, fragt der Constable zaghaft. Er deutet auf eine Seitenstraße, an der wir gerade vorbeigedonnert sind. »Das Revier ist dort unten.«

»Ich weiß«, sagt sie, fährt aber trotzdem weiter. »Wir werden verfolgt.«

Ich erstarre vor Schreck. Meine Augen huschen umher, während ich den Verkehr ringsum wie ein aufgescheuchtes Kaninchen absuche. *Hat Damien mich schon aufgespürt?*

»Welches ist das verdächtige Fahrzeug?«, fragt der Constable.

»Vier Autos zurück. Auf der rechten Seite«, antwortet DI Shaw.

Als der Constable sich nach hinten umdreht, verpasst DI Shaw ihm plötzlich einen brutalen Handkantenschlag auf die Kehle. Es knirscht furchtbar. Die Attacke verläuft so schnell und vernichtend, dass der Mann trotz seiner kräftigen Statur mit dem Gesicht voran gegen das Armaturenbrett sackt.

»Was zum …!«, keuche ich mit vor Entsetzen weit aufgerissenen Augen.

DI Shaw wirft ihre Brille weg und blickt in den Rückspiegel. Ihre Augen – die zuvor durch die getönten Gläser grau erschienen – haben sich in tintenschwarze Seen verwandelt. *Die Augen eines Seelenjägers.* Eine Sekunde lang blicke ich in diese Abgründe der Finsternis, dann wird mir der absolute Horror meiner Lage bewusst: Entweder ich bin völlig verrückt … oder Phoenix sagt die Wahrheit.

Ich schreie und zerre am Griff der Autotür. Aber sie ist verriegelt. Ich hämmere mit bloßen Fäusten gegen das Fenster und rufe um Hilfe. Aber niemand in den anderen Fahrzeugen oder auf der Straße scheint Notiz davon zu nehmen – und selbst wenn sie es täten, sähe ich nur aus wie jede andere Kriminelle, die auf dem Rücksitz eines Polizeiwagens tobt.

»Halt die Klappe!«, schnauzt DI Shaw. »Oder ich zerquetsche dir auch die Luftröhre.«

Ich sacke in meinen Sitz zurück und schaue mich

verstohlen nach allem um, womit ich mich verteidigen könnte. Aber der Fond ist spartanisch und funktional eingerichtet. Eine speziell angefertigte mobile Gefängniszelle.

Während ich verzweifelt nach einem Fluchtweg suche, wählt DI Shaw eine Nummer auf ihrem Telefon, wartet, bis jemand abnimmt, und sagt dann einfach: »Seele gefangen.«

Die Nüchternheit ihre Aussage lässt mich frösteln, ihr Anruf beweist eindeutig, dass ein Netzwerk von Inkarnaten auf der Jagd nach mir ist. Oder ... *habe ich vielleicht gerade eine paranoide Wahnvorstellung?*

Während ich über meinen eigenen gefährdeten Geisteszustand nachdenke, taucht ein behelmter Fahrer auf einem blauen Motorrad neben dem Polizeiauto auf. Der Lederjacke tragende Biker schaut in den Wagen und klappt das Visier hoch. Seine saphirblauen Augen schauen tief in die meinen.

»*Phoenix!*«, flüstere ich staunend.

Er macht mir ein Zeichen, den Sicherheitsgurt zu straffen. Plötzlich werde ich zur Seite geschleudert, als der Streifenwagen ausschert und versucht, Phoenix zu rammen. Er weicht aus und gerät in den Gegenverkehr. Mit einem geschickten Schlenker umrundet er einen weißen Lieferwagen, setzt mit der Maschine auf den Bürgersteig und rast vor dem Streifenwagen her. Dann wechselt er wieder auf die Fahrbahn. Ich sehe, wie er aus seiner Lederjacke eine Handvoll Nägel zieht und auf die Straße wirft. In aller Eile straffe ich meinen Sicherheitsgurt, während DI Shaw direkt über die eisernen Spitzen fährt. Es ertönt ein ohrenbetäubendes *BÄNG*. Einer unserer Vorderreifen platzt und das Fahrzeug zieht kräftig nach links, aber DI Shaw kämpft mit dem Lenkrad und hält den Wagen auf der Straße. Dann tritt sie das Gaspedal durch, entschlossen, Phoenix von seiner Maschine zu stoßen.

Der Kotflügel des Streifenwagens streift fast sein Hinterrad, als er ausschert und einen Ziegelstein durch die Frontscheibe schleudert. DI Shaw bedeckt ihr Gesicht, als das Glas zersplittert, und verliert die Kontrolle über das Fahrzeug. Wir prallen hart gegen den Bordstein und der Streifenwagen überschlägt sich. Ich werde herumgeschleudert, der Sicherheitsgurt schneidet in mein Fleisch, meine Arme und Beine rudern wie wild – dann ein schrilles Kreischen von Metall, und noch mehr Glas splittert, als wir auf den Asphalt krachen und auf dem Dach weiterrutschen. Beim Zusammenstoß mit einem Betonpfeiler dreht sich das Fahrzeug um die eigene Achse, mein Kopf schlägt gegen das Fenster und ...

Mein Leben läuft vor meinem inneren Auge ab. Aber nicht nur ein Leben. Sondern viele.

Ich als Kind, das mit meinem Vater auf einer Wiese Gänseblümchenketten bastelt ... ich als Dienstmädchen, das durch einen stark duftenden Garten in Babylon geht ... als Fischerin, die an Bord einer chinesischen Dschunke gegen die Wellen ankämpft, als Köchin, die in der damp-

fenden, stickigen Küche eines Schlosses Brot backt, als Ber-
berfrau, die eine sengend heiße Wüste durchquert ... als
deutsche Gräfin in einer klapprigen Postkutsche, die außer
Kontrolle gerät, umkippt, während die Pferde vor Schmerz
und Schrecken wiehern, bis die kaputte Kutsche am Ran-
de einer Klippe zum Stehen kommt, dann das grausame
Lachen meiner Nemesis, die mich verspottet, während sich
ein Paar schwarze Lederstiefel dem zerbrochenen Kutschen-
fenster nähern ...

»Genna? Alles in Ordnung?«, fragt Phoenix mit pani-
scher Stimme.

Desorientiert und benommen brauche ich einen Moment, um herauszufinden, wo ich bin ... *welche Zeit* es
ist ... und sogar *wer* ich bin. Der Streifenwagen ist schließlich zum Stillstand gekommen, sein Motor zischt. Ich
hänge kopfüber, mit schlaffen Armen, die Haare im Gesicht, das Blut schießt mir in den Kopf. Phoenix kickt die
verbliebenen Glassplitter aus dem Rahmen des Fensters,
greift dann hinein und durchtrennt vorsichtig den Sicherheitsgurt mit seinem Taschenmesser. Ich sacke unbeholfen auf das Autodach. Dann zerrt er die Tür auf und hilft
mir, aus dem Wrack zu klettern.

»Bist du verletzt?«, fragt er und untersucht mich eilig
am ganzen Körper.

Abgesehen von ein paar Schnittwunden und blauen
Flecken scheine ich unversehrt zu sein. »Ich glaube
nicht ...«, keuche ich. »Ich bin nur etwas zerbeult.«

Vom Vordersitz ertönt ein schmerzerfülltes Stöhnen.

DI Shaw ist in dem verbogenen Wrack eingeklemmt. Das Blut strömt aus einer Wunde an ihrer Stirn, aber sie lebt. Neben ihr, zu einem Haufen zusammengesackt, liegt der Körper des Polizisten, der jetzt eher wie das tragische Opfer eines Autounfalls aussieht als wie das Mordopfer, das er in Wahrheit ist.

In der Ferne sind Polizeisirenen zu hören, die sich schnell nähern.

»Komm schon!«, drängt Phoenix, nimmt meinen Arm und führt mich zu seinem Motorrad. Ich humple neben ihm her. Er reicht mir einen Ersatzhelm, und wir besteigen eilig die Maschine, während DI Shaw nach dem Sprechfunkgerät am Armaturenbrett greift.

»Officer verletzt ...«, keucht sie. »Zeuge entführt ... Verdächtiger bewaffnet und gefährlich ... blaues Honda-Motorrad ...«

Sie lässt das Funkgerät fallen und tastet zwischen den Glassplittern der Windschutzscheibe nach ihrem Handy. Ihre schwarzen Augen fixieren mich, als sie die Kurzwahltaste drückt. »*Alarmiert alle Jäger ... Seele verloren!*«

14

Das Motorrad dröhnt ohrenbetäubend, während wir über die Autobahn rasen und London verlassen. Autos und Lastwagen sausen vorbei, Phoenix fährt wie ein Besessener. Ich klammere mich an ihn, umschlinge ihn wie einen Rettungsring im Sturm und fürchte, dass ich für immer verloren sein könnte, wenn ich loslasse. Ich bin immer noch geschockt über die Wandlung der Kriminalbeamtin – obwohl mir jetzt klar ist, dass sie wahrscheinlich von Anfang an eine Jägerin war. Das Verhör diente nur dazu, mich von meinen Eltern wegzulocken.

Meine Paranoia wächst ... Wenn eine Polizistin eine Inkarnatin sein kann, bedeutet das, dass ich *nirgendwo* und bei *niemandem* sicher bin!

Außer bei Phoenix.

Ich möchte verzweifelt mit ihm reden, mich von ihm überzeugen lassen, dass diese sogenannten Inkarnaten real sind und dass ich nicht den Verstand verliere. Aber im Moment kann ich mich nur festhalten und hoffen.

Als wir London hinter uns lassen, wird der Verkehr

dünner, und Phoenix gibt Gas. Ich wage nicht, zurückzuschauen, aus Angst davor, herunterzufallen, und vor dem, was ich dort erblicken könnte: ein Konvoi von Polizeifahrzeugen oder ein Rudel Jäger auf Bikes, die uns auf den Fersen sind. Aber selbst über den Lärm unserer Maschine hinweg höre ich, dass da kein Sirengeheul oder das wütende Summen von Motorrädern auszumachen ist. Vielleicht, nur vielleicht, ist es uns also gelungen, zu entkommen.

Aber für wie lange?

Detective Inspector Shaw hat dafür gesorgt, dass nun sowohl die Polizei als auch die Jäger nach uns suchen. Unsere Chancen, einer so starken vereinten Streitmacht zu entkommen, erscheinen mir äußerst gering. Ich bete, dass Phoenix einen Plan hat, denn ich habe keine andere Wahl, als mein Leben in seine Hände zu legen.

Die Sonne steht bereits tief am Himmel, als Phoenix von der Straße abbiegt und wir einen langen Feldweg hinunterfahren. Wir halten neben einer alten Fachwerkscheune, deren Dach baufällig und deren Wände bemoost und fleckig sind. Vom Hofbereich davor, einem gepflasterten Platz voller Schmutz und Unkraut, überblickt man grüne, saftige Weiden und sanft geschwungene Hügel. Die einzige Nachbarschaft in Sichtweite ist ein Bauernhaus in der Ferne. Zwei Pferde, die auf der nächstgelegenen Weide grasen, heben bei unserer Ankunft die Köpfe, ihr beharrlicher Blick studiert uns mit wachsamer Neugier.

Phoenix klappt den Seitenständer herunter und schaltet den Motor aus. Nach einer gefühlt stundenlangen Fahrt auf einem röhrenden Motorrad ist die Stille geradezu eine Wohltat. Als ich meinen Helm abnehme, werde ich von Vogelgezwitscher und dem Rauschen der Brise in den nahen Bäumen begrüßt. Die Ruhe hier – in deutlichem Kontrast zum Trubel der Stadt und dem Chaos unserer Flucht – beruhigt mein Herz und tröstet meine Seele. Der Ort fühlt sich sofort wie ein sicherer Hafen an ... *fast so*, als wäre ich schon einmal hier gewesen.

Beim Absteigen strecke ich meine müden, schmerzenden Glieder. »Wo sind wir hier?«, frage ich.

»In der Nähe von Winchester«, antwortet Phoenix, nimmt seinen eigenen Helm ab und scannt den Hof. »Dieser Ort sieht immer noch sicher genug aus. Wir bleiben heute Nacht hier.«

Ich werfe ihm einen fragenden Blick zu. »Wo werden wir schlafen?«

»In der Scheune«, erwidert er sachlich.

Als ich durch die Ritzen im klapprigen Scheunentor spähe, sehe ich ein paar Pferdeboxen und einen Haufen muffiges altes Heu. Bei dem Anblick ziehe ich eine Grimasse. Die Aussicht, hier zu übernachten, ist nicht reizvoll – und vermutlich wäre es auch nicht klug, angesichts der Tatsache, dass Phoenix praktisch ein Fremder ist.

»Hast du ein Handy?«, frage ich. »Ich muss meine Eltern anrufen. Sie wissen lassen, dass es mir gut geht.«

Phoenix schüttelt den Kopf. »Tut mir leid, ich habe keins«, sagt er und schiebt das Motorrad in die Scheune.

Ich stehe allein auf dem Hof und frage mich, wie ich Mum und Dad erreichen soll. Sie müssen außer sich vor Sorge sein. Sie werden denken, dass ich wieder entführt worden bin. »Wie wär's dann, wenn wir ein öffentliches Telefon suchen?«, schlage ich vor.

»Es wird bald dunkel«, ruft Phoenix aus der Scheune, »und da die Jäger umherstreifen, sollten wir dieses Risiko vermeiden.«

Ich beiße mir auf die Unterlippe, nur widerwillig akzeptiere ich seine Gründe. Aber ich bin mir nicht sicher, was ich stattdessen tun soll ... zumindest im Moment. »Ich denke, du hast recht«, antworte ich, als er mit einem kleinen Rucksack in der Hand wieder herauskommt.

»Hey, tut mir leid wegen des unsanften Crashs bei der Rettungsaktion«, sagt er mit einem zerknirschten Gesichtsausdruck. »Ich hatte keine andere Wahl, als dich während der Fahrt herauszuholen. Da du mich freundlicherweise in meinem Bunker *eingesperrt* hattest, bin ich zu spät zu deinem Haus gekommen!«

Ich zucke schuldbewusst zusammen und erinnere mich an mein überstürztes Handeln, als ich aus dem Eingangsbereich der U-Bahnstation geflohen war. In dem Moment hielt ich mich für clever. Jetzt wird mir klar, dass ich mein Leben damit nur noch mehr gefährdet habe.

»Ich hab gerade noch gesehen, wie die Polizei dich abführte«, fährt er fort. »Ich wusste nicht, was passiert war – ob deine Eltern sie verständigt hatten oder ob du verhaftet worden warst – also folgte ich dem Streifenwagen ... bis ich sah, wie dieser Beamte getötet wurde. Da wurde mir klar, dass eine Jägerin dich in ihrer Gewalt hatte. Es tut mir leid, dass ich ein solches Risiko eingegangen bin, aber ich konnte nicht warten, bis –«

»Nein, hör auf. *Ich* bin es, die sich bei dir entschuldigen sollte«, sage ich. »Es tut mir leid, dass ich dich eingesperrt habe und«, ich werfe ihm einen reumütigen Blick zu, »dass ich dich mit dieser Dose mit Bohnen geschlagen habe.«

Seine Hand berührt vorsichtig den Rand eines lilafarbenen Blutergusses an seiner linken Schläfe. »Du hast schon viel Schlimmeres angerichtet.«

Ich hebe eine Augenbraue. »In einem *früheren Leben* meinst du?«

Phoenix nickt und lächelt verschmitzt. »Du hast mich einmal in Pompeji ausgepeitscht, nicht lange vor dem Ausbruch des Vesuvs. Ein anderes Mal, in einem Palast in Rajasthan, hast du mich von deinen Dienern schlagen lassen. Und als Zulu-Kriegerin hast du deinen Löwen auf mich gehetzt!«

Ich kann nicht anders als lachen. »*Ernsthaft?* Und das soll ich dir glauben?«

Phoenix zuckt mit den Achseln. »Ich kann nur die Tür für dich öffnen; hindurchgehen musst du alleine.«

Er schlendert zu einem Heuballen neben der Scheune

und hockt sich hin. Er öffnet seinen Rucksack und holt einen Energy-Drink, einige Müsliriegel und ein paar Äpfel heraus. »Ich fürchte, es ist kein sonderlich tolles Abendessen, aber mir blieb keine Zeit, einkaufen zu gehen«, witzelt er.

Er öffnet einen der Riegel, beißt hinein und betrachtet die idyllische Aussicht: golden schimmerndes Sonnenlicht fällt auf die Wiesen und umgibt die Hügel mit einem glänzenden Schein.

Mein Hunger besiegt meine Zweifel, ich setze mich neben ihn, nehme einen Apfel und knabbere schweigend daran. So viele Gedanken, Fragen und Bedenken wirbeln durch meinen Kopf, dass ich nicht weiß, wo ich anfangen soll … *Kann ich diesem Jungen wirklich vertrauen? Soll ich seinen irren Geschichten Glauben schenken? Bin ich diejenige, die Wahnvorstellungen hat, oder ist er es? Und falls das alles real ist, was soll ich dann tun? Wie werden wir überleben?* Fragen über Fragen, und sie nehmen meinen Verstand völlig in Beschlag …

»Ich habe diesen Ort immer geliebt«, murmelt Phoenix mit einem zufriedenen Seufzer. »Er ist so friedlich.«

Nachdem er den Müsliriegel verschlungen hat, öffnet er den Deckel des Energy-Drinks und nimmt einen langen Schluck, bevor er mir den Rest anbietet. »Oft ändert sich im Laufe der Jahre so vieles. Aber *dieser* Ort hat sich kaum verändert, seit ich das letzte Mal hier war.«

»Und wann war das?«, frage ich und nippe vorsichtig an der Flasche.

Nachdenklich spitzt er die Lippen. »So etwa vor 370 Jahren, zur Zeit des englischen Bürgerkriegs. Du warst auch hier … weißt du noch?«

Sobald er es erwähnt, blitzt in mir eine Erinnerung auf. Ein *Schimmer* …

Ein junger Mann mit langen, wallenden Ringellocken, der ein burgunderrotes Lederwams und einen breitkrempigen, gefiederten Hut trägt. An seiner Seite trägt er ein schlankes Schwert, einen Degen aus Stahl. Ein zartes Lächeln ziert sein schönes Gesicht, obwohl ich den Schmerz in seinen blauen Augen sehen kann. Er ist verletzt …

Die Vision verblasst so schnell, wie sie erschienen ist.

Ich starre in Phoenix' kristallblaue Augen. Ich habe Angst davor, ihm diese Frage zu stellen, aber ich muss die Antwort wissen. »Ganz ehrlich, sag mir: Werde ich verrückt?«

Phoenix schüttelt sanft den Kopf. »Nein, Genna, das wirst du nicht. Du siehst einfach nur zum ersten Mal die Wahrheit.«

15

»Wiedergeburt ...«, flüstere ich vor mich hin. Die Tragweite ist fast zu unglaublich, um sie ganz zu erfassen, geschweige denn zu glauben. Phoenix' sogenannte *Wahrheit* erscheint mir absurder, als es jede Wahnvorstellung sein könnte.

Aber dann denke ich an meine Kindheit zurück und all die seltsamen Déjà-vu-Momente, die ich hatte, an die Zeiten, in denen ich überzeugt war, dass ich einen gänzlich Fremden wiedererkannt hätte oder dass er mich zu kennen schien. Dann vor Kurzem dieser Traum von der Französischen Revolution und diese Vision, einer Opferzeremonie zu entkommen, die Erfahrung in dem Zweiter-Weltkriegs-Bunker und diese Kaskade von Flashbacks, als das Auto verunglückte. *Hatten sie alle mit meinen früheren Leben zu tun?*

Ich schaue fragend zu Phoenix. »Habe ich also *wirklich* schon einmal gelebt?«

Beiläufig reißt er einen weiteren Müsliriegel auf und nickt. »Jepp. Schon viele Male.«

Abwehrend schüttle ich den Kopf. »Nein, nein, das kann nicht sein.«

»Warum nicht?«, fragt er herausfordernd. »Ist es überraschender oder wundersamer, zweimal statt einmal geboren zu werden? Oder dreimal, zehnmal, eine Million Mal? Alles in der Natur ist ein Beispiel für Tod und Wiedergeburt. Das ist der Kreislauf des Lebens – man muss sich nur die Jahreszeiten betrachten. Der Tod ist nur der Anfang – er ist ebenso wenig das Ende wie die Geburt.«

Ich sitze da, wringe meine Hände, starre in die Ferne und versuche, mich mit der Idee vertraut zu machen. »Wenn ich also wiedergeboren bin«, hake ich nach, »warum erinnere ich mich dann erst *jetzt* an meine früheren Leben?«

Phoenix kaut langsam seinen Riegel. »Soweit ich weiß, vergisst die überwiegende Mehrheit der wiedergeborenen Seelen alles bei der Geburt«, erklärt er. »Sie sind ja auf die Welt gekommen, um etwas in ihrem neugeschenkten Leben zu lernen, und das könnten sie nicht mit dem Vorwissen früherer Inkarnationen. Bei dir ist das anders. Du bist eine der Ersten Nachkommen. Du trägst das Licht der Menschheit in dir – und die Inkarnaten wollen es auslöschen. Deshalb ist das Vergessen deiner vergangenen Leben ein Mittel des Selbstschutzes.«

Ich mustere Phoenix, versuche, den Ausdruck auf seinem jungen, aber welterfahrenem Gesicht zu lesen, suche nach Anzeichen dafür, dass er lügen könnte. Aber er wirkt so ernsthaft. »Wie kommt es dann, dass *du* dich an deine früheren Leben erinnern kannst?«

Er lächelt sanft. »Ich erinnere mich, damit ich dich beschützen kann.«

Mein Herz schlägt jetzt in einem anderen Takt. Einer, der das Blut in mein Gesicht strömen und meine Wangen erröten lässt.

»Okay«, sage ich und tue mein Bestes, um unbeeindruckt und skeptisch zu wirken. »Wenn wir uns schon einmal begegnet sind, warum habe ich *dich* nicht erkannt?«

»Wir werden in anderen Körpern wiedergeboren«, antwortet er sachlich.

Ich runzele die Stirn. »Ich bin also jedes Mal ein anderer Mensch?«

Phoenix nickt – und in diesem Moment glaube ich, einen entscheidenden Fehler in seiner Geschichte entdeckt zu haben. »Wie kannst du mich dann jemals wiederfinden?«, frage ich.

»Unter Schwierigkeiten«, erwidert er lachend. »Es ist eine Kombination aus Glück, Intuition und Schicksal. Ein bisschen wie beim Wünschelrutengehen. Ich habe kein GPS und keinen Tracker. Vielmehr ist es eher ein Gefühl, eine Sinnesempfindung. Wie zwei Magnete werden wir voneinander angezogen. Je näher wir uns kommen, desto stärker ist die Anziehung.«

Er dreht sich auf dem Heuballen zu mir um. Es liegt ein Kribbeln in der Luft, und ich spüre eine unbestreitbare Anziehungskraft. Das weiche, goldene Licht der Abendsonne legt sich wie eine Aura um ihn, und ich fühle mich noch mehr zu ihm hingezogen.

»Aber dieser Magnetismus gilt auch für die Inkarnaten, besonders nach deinem Morgenschimmer«, erklärt Phoenix.

»Meinem *Morgenschimmer?*«

Phoenix nickt. »Ja, dein erster echter Schimmer.«

»Der Jadedolch«, murmele ich. Ich denke daran zurück, wie er auf mich gewirkt hatte, wie ich Trommelschläge, Schreie, Donner gehört und beißenden Rauch gerochen hatte, wie Damien plötzlich an meiner Seite erschienen war, seine Augen tintenfarben und düster, und wie er sich zum Jäger gewandelt hatte, sobald er mich im Museum gesehen hatte. »*Das* muss mein Morgenschimmer gewesen sein.«

»Danach läuft es immer auf einen Wettlauf hinaus«, fährt Phoenix fort. »Zwischen mir und den Seelenjägern.«

»Aber ...«, sage ich lächelnd, »du hast mich rechtzeitig gefunden.«

Er schüttelt den Kopf, offensichtlich wütend auf sich selbst. »Dieses Mal war ich fast zu spät«, erklärt er bitter. Dann nimmt er meine Hände in seine, als wolle er mich um Verzeihung bitten, und flüstert: »Aber eines sollst du wissen, Genna, egal wer ich bin, egal wie mein Name lautet, egal wie ich dir in jedem Leben erscheine, ich werde *immer* für dich da sein. Alles, was du tun musst, ist, in meine Augen zu schauen, und dann wirst du mich erkennen … meine Seele erkennen.«

Ich wende mich Phoenix zu, der dicht neben mir sitzt. Seine Augen schauen tief in meine, und plötzlich dehnen sie sich zu einer Galaxie von Sternen. Sein Gesicht erscheint wie in einem Spiegelkabinett, die scheinbar unendlichen Reflexionen einer anderen Person aus einer anderen Zeit sind zu sehen … Krieger … Seemann … Soldat … Sklave … Mönch … Samurai … Heiler … Gladiator … und doch ist jeder einzelne von ihnen auf irgendeine Weise Phoenix, mein Guardian, mein Seelenwächter.

Das Kaleidoskop der Erinnerungen macht mich schwindlig und ich zucke zusammen. Ich erhebe mich unsicher, taumle über den Hof, die Welt schwankt und schaukelt wie das Deck eines Schiffs. Es ist alles zu viel für mich. Ich greife nach dem Holzzaun, der die Weide umgibt, und für einen Moment habe ich das Gefühl, mich übergeben zu müssen …

Doch allmählich lässt die Desorientiertheit nach und die Übelkeit verschwindet.

Immer noch überwältigt von der berauschenden Bilderflut, blicke ich benommen auf die rosarote Sonne, die jetzt hinter den Hügeln versinkt. Und so wie ihre Strahlen verlöschen, werden in mir alle Zweifel, die ich noch hatte, ausgelöscht, und ich nehme endlich die Wahrheit an, so wie sie ist.

Und diese Wahrheit erschreckt mich.

Während ich versuche, wieder zur Ruhe zu kommen, spazieren die beiden Pferde zu mir herüber. Das eine ist ein gepflegter, muskulöser Fuchswallach, das andere eine schöne, fleckiggraue Stute.

Geistesabwesend füttere ich den Wallach mit meinem Apfelstrunk und streichle das seidenweiche Fell an seinem Hals. Er schnaubt leise.

Phoenix taucht hinter mir auf und füttert die Stute mit den Resten seines Apfels. »Du solltest einen Ausritt machen«, schlägt er vor. »Danach geht es dir immer besser.«

Ich schaue ihn von der Seite an. »Ich kann nicht reiten! Ich habe noch nie auf einem Pferd gesessen.«

Sein einer Mundwinkel kräuselt sich zu einem wissenden Grinsen. »Natürlich bist du schon geritten. Unzählige Male, in unzähligen Leben.«

Er öffnet das Gatter und führt mich auf die Weide. Die beiden Pferde bleiben ruhig und gefügig, als wir näher kommen. Phoenix streichelt die Flanke der Stute. Während ich ängstlich danebenstehe, dreht der Wallach seinen Kopf und schmiegt sich mit einem sanften Nicken an mich.

»Er mag dich«, sagt Phoenix und verschränkt seine Hände, damit ich meinen Fuß hineinsetzen und mein Bein nach oben schwingen kann.

»Aber da ist kein Sattel«, protestiere ich.

»Du brauchst keinen Sattel«, antwortet er. »Du musst dich nur erinnern.«

Meine Einwände ignorierend hilft er mir, auf den Rücken des Pferdes zu steigen. Ich klammere mich an der Mähne fest, meine Schenkel spannen sich, während ich versuche, nicht von seinen glatten Flanken zu rutschen. Im Gegensatz zu mir besteigt Phoenix die Stute mit beeindruckender Leichtigkeit und nutzt den Zaun, um sich selbst hochzustemmen. Der Wallach scheint meine Nervosität zu spüren. Er schnaubt und schüttelt den Kopf, als wolle er sagen: *Chill mal!* Aber ich schwebe jetzt so hoch über dem Boden und habe so wenig Halt, dass ich schreckliche Angst habe herunterzufallen.

»Sitz gerader und ein wenig weiter vorn auf dem Rücken«, rät Phoenix.

Während ich meine Position anpasse, beginnt mein Pferd plötzlich loszulaufen. »Wie lenke ich ohne Zügel?«, frage ich in Panik.

»Mit den Beinen«, antwortet Phoenix und trabt nebenher. »Keine Sorge, es wird dir alles wieder einfallen. Es ist wie Fahrrad fahren.«

»*Aber ich hab nicht mal ein Fahrrad!*«, schreie ich, als der Wallach lospprescht. Während ich furchtsam die Beine zusammenpresse, beschleunigt er auf wenigen Metern und fällt in einen gestreckten Galopp. Ich klammere mich in Todesangst an ihm fest. Wir galoppieren über die Weide, seine Hufe dröhnen auf der weichen Erde. Jede Sekunde erwarte ich, dass ich zu Boden stürze und mir das Genick breche. Der Schrecken hält mich ebenso fest im Griff wie ich die Mähne, aber der Wallach jagt weiter, geradewegs auf den gegenüberliegenden Zaun zu. In meinem hämmernden, panischen Herzen weiß ich, dass das Pferd springen will – und ich weiß, dass ich ohne Sattel von seinem Rücken geschleudert werde.

In meiner Verzweiflung rät mir mein Instinkt, mich nach vorne zu beugen, mit dem linken Bein Druck auszuüben und das rechte zu entspannen. Sofort beginnt der Wallach, sich nach links zu wenden, dreht sich vom Zaun weg und kehrt ins offene Gelände zurück. Erstaunt schalte ich um und drücke nun mit dem rechten Bein. Mein Pferd nimmt den Impuls auf und rennt zurück zum Zaun.

Trotz meiner nervenzerfetzenden Angst lächle ich vor mich hin. Mit meinen beiden Oberschenkeln drücke ich gegen die Flanken des Pferdes, und es wird auf mein Kommando hin langsamer. Dann entspanne ich mich, tippe die Flanken sanft mit den Fersen an, und schon legt er wieder los. Wir galoppieren mit vollem Tempo! Aber ich habe keine Angst mehr, die Kontrolle zu verlieren ... Es ist das pure Glück!

Mein ganzer Körper wird lockerer und ich beginne, mich dem anmutigen Schritt des Wallachs anzupassen.

»Wuh! Wuh! Wuh!«, rufe ich, fühle die kühle Luft gegen mein Gesicht peitschen, meine braunen Locken flattern hinter mir her.

Phoenix reitet jetzt auf seiner grauen Stute neben mir her. »Ich hab's dir gesagt!«, ruft er. »Du reitest wie der Wind!«

Das Lächeln auf meinem Gesicht weitet sich zu einem Grinsen. Die Weide scheint sich endlos zu erstrecken, das Gras geht in rote Erde über, die grünen Hügel werden zu schroffen Bergkämmen, die Sonne steht jetzt blutrot und rund am schimmernden Horizont...

»Reite wie der Wind«, ruft Phoenix. Aber er trägt nicht mehr seine lederne Bikerjacke – er trägt eine mit Fransen und Perlen besetzte Tunika aus Büffelleder, und seine honigfarbene Haut ist mit roter Farbe verziert. Ein dicht gewebtes Perlenband umschließt seinen Oberarm, und aus seinem schulterlangen dunklen Haar sprießt eine Adlerfeder. Und sein Cheyenne-Name ist nicht Phoenix, sondern... Hiamovi.

Der Knall eines Schusses hallt über die Prärie. Ich blicke zurück über meine Schulter. Ein US-Marschall mit breitkrempigem, weißem Hut und einem Revolver donnert auf seinem Pferd hinter uns her. Seine kohlschwarzen Augen starren mich unverwandt an. Ein Aufgebot von Kopfgeldjägern begleitet ihn, bewaffnet mit Gewehren und Revolvern.

Ich treibe mein Pferd an, mein langes schwarzes, geflochtenes Haar weht hinter mir her, der Wind peitscht die Perlen, die an meinem Hirschlederkleid hängen. Während wir über die weite Prärie fliehen, legt Hiamovi einen Pfeil an, spannt seinen Bogen, dreht sich um und schießt. Der Pfeil durchbohrt einen Jäger, der aus seinem Sattel kippt. Der Marschall und seine Männer antworten mit einem Kugelhagel, die tödlichen Geschosse schwirren wie wütende Hornissen an uns vorbei. Doch eines trifft Hiamovi in die

Seite. Aus seiner Tunika sickert Blut. Er sackt vornüber und lässt den Bogen fallen.

»NEIN!«, schreie ich, während ich sein Pferd ausbrechen sehe. Ich presche hinterher, bis ich dicht an seiner Seite bin.

Hiamovi droht von seinem Pferd zu rutschen und doch winkt er mich weg. »Nein, Waynoka, reite weiter!«

Aber ich werde ihn nicht einfach dem Tod ausliefern. Als ich nach ihm greife, überrascht uns eine weitere Salve Schüsse und …

Ich lande hart auf dem Boden und überschlage mich mehrfach. Aber die rote Erde der Großen Prärie ist verschwunden, ersetzt durch üppiges, grünes Gras, das meinen Sturz abfedert. Schließlich rolle ich aus und bleibe liegen, durchgeschüttelt und außer Atem.

Während mein Wallach zum anderen Ende der Weide trabt, galoppiert Phoenix heran und steigt eilig ab. »Alles in Ordnung?«, fragt er.

Ich stöhne: »Du … wurdest … *erschossen!*«

Phoenix hilft mir, mich aufzurichten, und untersucht mich auf gebrochene Knochen hin.

»Was war das?«, frage ich und schiebe ihn weg. »Ich hatte einen Schimmer – wir waren Indianer, Cheyenne, und ein US-Marschall hat uns durch die Prärie gejagt.«

»Ich …« Phoenix blickt in die untergehende Sonne, als würde er nach einer längst vergessenen Erinnerung suchen. »Ich erinnere mich nicht im Detail an all unsere früheren Leben«, gibt er mit bekümmerter Miene zu. Dann setzt er ein fröhliches Lächeln auf und zieht mich auf die Beine. »Aber jetzt, wo du diesen Schimmer vom Reiten über die Prärie hattest, wirst du in diesem Leben immer reiten können.«

Mit einem sanften Klaps verabschiedet er sich von seiner Stute und macht sich zu Fuß auf den Weg zurück zur Scheune.

Da ich spüre, dass Phoenix sich an mehr erinnert, als er zugeben will, rufe ich ihm nach: »Wer war der Marschall?«

Phoenix bleibt abrupt stehen und dreht sich um, ein Schatten huscht über sein Gesicht. »Er hat viele Namen, aber sein Seelenname ist … *Tanas*.«

16

Als ich am nächsten Morgen erwache, steht die Sonne verschwommen am dämmrigen Himmel, niedriger Nebel hängt über den Feldern, die Hügel glitzern wie Inseln inmitten des Dunstes. Als ich verschlafen und gähnend aus der Scheune trete, erweist sich mein Vertrauen in Phoenix als gut begründet – zumindest in diesem Fall. Während ich in einer der Pferdeboxen schlief, hat er neben dem Scheunentor Wache geschoben.

Trotz seiner offenbar durchgängigen Nachtwache ist Phoenix hellwach und wartet rittlings auf seinem Motorrad sitzend im Hof auf mich. Die morgendliche Kühle abschüttelnd, klettere ich auf den Rücksitz und umfasse seine Taille. Röhrend springt der Motor an, und wir donnern los.

Nach einer Nacht im Heu bläst uns der Fahrtwind die Spinnweben aus Kleidern und Haaren. Aber die vielen Träume und Alpträume der Nacht sind mir immer noch präsent. Als hätte sich in meinem Kopf eine Schleuse geöffnet, durch die jetzt ein Strom von Erinnerungen fließt.

Einige sind beglückend, wie die Zeit vor etwa acht Jahrhunderten, als ich auf dem Land lebte und Reisfelder in Nordthailand bewirtschaftete. Andere sind erschütternd, wie der verzweifelte Treck über die trockenen und zerklüfteten Ebenen Abessiniens, mein Körper ausgemergelt und schwach vom vielen Hungern. Und einige wenige sind erschreckend – grausige Flashbacks von Folterbänken, beengten Zellen und brennenden Scheiterhaufen. Aber es gibt zwei Konstanten in all meinen vergangenen Leben: die beruhigende Gegenwart Phoenix', in welchen Körper er auch immer gerade hineingeboren wurde … und der lange, dunkle Schatten Tanas', eine gnadenlose Bedrohung, die wie eine finstere schwarze Gewitterwolke über jedem meiner Leben hing.

Während wir über die abgelegenen Landstraßen brausen, frage ich mich, was mein jetziges Leben wohl noch so bringen wird. *Ist es überhaupt noch relevant, jetzt, da ich weiß, dass ich schon einmal gelebt habe? Was werden meine Eltern über meine Wiedergeburten denken? Darüber, dass ich eine Erste Nachkommin bin? Werden sie mir überhaupt glauben?* Mei wird mich möglicherweise auslachen! Sie wird sagen, ich hätte zu viele historische Romane gelesen. Aber die harte und unleugbare Wahrheit ist: Tanas hat mich gefunden – und ich habe das unheilvolle Gefühl, dass er jedes Mal, wenn er mich aufspürt, seinem bösen Ziel näher kommt. *Wird er mich in diesem Leben endgültig vernichten? Wird er den Opferritus vollenden können, um meine Seele für immer auszu-*

löschen? Oder wird Phoenix mich davor bewahren ... wieder einmal?

Während ich meine Arme um seine schlanke Taille schlinge, bin ich mir sehr bewusst, dass auch mein Beschützer sterblich ist. Er ist kein Gott oder Superheld. Er ist aus Fleisch und Blut. Ein verletzlicher Mensch.

Und wir beide sind auf uns allein gestellt im Kampf gegen eine ganze Armee von Seelenjägern. Wenn ich wirklich ehrlich zu mir selbst bin, schätze ich unsere Chancen nicht besonders hoch ein.

Ich fürchte, dieses Leben könnte unser letztes sein.

Nachdem wir eine Weile auf einer wenig befahrenen Hauptstraße unterwegs waren, halten wir an einer Raststätte, um zu tanken und zu frühstücken.

»Nimm den Helm nicht ab!«, warnt Phoenix, als er neben einer Zapfsäule absteigt.

»Warum nicht?«, frage ich.

Phoenix nickt nach oben zum Dach der Tankstelle, wo eine Überwachungskamera auf den Vorplatz gerichtet ist. »Wir wollen uns nicht selbst verraten«, sagt er.

Phoenix füllt den Tank, dann schlüpft er in den Laden, um zu bezahlen. Er kommt mit ein paar abgepackten Sandwiches, einem Straßenatlas in Taschenformat und einem zusammenklappbaren Schneespaten wieder heraus.

»Wozu soll der gut sein?«, frage ich, während er den Spaten in seinem Rucksack verstaut.

»Das erkläre ich dir später«, antwortet er. »Zuerst brauchen wir ein richtiges Frühstück.«

Wir stellen das Motorrad auf dem Parkplatz ab und betreten das angrenzende Restaurant. Phoenix erkundet schnell das Lokal, bevor er sich für eine Nische mit roten Plastiksitzen entscheidet, die außerhalb des Blickfeldes der einzigen sichtbaren Überwachungskamera liegt. Endlich können wir unsere Helme abnehmen, ich schüttle meine Haare aus und reibe mein müdes Gesicht mit beiden Händen. Es ist noch früh und das Restaurant leer bis auf den Koch, eine triefäugige Kellnerin und einen glatzköpfigen, schwerfälligen Lkw-Fahrer, der auf einem Hocker am Tresen Platz genommen hat.

Wir werfen einen kurzen Blick auf die Speisekarte, und schon bald kommt die junge Kellnerin zu uns herübergeschlendert. Phoenix bestellt ein reichhaltiges englisches Frühstück und Orangensaft. Obwohl ich in den letzten vierundzwanzig Stunden wenig gegessen habe, habe ich keinen großen Appetit, also bestelle ich einfach nur etwas Toast und eine Tasse Tee.

Während wir auf unser Essen warten, sage ich: »Erzähl mir mehr über Tanas.«

Phoenix greift sich das Messer seines Gedecks und untersucht die Klinge, als würde er über ihren Nutzen in einem Kampf nachdenken. »Tanas ist die *schwärzeste* aller Seelen«, murmelt er. »Der fleischgewordene Tod.«

Bei dieser verstörenden Erklärung bildet sich ein Kloß in meiner Kehle und ich schlucke hart. Bei der Erinnerung an Damiens unergründliche Augen wird mir klar, dass ich jetzt weiß, wie der Tod wirklich aussieht: kalt, gefühllos und grausam. »Wird er ebenso wiedergeboren wie wir?«

Phoenix nickt. »Tanas ist schon mindestens so lange auf dieser Erde wie die Ersten Nachkommen. Vielleicht auch länger. Vielleicht war er sogar bereits vor dem Licht da. Er ist der Herr und Gebieter der Inkarnaten –«

Er unterbricht sich, als die Kellnerin mit unseren Getränken zurückkommt. Mit einem flirtenden Lächeln in Phoenix' Richtung stellt sie nachlässig das Glas Saft und den Becher Tee auf den Tisch und stapft dann wieder davon.

Ich beuge mich vor und flüstere: »Wer *genau* sind diese Inkarnaten?«

Phoenix nimmt einen Schluck von seinem Orangensaft. »Diener und Sklaven Tanas'«, erklärt er. »Schwarze Seelen, gequälte Seelen ... oder Seelen, die sich vom Licht abgewandt haben. Es gibt eine Hierarchie von Priestern, Seelenjägern, Wächtern und den Anhängern. Dabei sind die Seelenjäger unsere größte Sorge«. Er deutet mit der Messerspitze auf mich, sein Gesichtsausdruck wirkt grimmig. »Wie ein Rudel wilder Hunde werden sie dich verfolgen, sich an dich heranpirschen und niemals aufhören, dich zu jagen ... bis du tot bist. Sie haben eine Mission, nur eine einzige Mission – Tanas dabei zu helfen, jeden Ersten Nachkommen und seine Seele für immer zu vernichten und damit das Licht der Menschheit auszulöschen.«

Ein Schauder überläuft mich. Ich erinnere mich an den Schimmer des Opferrituals auf der Spitze der alten Pyramide, als der Vulkan ausbrach und die Erde bebte. Das Messer in Phoenix' Hand scheint sich in die gebogene, grüne Klinge des Jadedolchs zu verwandeln, und ich sehe vor meinem geistigen Auge Tanas' rot bemaltes Gesicht und seinen schwarzäugigen, rachsüchtigen Blick, als er sich anschickte, die Klinge in mein Herz zu stoßen ...

Ich schüttle die schreckliche Vision ab. »Aber warum will Tanas dieses Licht auslöschen, das die Ersten Nachkommen angeblich in sich tragen?«

»Warum will das Böse überhaupt zerstören?«, erwidert Phoenix und sticht mit der Messerspitze in die Tischplatte aus Resopal. »Nur so kann es auf seine eigene dunkle Weise herrschen. Mit jeder Seele eines Ersten Nachkommen, die ausgelöscht wird, wächst Tanas' Kraft und Stärke.«

Genau in diesem Moment schiebt sich eine Wolke vor die Sonne und taucht unsere Nische in den Schatten. Ich möchte Phoenix noch mehr fragen, aber ich fürchte mich zu sehr vor den Antworten.

Dann unterbricht uns die Kellnerin erneut und bringt uns das Essen – heiß, dampfend und fettig. Als sie weg ist, schneidet Phoenix eine Wurst in zwei Hälften und stopft sie hungrig in seinen Mund. Er verschlingt sein Frühstück, als wäre es vielleicht die letzte Mahlzeit seines Lebens.

»Also, was ist unser Plan?«, frage ich schließlich, den Becher Tee zwischen meinen Händen haltend und den

Toast ignorierend. Das ganze Gerede von Tanas hat mich ganz von meinem Frühstück abgebracht. »Wegrennen … verstecken … *kämpfen*?«

Die letzte Option erfüllt mich mit Schrecken. Ich habe Streit oder jede Art von Konfrontation schon immer gehasst, und ich war noch nie eine gute Kämpferin. Tatsächlich habe ich keine Ahnung, *wie* man kämpft.

»Alles drei«, antwortet Phoenix und lässt der Wurst eine Gabel voll Rührei folgen. »Außerdem müssen wir Gabriel finden.«

»Wer ist Gabriel?«

»Ein Seelenseher.«

Stirnrunzelnd nehme ich einen Schluck Tee. »*Okay* … Und was ist ein Seelenseher?«

»Jemand, der die vergangenen Leben anderer sehen kann und wie sie miteinander verbunden sind«, erklärt Phoenix. »Ein Seelenseher ist eine Art spiritueller Führer, eine Verbindung zwischen hier und der Sphäre. Er kann uns vorübergehenden Schutz bieten und uns beraten, was wir als Nächstes tun sollten und worin möglicherweise unsere beste Überlebenschance besteht. Aber es gibt nur wenige Seelenseher, vielleicht eine Handvoll in jeder Generation, die über die ganze Welt verstreut sind.«

Da ich endlich Appetit bekomme, nehme ich einen Bissen von meinem gebutterten Toast. »Und wo steckt dieser Gabriel?«, frage ich.

»Zu unserem großen Glück lebt er in diesem Land.« Phoenix zieht die Straßenkarte aus der Tasche und legt sie auf den Tisch. »Meinen Quellen zufolge arbeitet er als Priester in einem Dorf namens Havenbury.«

Wir beugen uns über die Karte. Das Dorf ist nicht im Index verzeichnet, also beginnen wir, die Ortsnamen Seite für Seite durchzugehen.

Nach ein paar Minuten vergeblicher Suche beschwere ich mich: »Ich wünschte, ich hätte mein Handy. Dann könnten wir es googeln.«

»Ich vertraue der Technik nicht«, murmelt Phoenix und wendet sich dem nächsten Kartenabschnitt zu. »Außerdem ist man mit einem Mobiltelefon zu leicht zu orten.«

Ich rutsche unbehaglich auf meinem Sitz hin und her, als sich meine Paranoia wieder einschleicht, und das Gefühl, beobachtet zu werden, mit Macht zurückkehrt. Doch ein kurzer Blick auf das Restaurant beweist, dass meine Angst unbegründet ist. Der Koch lehnt sich aus dem Notausgang der Küche und raucht eine Zigarette, während die Kellnerin mit ihrem Handy beschäftigt ist und der Lastwagenfahrer seinen Kopf tief in eine Boulevardzeitung steckt. Niemand schenkt uns auch nur die geringste Aufmerksamkeit. Und so soll es bleiben. Trotzdem gibt mir meine Handylosigkeit das Gefühl, von der Welt abgeschnitten zu sein und mich zu sehr auf Phoenix verlassen zu müssen. Ich würde mich besser fühlen, wenn ich mit Mei sprechen könnte, um ihre Meinung zu alldem zu erfahren. In einer Situation wie dieser wird mir erst so richtig klar, wie sehr ich mich immer auf ihren Rat und ihre Freundschaft verlasse.

Schweigend esse ich den Toast auf und trinke meinen Tee, während wir weiter die Karte studieren.

»Es ist wie die Suche nach der berühmten Stecknadel im Heuhaufen!«, sage ich nach weiteren zehn Minuten seufzend. »Irgendeine Idee, wo dieses Dorf sein könnte?«

Phoenix runzelt die Stirn. »Sorry, leider waren die Informationen, die ich von meinem Kontaktmann erhalten habe, etwas vage ... *Glockester* oder *Glou-irgendwas ...*«

»Gloucestershire?«, schlage ich vor.

Phoenix schnippt mit den Fingern. »Hey, das war's!«

Er blättert in der Karte nach der Grafschaft Gloucestershire und wir setzen die Suche fort. Nach vier weiteren Seiten, die keine Ergebnisse bringen, bin ich kurz davor, aufzugeben, da entdecke ich in winziger Schrift das Wort *Havenbury.*

»Da!«, rufe ich erleichtert und deute auf ein Dorf, das mitten im Herzen der Cotswolds-Hügel liegt.

Phoenix schielt auf die Karte. »Wir sind etwa hundertfünfzig Kilometer entfernt«, rechnet er aus. »Zwei Stunden ... vielleicht weniger. Wir sollten uns auf den Weg machen.«

Während Phoenix eilig sein restliches Frühstück in sich hineinschaufelt, erhebe ich mich von meinem Sitz.

»Wohin gehst du?«, fragt er mit vollem Mund.

»Äh ... auf die Toilette?«, antworte ich und fühle mich wie ein Hund an einer sehr kurzen Leine.

Er nippt an seinem Orangensaft und nickt. »Mach nicht zu lange – und pass auf die Kameras auf.«

17

Sorgsam meinen Kopf gesenkt haltend, schlüpfe ich aus der Nische und durchquere das Restaurant. Ich husche an der Theke vorbei, wo der Lastwagenfahrer einen Becher Kaffee schlürft und den Sportteil seiner Zeitung liest. Die Kellnerin macht sich nicht einmal die Mühe, von ihrem Handy aufzuschauen. Ich gehe einen kurzen Korridor entlang, betrete die Damentoilette, und nachdem ich eine der Kabinen benutzt habe, wasche ich mir die Hände. Nachdem ich mir kaltes Wasser ins Gesicht gespritzt habe, wasche ich den Schmutz der Motorradfahrt ab und studiere dann mein Spiegelbild.

Ich erkenne mich selbst kaum wieder. Mein braunes Haar ist wirr und zerzaust, mein Teint durchscheinend und bleich. Meine Wangen sind hohl, und die Augen liegen durch Stress und Schlafmangel tief in ihren Höhlen. Aber da ist ein schwaches blauweißes Leuchten in meiner normalerweise haselnussbraunen Regenbogenhaut ...

Bei näherem Hinsehen bin ich überzeugt, Phantome anderer Gesichter sehen zu können. Gesichtszüge aus meinen früheren Leben, in denen meine Lippen voller oder mein Kinn breiter, meine Haare kürzer oder meine Haut heller war. Aber die Person hinter all dem bin immer noch *ich*.

Fasziniert von den scheinbar unendlichen Facetten früherer Leben, stehe ich wie angewurzelt vor meinem Spiegelbild.

Seit dieser ersten schicksalhaften Begegnung mit Damien im Museum vergangene Woche habe ich mich merklich verändert. Der Überfall im Park, die versuchte Entführung, die Flucht nach dem Unfall im Streifenwagen DI Shaws, all das hat sicherlich seinen Tribut gefordert. Und mal abgesehen von den körperlichen Spuren des Schocks und der Erschöpfung in meinem Gesicht wirke ich irgendwie *älter*... Nicht, dass ich wirklich gealtert wäre. Es ist eher so, dass ich jetzt ein bisschen ... *weiser* erscheine, als es eigentlich meinem Alter entspricht. Als ob das Wissen und die Erfahrungen meiner früheren Leben allmählich in das jetzige einfließen würden, als ob jeder Schimmer mehr und mehr Informationsbruchstücke darüber freisetzen würde, wer ich *wirklich* bin.

Aber die Antworten auf viele meiner Fragen liegen weiterhin frustrierend tief verborgen ...

Was bedeutet es, eine Erste Nachkommin zu sein? Wie genau trage ich das Licht in mir? Und was soll ich damit anstellen?

Vermutlich wird Gabriel als Seelenseher mir mehr darüber erzählen können, dennoch scheint es, als wäre mir eine viel zu große Verantwortung übertragen worden. Wenn Phoenix tatsächlich recht hat, dann halte ich zum Teil das Schicksal der Welt in meinen Händen.

Der Gedanke macht mir Angst. Eigentlich bin ich doch nur ein Mädchen aus dem Süden Londons, wie soll ich denn eine wiedergeborene Seele vom Anbeginn der Zeit sein?

Ich starre mich im Spiegel an und suche verzweifelt nach dem Mädchen, das ich einmal war. Aber ich sehe nur meine unzähligen früheren Leben ... Dann taucht plötzlich ein anderes Gesicht auf – grüblerisch und schwarzäugig –, aus einer dunklen Kabine direkt hinter mir.

Damien!

Entsetzen packt mich, eine eisige Kälte macht sich im Raum breit, ich kriege Gänsehaut und meine Nackenhaare richten sich auf. Ich fahre herum, um meinem Erzfeind entgegenzutreten – doch die Kabine ist leer.

Meine Fantasie spielt mir Streiche. Der Stress der letzten Tage hat mich eindeutig an die Belastungsgrenze gebracht und meine Nerven zermürbt, sodass mich jeder Schatten zusammenzucken lässt.

Noch immer rast mein Herz, als ich die Toilette verlasse und den Korridor entlang zurückeile. Beim Eintreten in die neonbeleuchtete Helligkeit des Restaurants bemerke ich ein öffentliches Telefon an der Wand. Plötzlich schießt mir der Gedanke an meine Eltern durch den Kopf.

Ich war eine ganze Nacht verschwunden. Sie werden außer sich vor Sorge sein!

Verzweifelt wühle ich in meinen Taschen nach Kleingeld und finde eine Pfundmünze hinten in meiner Jeans. Ich hebe den Hörer ab und wähle unsere Nummer, da wird mir das Telefon grob aus der Hand gerissen und wieder in die Halterung gedrückt.

»*STOPP!*«, faucht Phoenix mit grimmigem Blick. »Was fällt dir ein?«

»Ich rufe meine Eltern an«, antworte ich, erschrocken über seine wütende Reaktion.

»*Auf keinen Fall!*«, sagt Phoenix streng. »Du darfst niemanden anrufen. Du kannst *keinem* vertrauen.«

»Meinen Eltern kann ich vertrauen!«, erwidere ich und greife erneut nach dem Telefonhörer.

Phoenix packt mein Handgelenk und schüttelt den Kopf. »Nein, Genna, das darfst du nicht. Euer Telefon wird wahrscheinlich abgehört, entweder von der Polizei oder von Jägern. Du darfst unseren Aufenthaltsort nicht verraten oder irgendjemandem von unserem Ziel erzählen. Dein Leben hängt davon ab ...«

Während Phoenix mich belehrt, verdrehe ich frustriert die Augen. Zufällig schaue ich ihm dabei über die Schulter und bemerke, wie der Lastwagenfahrer uns anstarrt. Da entdecke ich den Aufmacher seiner Zeitung, und mein Kiefer klappt nach unten. Auf der Titelseite prangt dick und fett mein Gesicht, neben Phoenix' Passfoto, das vergrößert und wenig schmeichelhaft ist. Die Schlagzeile verkündet ...

Von Terroristen entführt!

»Hey!«, knurrt der Lastwagenfahrer, indem er sich von seinem Barhocker erhebt. »Lass das Mädchen los.«

Phoenix dreht sich mit einem leichten Lächeln um. »Es ist nicht so, wie du denkst, Mann. Geh zurück zu deinem Kaffee.«

Der Blick des Mannes wandert wieder zur Titelseite seiner Zeitung, dann zurück zu Phoenix und mir. Sein runzliges Gesicht verzieht sich zu einer Grimasse. Der Koch und die Kellnerin fixieren uns jetzt ebenfalls.

Der Lastwagenfahrer zieht seine Hose nach oben und stapft dann mit geballten Fäusten auf Phoenix zu. »Ich hab gesagt, lass sie los!«

Phoenix lässt mein Handgelenk los und beäugt den Mann, der mindestens doppelt so schwer und breit sein muss wie er selbst. Und bevor der Lkw-Fahrer etwas unternehmen kann, holt Phoenix mit seinem Motorrad-helm aus und schmettert ihn in den Bauch des Mannes. Mit einem schmerzerfüllten Keuchen kippt der Lkw-Fahrer um und stürzt gegen einen Tisch. Phoenix schlägt ihm auf den Hinterkopf, um sicherzustellen, dass er liegen bleibt, dann schnappt er sich meine Hand und zerrt mich zum Ausgang. Als wir an unserer Sitzecke vorbeikommen, wirft er ein paar Zehner auf den Tisch.

»Behalten Sie den Rest«, ruft er der Kellnerin zu, während er meinen Sturzhelm einsammelt.

Wir preschen aus der Vordertür, rennen zum Motor-rad und springen auf. Während der Koch herauskommt und zur Verfolgung ansetzt, lässt Phoenix den Motor aufheulen, und wir hinterlassen eine rauchende Gummi-spur auf dem Vorplatz. Durch das Restaurantfenster sehe ich die Kellnerin, die schnell in ihr Handy spricht.

Über das Dröhnen des Motorrads hinweg schreie ich Phoenix ins Ohr. »Warum musstest du ihn so hart schlagen?«

Phoenix fährt stur mit gesenktem Kopf weiter, ent-schlossen, so viel Abstand wie möglich zwischen uns und die Raststätte zu bringen.

»War er ein Jäger? Ein Wächter?«, rufe ich. Meine Ge-danken rasen, ich gehe die Szene noch einmal durch und versuche, mich an die Augen des Lastwagenfahrers zu erinnern. Ich bin sicher, dass sie normal waren, und ich kann nicht anders, als Mitleid mit dem Mann zu empfin-den, der versucht hat, mich zu beschützen – auch wenn das gar nicht nötig war.

Phoenix antwortet nicht, entweder hört er nichts oder ignoriert mich. Ich beuge mich vor und brülle ihm erneut ins Ohr. Das Motorrad wackelt durch meine Gewichts-verlagerung, und Phoenix nimmt das Gas zurück.

»Versuchst du, uns umzubringen?«, beschwert er sich.

»Nein«, antworte ich, »aber ich glaube, du hast den Mann möglicherweise getötet!«

Phoenix schüttelt unwillig den Kopf. »Unwahrschein-lich, aber vermutlich hat er üble Kopfschmerzen, wenn er wieder zu sich kommt.«

»Aber warum ihn verletzen?«, frage ich. »Warum ihn *zweimal* schlagen?«

Er blickt mich im Rückspiegel an. »Ich werde tun, was auch immer nötig ist, um dich zu beschützen.«

»*Was auch immer?*«, frage ich, und die kühle Unmissverständlichkeit seiner Antwort lässt bei mir sämtliche Alarmglocken schrillen. »Du meinst, sogar jemanden *töten?*«

Phoenix' Augen richten sich wieder auf die Straße, als er antwortet: »Was auch immer nötig ist.«

Er dreht das Gas voll auf, wir machen einen Satz nach vorne und das dröhnende Motorengeräusch würgt unser Gespräch ab. Ich klammere mich an ihn, versuche mich seinen Bewegungen anzupassen. Wieder einmal lege ich mein Leben in seine Hände. Doch so sehr ich meinem Beschützer inzwischen vertraue, ein kleiner Samen des Zweifels ist in mir gesät …

Bin ich mit einem Killer unterwegs?

18

Ob es ein Wächter war oder nicht, irgendjemand im Restaurant hat einen Anruf getätigt. Das Heulen einer Sirene warnt uns vor einem entgegenkommenden Streifenwagen, gefolgt von einem Krankenwagen, und wir müssen eine mit Müll übersäte Böschung hinunterfahren und uns verstecken, während auf der anderen Seite der Schnellstraße erst ein blauweißer und dann ein neongelber Schatten vorbeiflitzen. Da die Polizei nun unseren Aufenthaltsort kennt und unsere Gesichter in jeder überregionalen Zeitung, in den Fernsehnachrichten und im Internet zu sehen sind, ist es nur eine Frage der Zeit, bis man uns erneut erkennt. Die Seelenjäger werden keine Wächter brauchen, um uns zu finden – *jeder* könnte uns identifizieren und unseren Aufenthaltsort den Behörden melden.

Der Gedanke, auf der Flucht zu sein, macht mir Angst. *Wo werden wir unterkommen können? Was werden wir tun, um uns Essen zu beschaffen?* Phoenix scheint Geld zu haben … Aber wie lange wird das reichen? Und wie sollen wir der Polizei *und* den Seelenjägern immer einen Schritt voraus bleiben? Selbst wenn wir es nach Havenbury schaffen, wird uns dieser Gabriel, dieser Seelenseher, wirklich Zuflucht und Hilfe bieten können? Auch er wird wohl kaum über dem Gesetz stehen.

Als wir zurück auf der Straße sind, wirbeln all diese Sorgen durch meinen Kopf – was meine Eltern und Freunde denken müssen, und die Tatsache, dass Phoenix behauptet, ich könne sie nicht kontaktieren, ohne mein Leben zu riskieren. Gleichzeitig kann ich aber auch nicht leugnen, dass es einen gewissen Nervenkitzel darstellt, mit ihm auf der Flucht zu sein. Eine merkwürdige Faszination liegt darin, und ein tiefes Wissen darum, dass wir das *zuvor* schon gemacht – und irgendwie überlebt haben.

Ich schmiege mich enger an Phoenix, die Wärme seines Körpers und die spürbare Kraft seiner Muskeln beruhigen mich. Er ist ein Kämpfer. Ein Überlebender. Mein Guardian. Und mit dieser Rolle geht, wie ich jetzt ahne, zwangsläufig ein gewisses Maß von Gewaltanwendung einher … aber auch das Versprechen von Sicherheit.

Aus irgendeinem Grund kommen mir ein paar lateinische Worte in den Sinn: *Si vis pacem, para bellum.*

Auch wenn ich diese Sprache nie gelernt habe – zumindest nicht in diesem Leben –, weiß ich genau, was die Worte bedeuten. *Wenn du den Frieden willst, bereite dich auf den Krieg vor.*

Phoenix ist meine Vorbereitung. In all diesen früheren

Leben hat er dafür geübt. Und nun ist er meine Rüstung und mein Schild in den kommenden Schlachten.

Wir rasen an einem Straßenschild vorbei, das nach Newbury zeigt, also nach Norden. Ich erinnere mich an die Wegbeschreibung auf der Karte und tippe Phoenix auf die Schulter. »Ich dachte, wir wollten in die Cotswolds?«, rufe ich.

»Wir müssen einen kleinen Umweg machen«, antwortet er.

»*Umweg?*«, frage ich, aber er antwortet mir nicht, oder falls doch, geht seine Antwort im Motorenlärm unter. Ich schlucke meine Frustration darüber herunter. In den letzten vierundzwanzig Stunden ist mein Leben außer Kontrolle geraten, und ich musste mich voll und ganz auf Phoenix verlassen. *Da könnte er mir doch wohl auch ein bisschen mehr vertrauen, oder?*

Etwa einen Kilometer vor der Abzweigung nach Andover verlässt Phoenix die Schnellstraße, und wir schlängeln uns durch ein Gewirr von kurvenreichen, mit hohen Hecken gesäumten Landstraßen und halten schließlich am Fuß eines niedrigen Hügels. Er parkt das Motorrad in einem Wäldchen, schultert seinen Rucksack und führt uns durch die Bäume, über einen Viehzaun und auf ein Feld.

»Also, wohin gehen wir?«, frage ich und baue mich vor ihm auf.

»Dort hinauf«, antwortet Phoenix, deutet zu einem Steinkreis auf der Spitze eines Hügels und geht weiter.

Mit der Sonne im Rücken steigen wir den Hang hinauf, bis wir die Hügelkuppe erreichen, die ein flaches Plateau bildet. Als wir oben angekommen sind, bleibe ich beeindruckt stehen. Vor uns erhebt sich ein Kreis aus brusthohen, quaderförmigen Sandsteinen, die auf dem Hügel thronen wie eine gigantische Krone. Ein flacher, eingestürzter Erdwall und ein Graben umgeben diesen Kreis, von dem aus man in alle Richtungen uneingeschränkte Sicht auf die hügelige Landschaft hat.

Sobald wir über den Graben gestiegen sind und den Kreis betreten haben, spüre ich ein merkwürdiges Beben in mir.

»Was ist das für ein Ort?«, murmle ich und strecke meine Hand nach einem der mit Flechten bewachsenen Steine aus. Während meine Fingerspitzen über seine raue Oberfläche streichen, wird der Himmel ...

... *dunkel. Sterne explodieren zu Millionen am Firmament. Der Halbmond schimmert auf eine Gruppe verhüllter Gestalten herab, die ihre Arme zum Himmel recken, ein leiser, tiefer Gesang ertönt. Ein junges Mädchen mit langem, wallendem Haar steht im Zentrum dieser kleinen Versammlung, ihr weißes Kleid schimmert und flattert in der warmen Brise. Ein Licht scheint aus ihrem Inneren zu dringen, als ob ihr Herz eine Miniatursonne wäre. Dann dreht sie plötzlich ihren Kopf. Sie schaut mich direkt an, und ihre Ausstrahlung wird gleißend, blendend ...*

Phoenix fängt mich auf, als ich zusammensacke. »Die Schimmer werden im Lauf der Zeit leichter zu ertragen«, beruhigt er mich und bettet meinen zitternden Körper auf das grüne Gras.

»Warum war *diese* Vision so stark?«, frage ich und fühle immer noch das Beben in meinen Knochen.

Phoenix nickt in Richtung der Steine. »Ich vermute, weil das ein *Zeitenstein* ist! Genauso wie es auf seine Art der Erste-Hilfe-Kasten ist. Die Berührung damit führt dich in ein früheres Leben zurück.«

»Aber dieser Schimmer war viel stärker«, beharre ich. »Er fühlte sich hyperreal an. Ich habe mich nicht nur an ein früheres Leben erinnert, sondern es erlebt!«

Ich schildere ihm meine Vision und wie das Mädchen mich anblickte, als wäre es sich meiner Gegenwart bewusst. Phoenix kaut nachdenklich auf seiner Unterlippe.

»Das ist nicht möglich«, sagt er schließlich. Er streckt die Hand aus und berührt denselben Stein, aber sein Stirnrunzeln zeigt mir, dass er enttäuscht ist. »Dieser Schimmer liegt vielleicht vor meiner Zeit«, gibt er zu. »Ein Leben vor unseren gemeinsamen Leben.«

Er erhebt sich und wirft seinen Rucksack ab. »Vermutlich hängt die Intensität deines Schimmers damit zusammen, dass dies ein alter Tempel der Ersten Nachkommen ist. Zeremonielle Steinkreise, wie die Pyramiden in Ägypten und Mittelamerika, dienen dazu, die Energie der Erde zu konzentrieren und die Kraft des Universums zu bündeln. Dieser heilige und sichere Kreis ist ein Ort, an dem man mit dem Licht in Kontakt treten und seine Reserven erneuern kann.«

Während ich so dasitze und mich von meinem Schimmer erhole, wird mir eine prickelnde Energie bewusst, die meinen Körper durchdringt, fast so wie warmer Honig, der durch meine Knochen und Muskeln strömt. Eine tiefe Ruhe überkommt mich, ich lege mich zurück ins Gras und genieße das Gefühl.

Phoenix lässt mich ausruhen, greift in seinen Rucksack und zieht den zusammenklappbaren Spaten heraus. Dann geht er hinüber zum Kopfstein des Kreises, einem Felsen, der höher und breiter ist als die übrigen, bevor er von dort aus genau sieben Schritte macht. Nachdem er seinen Platz gewählt hat, stößt er den Spaten in den Boden.

Ich schaue ihm neugierig zu. »Wonach gräbst du?«, frage ich ihn.

»Nach einem Seelengefäß«, antwortet Phoenix und wirft einen Erdklumpen beiseite. Er bemerkt meinen verwirrten Blick. »Eine Art Zeitkapsel«, erklärt er. »Ich deponiere sie in einem Leben, um sie in einem anderen wiederzufinden.«

»Was ist darin?«, frage ich.

Er lächelt verschmitzt. »Um ehrlich zu sein, kann ich mich nicht immer erinnern. Aber der Inhalt ist immer nützlich. Ein Talisman, eine Waffe, manchmal Gold oder andere wertvolle Gegenstände. Gelegentlich gibt es Informationen, die wir über Tanas gesammelt haben, etwas, das uns helfen könnte, ihn aufzuhalten.«

Ich setze mich auf. »*Kann* er aufgehalten werden?«

Phoenix wischt sich mit seiner schmutzigen Hand den Schweiß von der Stirn. »Er kann sicherlich getötet werden, aber ob ihn das daran hindern kann, jemals wiedergeboren zu werden«, er zuckt mit den Achseln, »das ist eine andere Frage.« Er gräbt weiter, und nachdem er eine kleine Grube ausgehoben hat, stößt sein Spaten auf etwas Hartes.

Neugierig geselle ich mich zu ihm. »Was ist das? Hast du dein Seelen-Gefäß gefunden?«

Phoenix schüttelt den Kopf. »Ich glaube, es ist nur ein Stein.« Auf den Knien kratzt er die Erde weg, nur um noch mehr Steine und Erde herauszubefördern. Er seufzt. »Das ist das Problem mit Seelengefäßen. Viele gehen verloren oder werden zerstört, besonders in dieser Zeit, in der Straßen gebaut werden, Städte sich ausdehnen, Archäologen und Schatzsucher herumstöbern!« Er durchpflügt die Erde. »Aber es gibt keine Anhaltspunkte dafür, dass dieses Seelengefäß beschädigt oder gar gefunden wurde. Ich weiß also nicht, warum es nicht hier ist …« Unvermittelt schlägt er sich mit der Handfläche gegen die Stirn. »Mann, bin ich blöd! Ist doch klar! Damals war ich kleiner.«

Nachdem er den Weg vom Kopfstein aus erneut mit kleineren Schritten zurückgelegt hat, bleibt Phoenix an einer anderen Stelle stehen und beginnt wieder zu graben. Während er schaufelt, höre ich das Brummen eines herannahenden Motors. Einen Augenblick später erklimmt ein ramponierter Land Rover die Kuppe des

Hügels, und ein alter Farmer in olivgrüner Wachsjacke und flacher Kappe klettert heraus.

»Ey!«, ruft er. »Was zum Teufel treibst du da?«

Phoenix blickt auf, hört aber nicht auf zu graben. »Wir haben ... äh ... Wir haben ihren Ring verloren«, antwortet er.

Der Farmer humpelt auf uns zu. »*Pfff.* Unsinn. Man braucht keine Schaufel, um einen Ring zu finden. Jetzt verschwindet von meinem Land!«

»Wir brauchen nicht mehr lange«, versichert Phoenix und häuft weiter Erde auf.

»Ich sagte«, der Bauer hält abrupt am Rand des Kreises an, »runter von meinem Land! Na los – hopp, hopp!«

Er blinzelt mich bösartig an, während er an der Steingrenze verharrt und nicht näher kommt. Es ist fast so, als wäre er auf eine unsichtbare Mauer gestoßen. Beunruhigt von dem seltsamen Verhalten des Mannes drehe ich mich zu Phoenix um und flüstere ihm zu: »Warum steht er einfach nur da?«

»Er muss ein Wächter sein«, antwortet Phoenix, und ich erstarre vor Angst. »Keine Sorge«, fügt er hinzu. »Er kann den Kreis nicht betreten.«

Ich schaue nervös zu dem alten Bauern, der stocksteif dasteht und mich anstarrt. So als würde sich ein Schleier herabsenken, verwandeln sich seine rot geäderten Augen langsam zu dunklen Tümpeln. »Phoenix?«, sage ich. »Bist du dir da *sicher*?«

Er nickt, beginnt aber trotzdem, schneller zu graben.

»Inkarnaten wie er wachen oft unbewusst über Orte wie diesen, in der Hoffnung, Erste Nachkommen zu entdecken. Aber Inkarnaten können niemals einen heiligen Steinkreis betreten, der durch das Licht geschützt ist.«

Der Bauer scheint die Geduld mit uns zu verlieren und humpelt zurück zu seinem Land Rover. Er nimmt ein Funkgerät vom Armaturenbrett und plappert etwas hinein.

»Ich glaube, er ruft die Jäger«, warne ich Phoenix. »Wir sollten von hier verschwinden ...«

»Noch nicht«, schreit Phoenix, seine Schaufel klappert gegen etwas, das wie ein Tontopf aussieht. Er geht auf alle viere und beginnt, die Erde wegzukratzen.

Der Bauer legt das Funkgerät beiseite, greift in den hinteren Teil seiner Fahrerkabine und zieht etwas daraus hervor: eine Schrotflinte. Aus dem Handschuhfach schnappt er sich eine Handvoll roter Patronen, klappt das Gewehr auf und beginnt, die beiden Läufe zu laden.

»*Phoenix!*«, flehe ich, indem ich mich auf die andere Seite des Kreises zurückziehe.

Aber er ist immer noch zu sehr damit beschäftigt, das Gefäß zu bergen. »Ich habe es dir doch gesagt«, brummt er, »ein Wächter kann uns hier drinnen nichts anhaben.«

»*Er hat ein Gewehr!*«

Phoenix blickt erschrocken auf. Während der Bauer auf uns zuläuft, reißt Phoenix das Seelengefäß aus der Erde und schüttelt es heftig. Schmutz, Steine und ein paar Münzen fallen heraus.

»Verdammt!«, flucht Phoenix. »Es ist leer!«

Der Bauer stößt ein schnaubendes Gelächter aus. »Den Ärger hätte ich dir ersparen können, Junge«, erklärt er. »Deine kleinen Schmuckstücke wurden bereits von Schatzsuchern erbeutet.«

Frustriert umklammert Phoenix etwas ausgehobene Erde mit bloßen Fäusten.

»Und jetzt sitzt ihr in der Falle«, höhnt der Bauer. Er bleibt an der Grenze des Steinkreises stehen, klappt die Schrotflinte zu und richtet sie auf meine Brust.

Die doppelläufige Mündung starrt mich ebenso schwarz und unheilvoll an wie die Augen des Bauern.

Der Bauer grinst. »Das wird so leicht, als würde man Fische in einem Fass angeln ...«

Rasch springt Phoenix auf und marschiert auf den Bauern zu. »*Halt!* Sie dürfen sie nicht erschießen. Tanas würde das nicht dulden!«

Ein verschlagenes Grinsen huscht über das stoppelige Gesicht des Farmers. »Nein, das darf ich nicht, zumindest solange sie nicht wegrennt ... Aber dich kann ich abknallen.«

Er schwingt den Lauf in Phoenix' Richtung. Im gleichen Moment schleudert Phoenix eine Handvoll Erde in das Gesicht des Bauern. Als das Gewehr losgeht, wirft sich Phoenix zur Seite, und der Schuss trifft einen der Steinquader.

»*LAUF, GENNA*«, ruft Phoenix, greift sich seinen Rucksack und sprintet auf mich zu.

Wie ein aufgeschreckter Hase hetze ich den Hang hinunter. Auf der Hügelkuppe schimpft und tobt der Bauer, während er sich den Dreck aus den Augen reibt. Phoenix rennt dicht hinter mir her, den Rucksack geschultert. Ein zweiter Schuss hallt über das Feld. Ich springe flink über den Zaun. Die Ladung Schrotkugeln zischt vorbei wie tödlicher Hagel ... aber keine davon trifft mich. Wir tauchen in die Deckung des Waldes, als ein dritter Schuss lediglich die Blätter über unseren Köpfen durchlöchert.

19

»Puh, das war knapp!«, stöhne ich und nehme meinen Helm ab. Phoenix ist ein paar Kilometer gefahren und hat etliche Schlenker gemacht, um sicherzustellen, dass wir nicht verfolgt werden, jetzt hat er direkt neben einem Fluss angehalten. Die Landstraße ist ruhig und die von Wildblumen und hohem Gras bestandene Flussaue verlassen.

»Ja ... zu knapp.« Er zuckt zusammen, als er den Motorradständer herunterlässt.

Während Phoenix den Rucksack abnimmt, bemerke ich, dass das Nylonmaterial perforiert ist wie eine Käsereibe. Auch seine Lederjacke ist mit winzigen Löchern gespickt.

»Du wurdest angeschossen!«, keuche ich. Offenbar hat er mich mit seinem Körper vor den Schrotflintenschüssen des Bauern abgeschirmt.

Phoenix steigt vorsichtig vom Motorrad, geht steif zum Fluss hinunter und kauert sich ans Ufer. Schweigend wäscht er sich den Schmutz von den Händen und spritzt sich Wasser ins Gesicht. Ich gehe zu ihm hinüber und stelle fest, dass sein Gesicht vor Schmerz verzerrt ist.

»Bist du schwer verletzt?«, frage ich besorgt.

»Sag du es mir«, stöhnt er und zieht vorsichtig seine Jacke aus, unter der ein blutgetränktes T-Shirt zum Vorschein kommt. Ich unterdrücke einen Schreckensschrei. Für einen Augenblick wird mir übel beim Anblick von so viel Blut.

»So schlimm?«, fragt er, als er meinen entsetzten Gesichtsausdruck bemerkt.

Ich tue mein Bestes, um mich wieder zu sammeln, und zucke lässig mit den Achseln. »Oh, das kann ich schlecht beurteilen ... Du müsstest dein T-Shirt ausziehen, damit ich es mir ansehen kann.«

Vorsichtig helfe ich ihm beim Ausziehen des T-Shirts, inspiziere die Schusswunden und ziehe eine Grimasse. Sein Rücken ist blutig und mit kleinen Wunden übersät. Aber der Rucksack und die Lederjacke scheinen das Schlimmste abgefangen zu haben. Die überwiegende Zahl der Treffer sind Blutergüsse.

»Es sieht nicht so aus, als ob viele der Kügelchen tief eingedrungen wären«, sage ich.

»Es tut immer noch höllisch weh«, knurrt er mit zusammengebissenen Zähnen. Er deutet auf den beschädigten Rucksack. »In der Seitentasche ist ein Verbandskasten.«

Ich fische einen großen verbeulten Kasten heraus und reiche ihn ihm. Wie durch ein Wunder ist der Kasten intakt geblieben.

»Äh, nein … *Du* musst mich wieder zusammenflicken«, sagt er und gibt ihn mir zurück.

»Ich?«

Er nickt. Ich halte den Erste-Hilfe-Kasten in der Hand, als wäre es ein außerirdisches Artefakt, und beäuge erneut seinen blutenden Rücken.

»Sollten wir damit nicht besser in ein Krankenhaus gehen?«

Phoenix wirft mir einen Blick zu. »Leider, Genna, ist das keine echte Option. Es sei denn, wir wollen verhaftet werden.«

Widerwillig öffne ich den Kasten und starre verwirrt auf das Sortiment an Verbänden, Pflastern, Druckverbänden, antiseptischen Tüchern, Spritzen und Gaze. »Was soll ich mit all dem anstellen?«

»Das was du immer tust«, antwortet er. »Mich verarzten.« Er lächelt, und sein scheinbares Vertrauen in meine medizinischen Kenntnisse ist ermutigend und zugleich völlig unangebracht.

»Aber ich habe noch nie …« Ich halte inne und ahne, was Phoenix auf meinen Protest erwidern wird. Ich stoße einen Seufzer aus. »Okay. Schon gut.«

Ich sichte den Inhalt der Box, aber ich weiß nicht, wo ich anfangen soll. Ich habe in der Schule immer nur grundlegende Erste Hilfe gelernt. Wie man ein Pflaster aufbringt … Wespen- und Bienenstiche behandelt … die Notruf-Nummer wählt. Der Umgang mit Schussverletzungen übersteigt meine Fähigkeiten bei Weitem. Dann erinnere ich mich an meinen Schimmer in der stillgeleg-ten U-Bahnstation. Damals war ich zu erschrocken, um die Details zu registrieren, aber ich bin sicher, dass ich eine weiße Uniform trug. Das Bild weckt längst vergesse-ne Erinnerungen an mein Leben als Krankenschwester im Krieg.

Indem ich mich dem Schimmer überlasse, erlaube ich meiner Intuition, mich zu leiten. Zuerst ziehe ich ein Paar Operationshandschuhe an und reinige Phoenix' Rücken sorgfältig mit antiseptischen Tüchern. Dann suche ich eine Pinzette und sterilisiere sie ebenfalls. Anschließend hole ich die Schrotkügelchen eines nach dem anderen heraus – Phoenix knirscht bei jeder winzigen Bleikugel mit den Zähnen. Sobald sie alle entfernt sind, säubere ich die Wunden und verbinde seinen Rücken mit einem Patchwork aus Pflastern und Bandagen. Am Ende lehne ich mich zurück und überprüfe meine Arbeit.

»Und, wie lautet meine Prognose, Schwester Genna«, sagt Phoenix mit einem schmerzerfüllten Grinsen.

»Du siehst aus wie ein schlecht verpacktes Geschenk«, antworte ich lachend, »aber du wirst es überleben.«

Phoenix schüttelt sanft den Kopf. »Manchmal frage ich mich, wer in diesem Leben auf wen aufpasst.«

Ich lächle ihn zärtlich an. »Vielleicht sollen wir uns *umeinander* kümmern«, sage ich.

Er sieht mich aus seinen saphirblauen Augen an, sein strahlender Blick ist so offen und ungeschützt, dass ich wieder diese seltsame, unwiderstehliche Anziehungskraft spüre. Bevor diese Empfindung zu intensiv wird, wende ich mich ab und beschäftige mich damit, den Erste-Hilfe-Kasten aufzuräumen.

Nach einer kleinen Weile blickt auch Phoenix beiseite und vertieft sich in seinen zerfetzten Rucksack. Er holt eine durchlöcherte Wasserflasche und zwei aufgeweichte Sandwiches heraus. »Tja, das sollte mal unser Mittagessen werden«, sagt er bedauernd.

Dank des eher kargen Frühstücks packt mich nun ein plötzliches Hungergefühl. »Vielleicht können wir etwas davon retten?«, schlage ich vor.

Phoenix reicht mir vorsichtig die unansehnliche Mahlzeit, bevor er wieder in den Rucksack greift. Unten findet er ein Ersatz-T-Shirt, das durch den Gewehrschuss nicht beschädigt wurde. Aber es ist nass von der undichten Flasche, also legt er es auf einen Busch zum Trocknen. Dann setzen wir uns gemeinsam ans Flussufer.

Während wir darauf warten, dass sein Shirt in der Sonne trocknet, verschlingen wir schweigend die Überbleibsel unserer Sandwiches, picken die Schrotkugeln heraus und lauschen dem leisen Plätschern des Wassers. Von Zeit zu Zeit werfe ich einen verstohlenen Blick auf Phoenix. Trotz seiner offensichtlichen Schmerzen beklagt er sich nicht. Er macht auch keine große Sache aus seinem aufopferungsvollen Einsatz für mich. Dies deutet mehr als alles andere – mehr noch als die Schimmer – darauf hin, dass er wirklich mein Guardian ist.

Er hat sich *buchstäblich* Kugeln für mich eingefangen.

Sein Mut und sein selbstloses Heldentum bewegen etwas tief in mir ...

»Woran denkst du?«, fragt Phoenix.

Ich blinzle und bin mir plötzlich bewusst, dass ich ihn anstarre. »Ähm ... ähm ... nichts«, murmle ich und richte meine Aufmerksamkeit auf die Wasserflasche in meiner Hand. Ich halte die Löcher zu, bevor ich einen Schluck nehme. »Ich frage mich nur, was wir jetzt tun sollen?«

Phoenix zuckt mit den Achseln. »Wir finden ein anderes Seelengefäß, schätze ich.«

Ich tupfe einen Spritzer Wasser von meiner Jeans, der aus einem Loch in der Flasche stammt. »Warum gehen wir denn nicht direkt zu Gabriel?«, frage ich.

»Wir brauchen eine wirksame Waffe gegen Tanas«, erklärt er, »sonst sind wir schutzlos.«

»Was für eine Waffe?«

Phoenix spitzt nachdenklich seine Lippen. »Kommt darauf an, was in dem Gefäß ist.«

»Und wo finden wir ein weiteres dieser Seelengefäße?«

»Gute Frage«, antwortet er, während seine Zähne auf etwas Knirschendes in seinem Sandwich beißen. Angewidert spuckt er eine Schrotkugel aus und wirft dann den Rest weg. »Ich muss meinem Gedächtnis auf die Sprünge helfen.«

Er kreuzt die Beine in Lotusstellung, schließt die Augen und verlangsamt seine Atmung. Es vergehen Minuten, die nur durch das Plätschern des Flusses und das sanfte Wispern einer Brise im langen Gras untermalt werden.

Phoenix scheint in eine tiefe Trance zu versinken. Zuerst völlig reglos, beginnt er irgendwann ganz leicht zu zucken, dann murmelt er etwas. Ich beuge mich näher heran, kann aber seine Worte nicht verstehen. Allerdings wird seine Stimme tiefer, und er scheint seinen amerikanischen Akzent zu verlieren. Dann, in einfachem, rauem Englisch, platzt er heraus: »*Geh in Deckung!*«

Zu meiner großen Beunruhigung beginnt sein Körper zu zucken und seine Glieder beben jetzt unkontrolliert. In einem Versuch, ihn zu besänftigen, lege ich meine Hand auf seinen Arm –

20

»GEH IN DECKUNG!«, *ruft er. Wir ducken uns in den Alkoven neben dem Kamin, und meine Hand umklammert seinen Arm, während das innere Torhaus unter einer heftigen Detonation erzittert. Sand und Mörtel regnen auf uns herab.*

Das unablässige Donnern der Kanonen klingt wie das Brüllen eines Schwarms feuerspeiender Drachen, und die Burgmauern zerbröckeln rasch unter dem heftigen Beschuss.

Als der Staub sich wieder legt, späht William aus dem zerbrochenen Fenster auf die zahlreichen Truppen der Parlamentsanhänger, die die Burg belagern. Der englische Bürgerkrieg tobt seit etwa zwei Jahren, und trotz unserer frühen Siege hat sich das Blatt inzwischen gegen die Anhänger des Königs gewendet – Royalisten, wie wir. Selbst die klirrende Kälte des Winters hat die Entschlossenheit der parlamentarischen Roundheads, unsere Royalisten-Hochburg zu erobern, nicht wanken lassen. Die seit achtzehn Tagen rundum auf den Feldern lagernden Roundheads haben nicht nur Sir Waller und seine Männer

zurückgeschlagen, sie haben auch den Burgteich trocken-
gelegt und erhalten seit dem frühen Morgen Unterstützung
durch schwere Artillerie. Uns beide überfällt die düstere
Erkenntnis, dass es nur eine Frage der Zeit ist, bis der
Feind unsere Verteidigungsanlage zu Klump geschossen hat
und die Burg stürmen wird.

»Was sollen wir jetzt tun?«, frage ich William.

»Wir beten um Gottes Beistand«, antwortet er, umklam-
mert den Griff seines Degens und fügt hinzu: »Andernfalls
sterben wir durch das Schwert.«

Erschrocken klammere ich mich an ihn, während das
Torhaus unter einem weiteren Volltreffer erzittert. Die
Schreie der verletzten Soldaten und der Gestank von ver-
branntem Schießpulver steigen aus dem Stockwerk darun-
ter empor. Krachende Musketen und das Sirren der Pfeile
künden von unserer schwachen Antwort auf die mächtigen
Salven des feindlichen Kanonenfeuers.

»Anne! Was machst du hier?«, brüllt mein Vater, der in
diesem Augenblick in den Raum stürzt. »Du solltest doch
längst im Bergfried in Sicherheit sein.«

Mein Vater, ein großer, imposanter Mann mit einer
Hakennase und einem Knebelbart, ist der königstreue
Kommandant des Schlosses, und es fällt mir schwer, ihm in
die Augen zu sehen.

»Mit William, Vater, fühle ich mich sicherer«, antworte
ich kleinlaut.

Mein Vater wirft ihm einen vernichtenden Blick zu. »Sie
sollten es besser wissen, Hauptmann.«

William zieht in Ehrerbietung seinen gefiederten Hut und antwortet: »Gewiss, Kommandant. Ich dachte nur …«

»Sie sollen nicht denken. Sie sollen meine Befehle ausführen«, faucht mein Vater. »Geleiten Sie Anne in den Bergfried und postieren Sie sich auf der Burgmauer!«

»Aber Vater –«, protestiere ich, ehe er mir mit einer Handbewegung das Wort abschneidet.

»Genug! Ich habe keine Zeit, gegen meine Tochter und die Roundheads gleichzeitig zu kämpfen.«

Mir ist klar, dass mein Vater niemals das Band zwischen William und mir verstehen wird, oder gar die Pflicht meines Guardians, an meiner Seite zu leben und zu sterben. Auch William scheint die Sinnlosigkeit eines Streits mit seinem Befehlshaber zu erkennen, da er mich zur Tür führt. Doch gerade als wir auf das Treppenhaus zugehen, stürmt ein graugesichtiger und hagerer Soldat in den Raum, sein Waffenrock zerrissen und blutverschmiert.

»Kommandant …«, keucht er, »die Roundheads haben die Außenmauern durchbrochen!«

Mein Vater flucht und seine Worte sind für mich ein ebenso großer Schock wie die Nachricht des Soldaten, denn ich weiß, dass er im Grunde ein zutiefst gottesfürchtiger Mann ist. Über den rollenden Kanonendonner hinweg ertönt ein blutrünstiger Schlachtruf, als zehntausend Männer auf die Burg zustürmen.

»Befehlen Sie all unseren Leuten, die verräterischen Eindringlinge zurückzuschlagen«, kommandiert mein Vater.

»Aber die Männer sind zu entkräftet, um weiterzukämpfen, Sir«, entgegnet der Soldat.

Das Gesicht meines Vaters läuft rot an. »Im Namen von König und Vaterland, wir dürfen diese Burg um keinen Preis aufgeben!«

»Aber bedenken Sie, Sir, weil der Teich trockengelegt wurde, hatten wir seit drei Tagen keinen Tropfen Wasser mehr«, argumentiert der Soldat, seine Lippen sind rissig und seine Augen tief in die Höhlen eingesunken. »Ich versichere Ihnen, auch wenn die Moral der Männer nicht gebrochen ist, ihre Körper sind es. Kommandant, wir werden bis auf den letzten Mann, die letzte Frau und das letzte Kind abgeschlachtet werden, wenn wir weiterkämpfen.«

Mein Vater starrt den dürren Soldaten scharf an, bevor er mich ansieht, wobei seine sonst strengen Augen seine väterliche Liebe spiegeln. »Dann haben wir keine andere Wahl«, sagt er, »als uns zu ergeben.« Er seufzt schwer und senkt resigniert den Kopf.

William dreht sich zu mir um und flüstert eindringlich: »Dein Vater mag sich ergeben, aber wir dürfen das nicht!« Meine Hand nehmend, führt er mich in die nächste Kammer hinunter, die mein Schlafzimmer war, bis sie für militärische Operationen requiriert wurde. Unter meiner Matratze zieht William einen braunen Lederbeutel hervor. Schnell überprüft er den Inhalt.

»Wir können nicht riskieren, ihn zu verlieren«, sagt er zu mir. »Weder in diesem noch im nächsten Leben.«

Er nimmt ein leeres Tongefäß vom Fensterbrett, legt den

Beutel hinein und verschließt den Deckel. Dann geht er zum Kamin hinüber, zieht seinen Dolch aus der Scheide und holt mit der Stahlspitze einen losen Stein aus dem Mauerwerk. Dahinter befindet sich ein kleiner Hohlraum. »Hier werden wir das Gefäß verstecken. Erinnere dich gut daran, Anne, denn du wirst es in künftigen Zeiten vielleicht brauchen.«

Ich schaue in sein schönes Gesicht, umrahmt von langen, weichen Locken, und nicke. »Ich werde es mir gut einprägen«, verspreche ich.

Während er das Gefäß in dem Loch verstaut, schaue ich aus dem Fenster. Parlamentarische Truppen überfluten den unteren Burghof, aber eine Einheit Soldaten löst sich von der Hauptgruppe und steuert direkt auf das innere Torhaus zu. Eine eisige Kälte durchströmt mich, kälter als der Winterwind, der draußen weht.

»Ich glaube, er kommt«, warne ich William.

Unsere wahre Sorge galt nie so sehr der Roundhead-Armee, sondern immer Tanas und seinen Seelenjägern.

William hämmert den Stein mit dem Knauf seines Dolches zurück an seinen Platz, gerade als ein junger Soldat in den Raum stürmt. »Hauptmann, ich habe Schwarzaugen gesehen«, platzt er heraus.

»Wie viele?«, fragt William und springt auf.

»Zehn, vielleicht auch mehr«, antwortet der Soldat, der mich mit einer scheuen, ruckartigen Verbeugung begrüßt. Ich kenne den grobknochigen Jungen unter dem Namen Ralph, obwohl ihn die anderen Soldaten wegen seines ner-

vösen Zuckens und seiner Gewohnheit, kreuz und quer herumzuflitzen, Karnickel nennen.

»Dann benötigen wir auch deine Schwerthand, Ralph«, sagt William und zieht entschlossen seinen Degen.

Ralphs runde Augen weiten sich zu ängstlichen Vollmonden. »Aber ich bin kein geübter Fechter wie Ihr, Sir!«

William fordert ihn mit einem vorwurfsvollen Blick heraus: »Komm schon, Ralph. Willst du nicht das Leben unserer Lady verteidigen?«

Die blassen Wangen des Jungen röten sich, zugleich scheint jedoch sein Mut zu wachsen. »Natürlich, Sir«, sagt er, reckt seine Brust und zieht mit nervöser Hand seine schlanke Klinge aus der Scheide.

»Gut«, sagt William, »denn wir müssen uns den Weg aus dieser Burg freikämpfen.«

Gemeinsam eilen wir die Wendeltreppe hinunter. Doch da kommt uns bereits das Trampeln schwerer Stiefel entgegen. Ein schwarzäugiger, breitschultriger Soldat, der ein hellbraunes Lederwams und einen runden Eisenhelm trägt, versperrt uns den Weg. Als der Seelenjäger mich entdeckt, stößt er mit seinem Schwert nach mir. Doch die enge, gewundene Treppe erschwert seinen Angriff, und William lenkt die Klinge leicht ab, bevor er die Spitze seines eigenen Degens durch die Kehle des Mannes bohrt. Der Seelenjäger stürzt rückwärts die Treppe hinab. Doch kaum ist er erledigt, stürmen weitere Männer mit den gleichen furchterregenden Augen heran, um seinen Platz einzunehmen.

Zum Rückzug gezwungen, rennen wir den Korridor ent-

lang zu einer schweren Eichentür. William reißt sie auf, und wir eilen hinaus auf die Wehrgänge, die zum Bergfried führen. Der beißende Wind peitscht meine Wangen, während wir uns auf den Weg zum einzigen noch verbliebenen Zufluchtsort machen.

Aber die Seelenjäger sind uns dicht auf den Fersen. Zu dicht. Am Fuß der Steintreppe des Bergfrieds bleiben William und Ralph stehen und drehen sich um, treten unseren Feinden entgegen. Immer zwei nebeneinander stürmen die Seelenjäger mit erhobenen Waffen heran. Tanas ist der Größte, er trägt einen Brustpanzer aus glänzendem Stahl und schwingt ein mächtiges Breitschwert. Sein von vielen Kämpfen gezeichnetes Gesicht starrt mich durch das Visier seines Helms an – keine Spur von Gnade liegt in seinem grimmigen Blick.

Die Kanonen haben ihren Beschuss jetzt eingestellt, aber das Massaker an den im Burghof eingekesselten königstreuen Soldaten hat gerade erst begonnen. Ich erhasche einen Blick auf meinen Vater, der ein weißes Banner schwenkt und sich der Roundhead-Armee ergibt.

Aber für uns wird es keine Kapitulation geben, denn Tanas wird uns kein Pardon gewähren.

»LAUF WEITER«, drängt mich William. »Wir werden sie aufhalten.«

Während ich die Treppe hinauffliehe, höre ich den Aufprall von Stahl auf Stahl. Das Aufstöhnen eines brutalen Kampfes. Ein Schrei durchdringt die eisige Luft. Als ich über meine Schulter zurückblicke, sehe ich den armen

Ralph aufgespießt von Tanas' riesigem Schwert. Mit verächtlicher Leichtigkeit wirft Tanas den besiegten Burschen über die Zinnen, als wäre er nicht mehr als ein Stück Fleisch.

Ich bin krank vor Sorge um das Leben meines Guardians. Nun völlig auf sich allein gestellt im Kampf gegen die Seelenjäger, zuckt sein Degen wie ein Blitz gegen den unablässigen Hagel der Schwerthiebe an. Er durchbohrt einen Soldaten und schlägt dann einem weiteren mit dem Heft ins Gesicht. Doch so tapfer und beherzt seine Bemühungen auch sind, William ist allein und ihnen waffentechnisch völlig unterlegen. Ein rabenhaariger Jäger mit einer doppelendigen Hellebarde beginnt, ihn zurückzutreiben, wobei er mit der langen, vorne mit einem Stachel bewehrten Axtklinge brutal zuschlägt.

Wenn ich nur ein Schwert hätte, würde ich an Williams Seite stehen und bis zu meinem letzten Atemzug kämpfen. Natürlich würde er sagen, dass ich nicht mein Leben für seines riskieren sollte, dass meine Seele – und das Licht, das sie in sich trägt – zu kostbar wären. Aber wenigstens kann ich ihm helfen, indem ich für einen sicheren Zufluchtsort für uns beide sorge. Ich eile die Stufen hinauf, erreiche den Eingang des Bergfrieds, trommele mit den Fäusten gegen das hölzerne Fallgitter und rufe laut die Torwache herbei.

»Aufmachen!«, schreie ich.

Die Wache blickt durch die Öffnung einer schmalen Schießscharte über mir. »Aber, Mylady!«, keucht er.

»Lassen Sie uns ein!«, fordere ich.

Am Fuß der Treppe türmt sich inzwischen ein Haufen Gegner. Fünf der Seelenjäger liegen blutend und besiegt da, aber William hat für diese Siege einen hohen Preis bezahlt. Der Jäger mit der Hellebarde hat seine Seite durchbohrt.

William kommt schwankend die Treppe hinauf, umklammert mit schmerzverzerrtem Gesicht seinen Bauch, Blut sickert durch seine Finger.

Er schreit: »ÖFFNEN! Auf Befehl des Kommandanten!«

Langsam beginnt das Fallgitter sich anzuheben, viel zu langsam. Tanas und seine verbliebenen drei Seelenjäger steigen bereits über die Körper der anderen und erklettern die Stufen hinter uns.

Tanas grinst, weil er weiß, dass seine Beute in der Falle sitzt. Er schiebt sich an seinen Jägern vorbei, begierig darauf, mich zuerst zu ergreifen.

William stemmt sich von unten gegen das Fallgitter, in einem vergeblichen Versuch, das Öffnen zu beschleunigen. Zwischen den Eichenbalken und der Steinstufe klafft immer noch kaum mehr als ein schmaler Spalt, trotzdem lasse ich mich auf den Boden fallen und zwänge mich darunter hindurch wie eine Maus, die einer Katze entkommt. Sobald der Spalt breit genug ist, rollt auch William hinter mir her.

»Schließt das Tor«, befiehlt er, und das Fallgitter stürzt hinter uns herab, eine Sekunde bevor Tanas den Bergfried erreicht.

»Verflucht seist du!«, spuckt Tanas aus, seine harten, unbarmherzigen Augen starren durch das Gitter. Er untersucht das Tor, das mit Eisen verstärkt ist, dann blickt er zu den uneinnehmbaren Steinmauern des Bergfrieds auf, und sein bösartiges Grinsen kehrt zurück. »Ha! Was mich draußen hält, hält euch auch drinnen!«

Er beginnt zu lachen, tief und dröhnend. William schlägt die Innentür des Bergfrieds vor Tanas' Nase zu, und wir ziehen uns in den winzigen Innenhof zurück. Ich blicke auf die hohen Mauern, die jetzt unser Gefängnis bilden.

»Was nun?«, frage ich.

»Wir harren hier aus –«, William zieht eine schmerzerfüllte Grimasse, als er seine blutende Wunde inspiziert, »so lange wir können.«

»Aber was nützt uns das, Hauptmann?«, fragt die Torwache, die jetzt seufzend zu Boden sinkt, wo bereits eine Handvoll anderer abgemagerter Soldaten lagert, die sich in den Bergfried geflüchtet hat. »Die weiße Flagge ist oben. Die Schlacht ist verloren.«

Ich wechsle besorgte Blicke mit William. Wir wissen beide, wenn das Gitter wieder hochgezogen wird, dann ist auch die Schlacht um meine Seele endgültig verloren.

21

»Bist du *sicher*, dass es sich um dieselbe Burg handelt?«, frage ich, während wir dem gewundenen breiten Kiesweg durch die unteren Gärten bis zum Haupteingang von Schloss Arundel folgen. »Ich erkenne nichts davon wieder.«

Vor uns erhebt sich auf einem grünen Hügel ein mächtiges Gebäude aus grauem Stein mit Türmchen und hohen Schornsteinen. Reihen von bogenförmigen, bleiverglasten Fenstern zieren die Außenmauer, und die Zinnen scheinen mehr der Dekoration als der Verteidigung zu dienen. An der Südwestecke bildet ein riesiger runder Turm mit schmalen Schießscharten den burgähnlichsten Teil der Befestigungsanlage, aber der Rest des rechteckigen Gebäudes ähnelt eher einem Herrenhaus aus dem achtzehnten Jahrhundert.

Phoenix runzelt verwirrt die Stirn. »Ich vermute, dass nach dem Bürgerkrieg vieles wieder neu aufgebaut wurde.«

Nachdem wir das Motorrad auf dem Besucherparkplatz abgestellt haben, gehen wir weiter bergauf, unsere Schritte knirschen im weichen Kies. Eine alte Mauer aus Flintsteinen am Fuß der Böschung kommt mir vage bekannt vor, ansonsten habe ich keine wirkliche Erinnerung an diesen Ort.

»Kann ein Schimmer falsch sein?«, frage ich.

»Sie sind so verlässlich wie jedes Gedächtnis«, antwortet er und zieht dann eine Augenbraue hoch. »Obwohl unser Gedächtnis natürlich manchmal auch trügen kann.«

Ich fange an zu glauben, dass wir hier unsere Zeit verschwenden und besser direkt zu Gabriel hätten gehen sollen, als wir um eine Ecke biegen und plötzlich ein Paar quadratische Steintürme in Sicht kommen. Sofort überfällt mich ein starkes Déjà-vu-Gefühl. Als ob zwei Fotos übereinandergelegt worden wären, sehe ich sowohl die Vergangenheit als auch die Gegenwart. Das Alte und das Neue. Ich kann erkennen, wo die quadratischen Türme renoviert wurden, wo das innere Torhaus mit neuen Flintsteinen repariert wurde und wo hoch auf dem grasbewachsenen Hügel dahinter die Zinnen des mächtigen Bergfrieds wieder rekonstruiert wurden. Nur der Brunnenturm des Bergfrieds ist über die Jahrhunderte hinweg intakt geblieben, seine Konstruktion hat sowohl Sturm als auch Belagerung überstanden.

»Das ist es!«, flüstere ich atemlos. »Mein altes Zuhause.«

Phoenix nickt. »Nur eines von vielen in deinem Leben … Aber vielleicht eines der großartigsten!«

Aufgeregt beschleunigen wir unsere Schritte. Am Tor des Besuchereingangs werden wir von einer mausgrauen Aufseherin mit mausgrauen Haaren empfangen. »Das Schloss schließt in einer halben Stunde«, warnt sie uns.

»Danke«, antwortet Phoenix und zeigt der Frau unsere Tickets. »Das ist mehr als genug Zeit.«

Die Aufseherin wirft einen flüchtigen Blick auf die Eintrittskarten, dann bleiben ihre blassgrünen Augen an mir hängen, ein bisschen zu lang für meinen Geschmack. Ich lächle sie nervös an. Sie lächelt nicht zurück, ihre dünnen Lippen ziehen sich zusammen, als ob sie an einer sauren Zitrone lutschen würde, trotzdem winkt sie uns durch.

Als wir unter dem steinernen Tor hindurch und in einen kleinen Hof gehen, flüstere ich: »Ich glaube, sie hat mich erkannt.«

Phoenix blickt zurück zu der Frau, die uns aus der Ferne beobachtet. »Glaubst du, sie ist eine Wächterin?«, fragt er.

»Ich weiß nicht ... Sie hat vielleicht nur mein Gesicht in den Nachrichten gesehen.«

»Dann beeilen wir uns besser, falls sie die Polizei ruft«, antwortet Phoenix. »Erinnerst du dich an den Weg zu deinem alten Zimmer?«

»Ich glaube schon«, antworte ich und gehe voran.

Über einige Stufen betreten wir eine Eingangshalle. Außer einer Rüstung ist nur wenig zu sehen, und der Raum löst keine Erinnerungen aus. Der neuere Stein der

Wände lässt vermuten, dass der Saal während der Restaurierung der Burg gebaut wurde. Aber ich entdecke ein Schild, das auf den Bergfried hinweist. Wir steigen eine steile Treppe in den ersten Stock hinauf und betreten links durch eine große Tür eine gewölbte Kammer mit Jagdtrophäen an den Wänden. Gegen den Besucherstrom in Richtung Ausgang nehmen wir eine weitere Wendeltreppe, bevor wir durch einen engen Korridor und dann weitere Stufen nach oben gehen.

Als wir neugierig in ein paar der Räume spähen, fragt Phoenix: »Kommt dir etwas davon schon bekannt vor?«

Ich schüttle den Kopf und folge weiter den Schildern zum Bergfried.

Phoenix streift mit der Hand über die glatten, perfekt gesägten Blöcke aus hellem Sandstein. »Hoffen wir nur, dass das innere Torhaus nicht auch völlig saniert wurde«, murmelt er. Ich kann an seinem angespannten Tonfall erkennen, dass er um das Schicksal des Seelengefäßes besorgt ist – und ich bin es auch. *Ist dies nur ein weiterer nutzloser Umweg?*

Der Korridor zieht sich weiter, bis der Sandstein schließlich älteren Ziegel- und Flintsteinmauern weicht. Ein kühler, muffiger Geruch hängt in der Luft, und wie bei einer Zeitreise erinnere ich mich daran, dass ich in einem leuchtend blauen Mieder und gebauschten Röcken durch eben diesen Korridor lief, mein blondes Haar zu einem Knoten aufgesteckt, in meinen Händen einen Strauß wilden Lavendels haltend. Als ich kurz die Augen schließe, kann ich fast den berauschenden Kräuterduft riechen, und die Geister des Bürgerkriegs kehren zurück. Knapp oberhalb meiner Gehörschwelle vernehme ich den unheilvollen ...

... Kanonendonner und die gequälten Schreie der verletzten Soldaten. Panische Rufe erfüllen das Treppenhaus, und der süße Geruch von Lavendel wird vom beißenden Gestank verbrannten Schießpulvers überlagert ...

Ich öffne meine Augen, halb in der Erwartung, meinen königstreuen Vater zu sehen, der mich anbrüllt, ich solle schleunigst in den Bergfried gehen, dann schnappe ich nach Luft, als ich beinahe gegen einen bärtigen Mann pralle, der ebenso groß und imposant ist wie mein längst verstorbener Vater. Aber er ist nur ein Tourist mit einer Kamera, der mehr an Schnappschüssen vom Schloss interessiert ist als an mir.

»Alles in Ordnung?«, fragt Phoenix.

»Ein Flashback, das ist alles«, erkläre ich und eile weiter. Als ich die Räume des inneren Torhauses betrete, wende ich mich instinktiv nach rechts und steige die Wendeltreppe hinauf zu meinem alten Zimmer. Es ist vertraut und fremd zugleich. Der Ort ist für Touristen aufgemotzt worden. Die Holzbalkendecke wurde sorgfältig restauriert, und die Dielenböden aus dunkler Eiche sind neu verlegt und poliert. Ein rotgoldener Wandteppich hängt von einer Eisenstange an einer Wand aus Flint- und Backstein. Auf der anderen Seite des Raumes steht ein einfaches Holzbett und in der Ecke neben dem Kamin ein Stuhl mit hoher Rückenlehne. Zwei Kerzen flackern in ihren Halterungen, und aus einem Tonkrug auf einem grob gezimmerten Tisch ragt ein Bund getrockneten Lavendels.

Ich kann nicht anders, als laut zu lachen. »Mein Zimmer war *niemals* so wie dieses!«

Ein älteres Ehepaar starrt mich an, erstaunt über meinen bizarren Ausruf. Sie schlurfen zur Tür, während ich weiter das Zimmer inspiziere, abfällige Bemerkungen über den knalligen Wandteppich mache und darauf hinweise, wo meine Sachen *tatsächlich* standen.

Als das Paar verschwunden ist und wir alleine sind, fragt mich Phoenix: »Erinnerst du dich noch, hinter welchem Stein sich das Gefäß befindet?«

Ich grinse ihn an. »Aber natürlich! Du hast mich schwören lassen, dass ich es mir einpräge.« Und ich deute auf den dritten Stein auf der rechten Seite des Kamins.

Nachdem er die rote Absperrkordel überstiegen hat, legt Phoenix seinen Rucksack ab und zieht das Schweizer Armeemesser heraus. »Jemand hat diese Mauern neu verfugt«, kommentiert er. Er wählt den kleinen Meißel und beginnt, den Mörtel rund um den Stein wegzukratzen. »Beten wir, dass sie nicht noch mehr verändert haben.«

Während Phoenix den Mörtel entfernt, wandere ich durch mein altes Schlafzimmer und versuche, weitere Erinnerungen einzufangen. Mein früheres Leben war nicht immer vom Krieg geprägt. Es gab auch glücklichere Zeiten – mit meiner Tante am Kamin nähen, Laute spielen

lernen und Lieder singen. Manchmal las ich bei Kerzenlicht die Gedichtfragmente, die William für mich schrieb.
Mich durchströmt ein warmes Gefühl bei dieser Erinnerung, und ich blicke zu Phoenix hinüber, der den Stein
herauszuziehen versucht.

Eine Informationstafel am Fenster versucht zu beschreiben, wie das Leben damals war, aber ich weiß, wie
es *wirklich* war, und keine Worte könnten jemals das
Himmlische und zugleich die Härten, die Einfachheit
und Entbehrungen dieser Zeit erklären. Neben dem Text
befindet sich die Reproduktion eines Familienporträts
aus dem siebzehnten Jahrhundert.

Bei näherem Hinsehen unterdrücke ich ein lautes Aufstöhnen. Meine Aufmerksamkeit wird von einem jungen
Mädchen mit hellem Teint und strohblondem Haar gefesselt. Sie trägt ein leuchtend blaues Mieder und sich
bauschende Röcke.

»Das bin *ich*!«, flüstere ich verwundert.

Der Schock, mich selbst zu erkennen – so ganz anders
und doch so unbestreitbar ich selbst –, jagt mir einen
Schauer über die Haut. Für einen kurzen Moment erlebe
ich das bizarre Gefühl, in zwei Körpern gleichzeitig zu
sein. Dann verschwindet das Gefühl, und ich kehre in die
Gegenwart zurück.

»Hey! Was zum Teufel machst du da?«, ruft eine
empörte Stimme.

Erschrocken drehe ich mich um und sehe einen grau-
haarigen Aufseher in der Tür stehen.

Er starrt Phoenix wütend an, dem es gelungen ist, den Stein zu entfernen, und der nun ein staubiges Tongefäß aus dem dahinter liegenden Hohlraum holt.

»Stell das zurück, du Dieb!«, knurrt der Aufseher.

»Was mir gehört, kann ich nicht stehlen«, erklärt Phoenix und stopft das Gefäß in seinen Rucksack.

»*Dir?*«, schreit der Aufseher, während Phoenix sich aufrichtet.

»Ja, ich habe es vor dreihundertsiebzig Jahren hier deponiert«, erklärt er sachlich.

Die wütende Verblüffung zerknittert das faltige Gesicht des Aufsehers noch mehr. Dann verhärtet sich sein Ausdruck. »Gib das sofort zurück … Oder ich rufe die Polizei!«

Durch das Fenster bemerke ich eine Schar dunkelblauer Uniformen, die den unteren Burghof durchqueren.

»Zu spät«, sage ich alarmiert zu Phoenix. »Sie sind schon da!«

22

»Dann hatte meine Kollegin also recht, was euch beide betrifft!« Selbstgefällig verschränkt der Aufseher die Arme und wartet an der Tür auf die Polizei.

Als sich die Einheit bewaffneter Beamter am Fuße des Torhauses versammelt, wird mir klar, dass wir nicht viel Zeit haben. »Was immer Sie in den Zeitungen gelesen haben, Phoenix ist *kein* Terrorist und ich bin *nicht* entführt worden«, erkläre ich eilig. »Die Wahrheit ist, dass wir gejagt werden. Wir brauchen dieses Gefäß, um zu überleben!«

Der versteinerte Gesichtsausdruck des Aufsehers zeigt, dass er von meinen Bitten unbeeindruckt ist. »Erzähl das der Polizei, nicht mir«, sagt er unwirsch. »In meinen Augen seid ihr gewöhnliche Diebe.«

»Von mir aus können Sie das Ding zurückhaben«, sagt Phoenix mit einem resignierten Seufzer. Dann, zu meiner Überraschung und Bestürzung, zieht er das Seelengefäß aus seinem Rucksack und wirft es dem Aufseher zu. »Hier, fang!«

Völlig überrumpelt will der Aufseher den alten Tonkrug packen … ohne Erfolg. »Nein!«, schreit er, als der Krug am Boden in ein Dutzend Scherben zerbricht.

Phoenix nutzt die Gelegenheit, packt meine Hand, und gemeinsam stürmen wir zur Tür. Wir drängen uns an dem abgelenkten Aufseher vorbei und rennen die Wendeltreppe hinunter. Aber von unten schallt uns bereits das Dröhnen schwerer Stiefel entgegen.

»Nicht schon wieder!«, murmelt Phoenix, als ein Polizeibeamter in kugelsicherer Weste und Helm uns den Fluchtweg versperrt.

Das Ganze fühlt sich nicht mehr an wie ein Déjà-vu, sondern wie eine exakte Wiederholung der Geschichte. Diesmal ohne Degen zur Verteidigung tritt Phoenix gegen die Brust des gepanzerten Polizisten. Von der engen Wendeltreppe eingeschlossen, kann der Mann nicht ausweichen, stürzt rückwärts die Treppe hinab und löst einen Dominoeffekt aus, der seine Kollegen hinter ihm zu Fall bringt. Doch nun rückt eine zweite Einheit schwer bewaffneter Einsatzkräfte auf dem schmalen Korridor vom Hauptschloss aus an.

»Stehen bleiben!«, befiehlt der Einsatzleiter mit einer Taserpistole in der Hand.

Seinen Befehl ignorierend, drehen wir uns um und sprinten in die entgegengesetzte Richtung, auf eine vertraute Eichentür zu, von der wir beide wissen, dass sie zu den Wehrgängen führt. Wie im 17. Jahrhundert suchen wir verzweifelt Zuflucht im Bergfried des Schlosses.

Die Polizei ist uns dicht auf den Fersen. Aber diesmal hält Phoenix nicht inne, um sich ihnen entgegenzustellen, wie er es bei den Seelenjägern getan hat. Stattdessen springen wir die steile Steintreppe hinauf, immer zwei Stufen auf einmal nehmend. Von ihrer Schutzausrüstung behindert, können die Beamten kaum Schritt halten, wir erreichen das Treppenende lange vor ihnen und betreten den Bergfried durch das Fallgittertor. Leider ist der Mechanismus zum Absenken des Gitters außer Kraft gesetzt. Daher schlage ich die Innentür hinter uns zu und lege den Riegel vor, doch das verrostete Metall wird die Polizei nicht lange aufhalten.

»Wohin jetzt?«, keuche ich, während ich mich im runden Innenhof umschaue und um einen weiteren Ausgang bete. Die hölzernen Wohngebäude aus der Zeit des Bürgerkriegs sind längst verschwunden, die quadratischen Löcher und Steinstützen in den Mauern sind die einzigen Anzeichen für ihre frühere Existenz. Zu unserer Rechten befindet sich ein großer, zugemauerter Eingang, aber ich erinnere mich, dass dieser schon damals blockiert war. Ein kleines, bogenförmiges Tor zu unserer Linken führt in den Turm des Bergfrieds, und über unseren Köpfen gibt es einen Laufgang unterhalb der Zinnen, der zwar schöne Ausblicke auf die umliegende Landschaft bietet, aber keine Möglichkeit zur Flucht. Die einzige Option scheint die Treppe in der Mitte des leeren Hofes zu sein – aber ich bin sicher, dass diese nur in den Keller und zum Kerker des Bergfrieds führt. Nicht unbedingt der vielversprechendste Fluchtweg aus einer befestigten Burganlage.

»Denk nach, Genna. Wie sind wir letztes Mal entkommen?«, fragt Phoenix, der ebenfalls völlig ratlos wirkt.

»Mein Schimmer reichte nicht so weit«, antworte ich. »Sind wir denn überhaupt entkommen? Vielleicht haben wir uns ergeben? Oder sind wir möglicherweise sogar ... *gestorben*?«

Phoenix schüttelt den Kopf. »Ich erinnere mich auch nicht mehr. Wir brauchen etwas, um unserer Erinnerung auf die Sprünge zu helfen –« Das Getrappel von Stiefeln nähert sich, und schnell ergreift er meine Hand und drückt sie gegen die kühle Mauer des Bergfrieds ...

»Wir müssen uns ergeben, Hauptmann«, krächzt der Torwächter, während im Hintergrund das Dröhnen eines Rammbocks ertönt wie eine dumpfe Totenglocke.

Ich knie neben William, meine Hand presst einen Kräuterwickel gegen seine Seite. Während ich mich um seine Wunde kümmere, lausche ich auf den nächsten bedrohlichen Schlag und bete, dass ihm nicht das Krachen von splitterndem Holz folgt. Tanas, ungeduldig wie eh und je, ist entschlossen, das Fallgitter aufzubrechen, und rennt gegen das Tor an. Bis jetzt hat die massive Eiche dem Ansturm standgehalten, aber wie lange noch?

William blickt streng auf die Wache. »Nein!«, erklärt er. »Das ist keine Option.«

»Aber, Sir! Warum bestehen Sie darauf, durchzuhalten?«, fragt der junge Mann, seine Stimme heiser vor Verzweif-

lung. »Unsere Sache ist verloren. Alle unsere royalistischen Mitstreiter sind entweder tot oder gefangen.«

William fixiert die Wache entschlossen, aber dennoch mit einem gewissen Mitleid; die hohlen Augen und eingefallenen Wangen des Mannes sind Beweis genug für das unermessliche Leid und den Hunger, den er seit Beginn der Belagerung erdulden musste. »Weil, mein guter Mann, mehr auf dem Spiel steht als einfach nur das Schicksal unseres Königs.«

Die Wache starrt William völlig ungläubig an, offensichtlich unfähig zu begreifen, dass etwas wichtiger sein könnte als sein verehrter König. »Aber wir haben nur wenige Waffen, Sir ... begrenzte Vorräte ... und kein Wasser«, wendet er ein. »Wir können nicht hoffen ...«

»Kein Wasser!«, wiederholt William und richtet sich plötzlich auf. »Warum habe ich nicht schon früher daran gedacht!«

Der Lärm von splitterndem Holz mahnt uns, dass unsere Abwehr nicht mehr lange hält. Ich beeile mich, Williams Wunde zu verbinden, aber er stößt mich von sich und greift nach seinem Degen.

»Dafür ist keine Zeit, Anne«, sagt er, als ein dumpfer Aufprall des Rammbocks ein weiteres Mal das Holz wie einen trockenen Knochen knacken lässt. Das Fallgitter wird sie nicht mehr lange aufhalten. »Wir müssen los!«, ruft William.

»Aber wohin?«, frage ich. Ich überlege verzweifelt, wie wir aus dem Schloss fliehen können.

Ich weiß, dass es hinter dem Nordturm des Haupttores einen kleinen versteckten Ausgang gibt, aber der nützt niemandem, der im Bergfried gefangen ist. Wenn es zu einer Belagerung kommt, ist die uneinnehmbare Stärke des Bergfrieds auch seine größte Schwäche. Ich fürchte, es gibt keinen anderen Ausweg ... oder doch?

William lässt die verwirrte Wache zurück, nimmt meine Hand und führt mich in den Brunnenturm des Bergfrieds.

»Der Brunnen!«, rufe ich, indem ich aus dem Schimmer erwache. Trotz der Länge der gefühlten Vision verging die Zeit wie bei einem Traum fließend: Im Hier und Jetzt sind nicht mehr als ein paar Minuten verstrichen, und die Polizei hat den Bergfried noch nicht gestürmt. Aber ihre Stimmen sind jetzt beunruhigend nah. Ich höre einen geflüsterten Befehl: »*Halt! Wir haben sie. Sie sitzen in der Falle.*«

Aber ich weiß, dass es nicht so ist.

23

Diesmal bin ich es, die Phoenix' Hand nimmt, während wir durch die niedrige Tür in den Turm schlüpfen. Der Erdgeschossraum führt direkt zum Brunnen. Am unteren Ende einer kurzen Treppe befindet sich der mit einer Mauer eingefasste Schacht, der mit einer Barriere und einem Schild mit der Aufschrift »Wegen Renovierung geschlossen« abgesperrt ist. Doch endlich einmal ist das Glück auf unserer Seite. Möglicherweise liegt es an den Renovierungsarbeiten, jedenfalls wurde die Einstiegsluke der auf dem Brunnen sitzenden Schutzkuppel offen gelassen und das Vorhängeschloss hängt lose herab.

Phoenix starrt in den dunklen Schlund des Brunnens. »Sind wir *wirklich* da runtergestiegen?«, fragt er und stellt offensichtlich den Verstand seiner vergangenen Inkarnation infrage.

Ich nicke nervös. »Damals war kein Wasser darin, schon vergessen?«

Er wirft mir einen beunruhigten Blick zu. »Die Frage ist … ist jetzt Wasser darin?«

Aber uns bleibt keine Zeit, lange darüber nachzudenken. Ein lautes Krachen ertönt, als die Polizei die hölzerne Innentür des Burgfrieds aufbricht und den Hof betritt. Also klettern wir, die Sicherheitsabsperrung ignorierend, in die eiserne Kuppel und setzen uns auf den Rand des Brunnens, wobei unsere Füße über dem schwarzen Abgrund baumeln. Ein Sicherungsseil ist am Gitter befestigt, es hängt der Länge nach herab und verschwindet in der Dunkelheit.

»Meinst du, das reicht bis ganz nach unten?«, frage ich.

Phoenix schenkt mir ein grimmiges Lächeln. »Es gibt nur einen Weg, das herauszufinden!«

Nachdem er die Zugangsluke hinter uns geschlossen und mit dem Vorhängeschloss verriegelt hat, greift er mit beiden Händen nach dem Seil, stemmt die Füße gegen die Steinmauer und lässt sich in den Brunnen hinab. Ich folge ihm nach unten, wobei meine Hände mit aller Kraft das Seil umklammern.

Die Steine sind feucht und glitschig, und meine Füße rutschen und gleiten die Innenwand hinab, während ich mich Hand für Hand am Seil hinunterbewege. So sehr mir mein Gymnastiktraining auch hilft, bald sind die Muskeln in meinen Armen verspannt, und meine keuchenden Atemzüge hallen laut in dem engen Brunnenschacht wider. Beim letzten Mal hat mich, soweit ich mich erinnere, William in einem Eimer heruntergelassen, was den Abstieg um einiges leichter und weniger tückisch machte. Und obwohl Phoenix jetzt knapp unter mir sein muss, bezweifle ich, dass er mich aufhalten könnte, falls ich den Halt verliere.

Während wir tiefer hinabklettern, wird der feuchte, modrige Geruch von stehendem Wasser intensiver und die Luft kühler. Ich fange an, meine Unbesonnenheit zu bedauern, der Schimmer hat mich töricht und leichtsinnig gemacht. Wenn sich der Brunnen als voll erweist, dann wird sich unser Fluchtweg schon bald in eine tödliche Falle verwandeln.

Der Schacht ist jetzt so dunkel, dass ich kaum noch die Hand vor Augen sehe. Unterhalb ist alles in pechschwarzes Dunkel gehüllt und Phoenix nicht mehr als ein Schemen, nur noch das leise Schrammen seiner Stiefel an der Wand verrät mir, dass er noch da ist. Über uns gibt uns nur der immer kleiner werdende Lichtkreis einen Anhaltspunkt, dass wir vorankommen. *Aber haben wir auch nur die Hälfte geschafft?*

Ich erstarre, als eine raue Stimme den Schacht hinunterhallt: »Seht im Brunnen nach!«

Oben beugt sich eine Silhouette über den Brunnenrand, die das Licht teilweise verdeckt. Ich halte den Atem an, als der Polizist in die Tiefe späht. Ich könnte schwören, dass er uns in der Dunkelheit sieht, aber nachdem er kräftig am Vorhängeschloss gerüttelt hat, geht er wieder.

»Weiter!«, zischt Phoenix.

Mit zittrigen Armen lasse ich mich immer tiefer hinab, bis ich ein Platschen höre. »Alles in Ordnung?«, flüstere ich, besorgt, Phoenix könnte gefallen und unter die Oberfläche getaucht sein.

»Alles gut«, erwidert er leise. »Das Wasser ist nur hüfttief.«

Vorsichtig lasse ich mich in das eiskalte Wasser gleiten, bis meine Füße eine weiche Schlammschicht berühren. Der plötzliche Temperatursturz lässt mich unwillkürlich schaudern und ich kriege am ganzen Körper Gänsehaut. Es liegt ein fauliger Gestank in der Luft, der einen unwillkommenen Flashback von einer toten und verwesenden Ratte auslöst, die wir bei unserem letzten Besuch auf dem Grund des Brunnens gefunden hatten.

Dieses Mal bin ich jedoch eher besorgt, wir könnten auf eine lebende Ratte treffen.

Obwohl sich meine Augen inzwischen an die Dunkelheit gewöhnt haben, kann ich lediglich dunkle Schemen wahrnehmen. Aber es reicht immerhin, um Phoenix auszumachen ... und die schwarze Öffnung eines Tunnels.

»Er ist immer noch da!«, flüstere ich erleichtert. Im Hinterkopf hatte ich befürchtet, dass der geheime Gang – die Verbindung zwischen Brunnen und Teich – bei der Renovierung des Schlosses zugemauert worden sein könnte oder seine Decke im Laufe der Jahre eingestürzt wäre. Aber unser Fluchtweg scheint immer noch zugänglich.

Wütende Stimmen erschallen von oben. »Sie *müssen* hier irgendwo sein. Benutzt eure Taschenlampe und überprüft den Brunnen noch einmal!«

Rasch ducken wir uns in den Tunnel. Durch die niedrige Decke zum Bücken gezwungen, folgen wir dem Durchgang unter dem Bergfried hindurch, dann unter dem Burghügel und den Festungsmauern. Die Dunkelheit dringt von allen Seiten auf mich ein, mein Atem stockt, während meine Platzangst zunimmt. Ich stehe kurz vor einer Panikattacke, als endlich ein schwacher Lichtschein auftaucht. Die Helligkeit nimmt mit jedem Schritt zu, meine Angst lässt nach, und schließlich erreichen wir eine Öffnung mit einem steinernen Torbogen und einem verrosteten Eisentor. Dahinter erstreckt sich ein sonnenbestrahlter Teich – und die Freiheit!

Ich stemme mich gegen das Tor, dann packe ich die Gitterstäbe und rüttle wütend daran, bevor ich Phoenix bestürzt zurufe: »Es lässt sich nicht öffnen. Wir sitzen in der Falle!«

Doch Phoenix lächelt nur. Seine Finger tasten über dem Bogensturz entlang und ziehen aus dem winzigen Spalt zwischen zwei Steinen einen alten, rostigen Schlüssel hervor. »Scheint, als hätte ich damit gerechnet, dass wir eines Tages zurückkehren«, sagt er grinsend. Er entriegelt das Tor, wir waten durch einen Haufen Binsen, erklimmen dann das Ufer und sinken ins Gras.

Ich seufze vor Erschöpfung und Erleichterung, und während wir in der Sonne liegen, um uns zu erholen und zu trocknen, lausche ich dem Zirpen der Grillen und dem Schnattern der Gänse auf dem Teich. Unsere Flucht um Haaresbreite hat mich erschöpft und entmutigt.

»Oh Mann, was für eine Zeitverschwendung!«, murmle ich, verärgert über das hohe Risiko, das wir eingegangen sind, und das völlig umsonst.

Phoenix schaut mich mit gerunzelten Augenbrauen an. »Warum sagst du das?«, fragt er.

»Weil du das Seelengefäß zerstört hast!«, antworte ich zähneknirschend und blicke ihn an.

»Das stimmt«, gibt er mit einem gleichgültigen Achselzucken zu, »aber vielleicht sind wir gar nicht wegen des Gefäßes gekommen.«

»Ach nein?«, frage ich.

»Nein«, antwortet er, und mit einem zufriedenen Grinsen hält er einen braunen Lederbeutel hoch.

Ich erkenne ihn sofort wieder. Es ist der Beutel aus meinem Schimmer, und ich will gerade sein Lächeln erwidern, als ein Schatten auf uns fällt.

24

»Ratten sollten niemals dasselbe Schlupfloch zweimal benutzen!«, höhnt eine Stimme. »Ihre Fluchtwege werden sonst vorhersehbar.«

Damiens Silhouette zeichnet sich bedrohlich gegen die Sonne ab, als er sich über uns beugt. Mit seinem schmalen, hungrigem Gesicht und den tiefschwarzen Augen starrt er mich an wie ein Raubvogel, der kurz davor ist, sich auf seine Beute zu stürzen.

Ich rappele mich auf, ebenso wie Phoenix, der sich vor mich schiebt. Damien wird von vier Seelenjägern flankiert. Ihre schweigende Präsenz ist so unheimlich und beunruhigend wie in der ersten Nacht im Park. Ihre Gesichter liegen im Schatten ihrer Kapuzen. Dennoch erspähe ich das Spinnen-Tattoo einer Schwarzen Witwe am Hals eines der Mädchen und ein Büschel drahtiger blonder Haare unter der Kapuze eines kleineren Jungen.

Die Jäger schwärmen aus, umzingeln uns in einem Halbkreis, und mit dem Teich im Rücken ist damit jeder Fluchtweg abgeschnitten.

»Woher wusstest du, dass wir in Arundel sind?«, knurrt Phoenix.

Damien schenkt ihm ein rasiermesserscharfes Lächeln. »Unsere Wächter sind *überall.*« Sein unergründlicher Blick schweift über den Teich und die umliegenden Bäume. »Ziemlich friedlich hier, nicht wahr?«, bemerkt er, bevor er höhnisch lacht. »Während des Bürgerkriegs, als hier noch Blutvergießen und Chaos herrschten, war es mir viel lieber. Ich vermisse das Donnern der Kanonen und den Lärm der Schwerter. Du nicht auch?«

Wir bereiten ihm nicht die Genugtuung einer Antwort, sondern stehen einfach trotzig schweigend da.

Damiens Augen glitzern boshaft. »Es war besser damals, als man noch ungestraft einen Mann töten konnte, besonders wenn er Royalist war! Tatsächlich erinnere ich mich daran, dass ich eine Wache genau an dieser Stelle exekutiert habe. Ich habe ihm seinen mageren Kopf abgehackt, weil er uns verschwiegen hat, wohin ihr beide geflohen wart.« Ärgerlich runzelt er die Stirn. »Wäre er nicht gewesen, hätten wir euch an jenem Tag gefangen genommen und schon vor Jahrhunderten geopfert.«

»Du seelenloses Monster!«, schreie ich, unfähig, meine Zunge länger im Zaum zu halten. Der arme Torwächter war damals mir und William gegenüber also loyal geblieben, trotz der vernichtenden Niederlage unserer Seite. Selbst nach so vielen Jahren trauert mein Herz um den jungen Mann und empört sich über die Brutalität meines Feindes.

Damien fixiert mich mit seinem unbarmherzigen Blick. »Oh, Genna, wie falsch du liegst! Ich *habe* eine Seele. Eine, die deine überleben wird.«

»Nicht, solange ich ein Wörtchen mitzureden habe«, erklärt Phoenix entschlossen. Sein Körper spannt sich wie eine Sehne.

Damien lächelt über Phoenix' Tapferkeit. »Du mimst immer den mutigen Beschützer, nicht wahr? Aber genau wie Burg Arundel fiel, so wirst auch du fallen.« Er mustert Phoenix verächtlich von oben bis unten. »Was hast du überhaupt hier am Ort eurer Niederlage zu suchen.«

»Das hier!«, schreit Phoenix und stürzt sich unvermittelt auf ihn. Aus dem Lederbeutel hat Phoenix den gläsernen Splitter eines rabenschwarzen Steins gezogen und geht mit der Spitze direkt auf Damiens Herz los.

Doch die Seelenjäger reagieren mit erschreckender Geschwindigkeit. Einer von ihnen schlägt mit einer Fahrradkette zu, die sich um Phoenix' Handgelenk wickelt. Ein anderer tritt Phoenix in die Eingeweide, worauf er zusammenklappt. Ein dritter rammt ihm den Fuß in den Rücken, stößt ihn zu Boden und trampelt auf seinem Handgelenk herum, damit er den klingenartigen Stein loslässt.

Während der gesamten Attacke bleibt Damien reglos stehen, er hat sich nicht einmal die Mühe gemacht, Phoenix' erstem Angriff auszuweichen. Verächtlich blickt er auf meinen Guardian herab und spöttelt: »Ts-ts. Schon wieder eine Niederlage auf diesem Boden. Aber keine

Sorge, das ist die letzte Schlacht, die du *jemals* schlagen wirst!«

Er nickt seinen stummen Handlangern zu, die Sache zu Ende zu bringen. Aber ebenso wie seine frühere Inkarnation William vor dreihundertsiebzig Jahren weigert sich Phoenix, kampflos aufzugeben. Er holt mit dem Fuß aus und verpasst der tätowierten Jägerin einen gezielten Tritt gegen die Kniescheibe. Sie heult auf vor Schmerz und geht zu Boden. Dann zerrt Phoenix an der Fahrradkette, reißt damit den Schlägertyp dicht zu sich heran und rammt ihm den Ellbogen ins Gesicht. Ein scheußliches Knirschen ertönt, als dessen getapte Nase erneut gebrochen wird. Mit einem Aufschrei lässt der Jäger die Kette los, und Phoenix springt auf. Als er auf den blonden Jäger losgehen will, schaltet sich der vierte und letzte Kapuzenkerl in den Kampf ein. Ich erkenne die Gestalt sofort wieder. Es ist das große Mädchen, das Phoenix im Park mit dem Stahlrohr zu Fall brachte. Diesmal allerdings trägt sie Schlagringe, die auf den ersten Blick den Anschein ganz normaler, großer Fingerringe erwecken. Sie stößt so blitzartig zu, dass ihre Faust aus funkelndem Metall zu bestehen scheint. Phoenix versucht, dem Schlag auszuweichen, aber die harte Kante ihres Schlagrings erwischt ihn am Kinn. Der markerschütternde Aufprall lässt ihn fast bewusstlos werden.

Während Phoenix sich von dem Treffer zu erholen versucht, blickt er benommen in meine Richtung. »Genna, LAUF!«, schreit er und Blut rinnt aus seiner aufgeplatzen

Lippe. Alle vier Jäger stürzen sich auf ihn, und er verschwindet unter einer Welle von Tritten und Schlägen.

Da Damien abgelenkt ist und sich an der brutalen Prügelei erfreut, ist mein erster Instinkt, um mein Leben zu rennen. Das zu tun, was mein Guardian befiehlt, wie zuvor im Park.

Aber diesmal bleibe ich. So verängstigt und unvorbereitet ich auch bin, weigere ich mich, ihn noch einmal allein weiterkämpfen zu lassen.

Ich schnappe mir einen großen Ast vom Boden, stürze nach vorne und donnere ihn einem Seelenjäger auf den Hinterkopf. Mit einem dumpfen Schlag fällt er bäuchlings ins Gras. Ich schwinge den Stock erneut, diesmal gegen das Mädchen, das Phoenix gnadenlos mit ihren Schlagringen traktiert. Aber sie blockt meinen Angriff mit dem Unterarm ab und der Ast zerbricht. Ich lasse die nutzlose Waffe fallen und stürze mich mit wilden Schlägen und Tritten auf sie. Aber genauso gut könnte ich gegen einen gepanzerten Tiger kämpfen. Sie wehrt meinen Angriff mühelos ab, packt mich an der Kehle und *hebt* mich von den Füßen. Erschrocken über ihre Stärke hänge ich hilflos und japsend in der Luft, während die anderen drei Jäger Phoenix niederringen. Dann lässt mich das Mädchen zu Boden fallen, wo ich keuchend neben ihm liegen bleibe.

Lässig und entspannt hebt Damien den schwarzen Steinsplitter auf und wiegt ihn in seiner Hand. »Das ist es also, was du gesucht hast. Hm … Obsidianstein. Wie bist du im England des siebzehnten Jahrhunderts nur auf so etwas gestoßen?«

Phoenix schweigt und windet sich im Griff der Jäger. Damien stellt sich breitbeinig über ihn und hält die Obsidianklinge in der Hand. »Ich schätze, es wäre nur ausgleichende Gerechtigkeit, dich damit zu töten, nicht wahr?«

Er kniet sich nieder, die Unterschenkel rechts und links von Phoenix' Brust, und beginnt, eine Beschwörungsformel zu murmeln. »*Rura, rkumaa, raar ard ruhrd ...*«

Sofort erkenne ich den alten rituellen Gesang wieder. »NEIN!«, schrei ich. »Bitte nicht!«

Aber Damien lässt sich nicht beirren und hebt den klingenartigen Splitter mit beiden Händen über seinem Kopf. Unfähig, ihn aufzuhalten, schaut Phoenix zu mir hinüber, und in diesem Augenblick, da sich unsere Blicke treffen, weiß ich, dass er von diesem Opfertod nicht mehr zurückkehren wird. Nie wieder. Weder in diesem Leben noch im nächsten.

»Es tut mir leid«, stammelt Phoenix durch blutverschmierte Lippen. »Ich habe dich enttäuscht.«

Sein Blick verschwimmt, ich stoße ein verzweifeltes Schluchzen aus und will zu ihm. Aber das Mädchen mit dem Schlagring packt mich an den Haaren und zerrt mich weg.

»*Nein!* Du hast mich nicht enttäuscht!«, rufe ich, während ich mich gegen das Zerren der Jägerin wehre. »Du hast mich *noch niemals* enttäuscht.«

»*Qard ur rou ra ra datsrq, Ra-Ka!*«

Damiens Stimme erhebt sich über meine, und die Seelenjäger brechen schließlich ihr Schweigen, um einen
hypnotischen Gesang aufzunehmen.

»*RA-KA! RA-KA! RA-KA!*«

Eine schwarze Wolke verdeckt die Sonne und wirft
ihren Schatten über uns. Während die Temperatur um
einige Grad sinkt, scheint das Plätschern des Teichs zu
verstummen, die Gänse hören auf zu schnattern und die
Grillen auf zu zirpen. Es ist, als hätte die Welt selbst auf-
gehört zu atmen. Nur der eindringliche rhythmische
Gesang und Damiens inbrünstige Stimme sind noch zu
hören.

»*Uur ra uhrdar bourkad!*«

»*RA-KA! RA-KA! RA-KA!*«

Phoenix' Körper erschlafft in einer Art Trance. Damien
hebt die Klinge höher und bereitet sich darauf vor, den
Splitter in Phoenix' Herz zu treiben.

»*LASSEN SIE DIE WAFFE FALLEN*«, befiehlt eine
strenge Stimme, während uns plötzlich bewaffnete Polizisten umringen.

Aber Damien packt die Obsidianklinge nur noch fester, eindeutig entschlossen, den Befehl zu ignorieren.

Der Polizeitransporter fährt sanft schaukelnd von Arundel nordwärts in Richtung London. Ich hocke mit Handschellen gefesselt auf einer Bank im hinteren Teil des Wagens zusammen mit den anderen Gefangenen. Der Wagen ist ein Minigefängnis auf Rädern, das Innere besteht nur aus grauem Metall und Plastik, das Sicherheitsglas der Fenster ist von einem Drahtgeflecht durchzogen. An der Hecktür, durch ein Metallgitter von uns getrennt, sitzt ein Polizist mit steinerner Miene und einem Taser in der Hand. Draußen dämmert es, und der Himmel verfärbt sich in ein blutunterlaufenes Violett.

Ich kann nicht fassen, dass ich trotz allem, was sich in den letzten Stunden abgespielt hat, verhaftet wurde. Ich bin in dieser Situation ganz zweifellos das Opfer, dennoch behandelt mich die Polizei wie eine Kriminelle und hält mich wegen versuchten Diebstahls und Widerstandes gegen die Staatsgewalt fest. Obwohl ich unschuldig bin, habe ich ein schlechtes Gewissen. Vor allem, weil ich meine Eltern enttäuscht habe. Mir graut vor dem Ausdruck in ihren Gesichtern, wenn sie mich in Handschellen und in Polizeigewahrsam sehen werden.

Außerdem fürchte ich mich.

Damien und seine Seelenjäger sitzen auf der Bank mir gegenüber, alle in Handschellen und die Gesichter von Kapuzen verhüllt. Doch während die Köpfe der Bande gebeugt sind, sitzt Damien weiterhin kerzengerade und starrt mich unverwandt an. Die Atmosphäre um ihn herum scheint so kalt und tot zu sein wie seine unergründlichen Augen, und mir wird übel, als würde ich in seiner Nähe langsam einer Strahlenvergiftung erliegen.

»Du bist ziemlich schön«, sagt er aus heiterem Himmel, nachdem er zuvor eine halbe Stunde totenstill dagesessen hat.

Ich rutsche unbehaglich auf der Bank hin und her und weiche seinem wölfischen Blick aus.

Er beugt sich näher, bis ich den seltsam süßlichen Geruch seiner Haut wahrnehmen kann. »Das ist eine Eigenschaft, die du von einem Leben zum nächsten beizubehalten scheinst«, bemerkt er mit gespielter Aufrichtigkeit. Er lächelt charmant, und für eine kurze Sekunde erhasche ich einen Blick auf den hübschen Jungen, der er sein könnte, wenn nicht das reine Böse seiner Seele entspringen würde.

»Wie schön, dass dir das aufgefallen ist«, erwidere ich ironisch.

Damien neigt seinen Kopf zur Seite. »Ich frage mich, ob das etwas mit dem Licht zu tun hat, das du in

dir trägst? Dann wäre es fast eine Schande, es auszulöschen –«

»Halt die Klappe«, faucht Phoenix durch zusammen-
gebissene Zähne. »Oder ich bringe den Beamten dazu,
dich noch mal zu tasern.«

Phoenix, der in Handschellen neben mir sitzt, ist
plötzlich so alarmiert wie ein Wachhund. Bis eben dachte
ich, er wäre immer noch ohnmächtig, entweder durch die
Auswirkungen der Trance des Rituals oder durch die
Schläge. Eines seiner Augen ist fast so violett wie der
Himmel, seine Unterlippe ist aufgeplatzt, und er sitzt ge-
krümmt, da sich die Schusswunden auf seinem Rücken
während des Kampfes geöffnet haben. – Aber er lebt! Das
ist mehr, als ich vor ein paar Stunden zu hoffen gewagt
hätte. Ohne den schnellen Abzugsfinger des Polizeibeamten wäre Phoenix verloren gewesen, der tödliche
Obsidiansplitter wäre in sein Herz gedrungen, seine Seele
dauerhaft zerstört worden. Glücklicherweise trafen die
Taserpfeile Damien kurz bevor er zustoßen konnte, und
die elektrische Ladung überwältigte sein System, lähmte
seinen Körper und setzte seine Arme und Beine außer
Gefecht. Leider hat der Taser keine dauerhafte Wirkung.

»Oh, werden wir jetzt eifersüchtig?«, provoziert Damien Phoenix mit singender Stimme. Er lehnt sich auf
seinem Sitz zurück und grinst. »In dem Punkt warst du
immer schon recht empfindlich. Ich verstehe, dass du
auf sie stehst. Wer würde das nicht? Weißt du noch, als
ich –«

Phoenix reißt die Hände hoch in Richtung Damiens Kehle, wird aber von seinen Handschellen und seinem Sitzgurt gestoppt.

Der Polizist brüllt: »Setz dich hin!«

Widerstrebend lässt Phoenix die Hände sinken, starrt aber weiterhin Damien an, der ihn arrogant anlächelt.

»Keine Ahnung, warum du so grinst«, sage ich zu ihm. »Du bist auch verhaftet worden.«

»Und?«, spottet Damien. »Ich bin immer noch bei dir, und nur das zählt.«

»Nicht mehr lange«, antworte ich. »Als verurteilter Terrorist kommst du für den Rest deines Lebens in ein Hochsicherheitsgefängnis. Ob ich selbst inhaftiert bin oder nicht, du wirst nicht in meine Nähe kommen können.«

Damien hebt eine Augenbraue. »*Wirklich?* Oh, Genna, du hast zu viel Vertrauen in das Justizsystem dieses Landes. Kein Gefängnis wird mich zurückhalten können. Und keine Zelle wird dich schützen. Die Inkarnaten haben alle Schichten der Gesellschaft unterwandert. Du hast DI Katherine Shaw kennengelernt, oder? Sie ist Teil des kriminalpolizeilichen Ermittlungsteams und neigt, wenn ich mich nicht irre, dazu, die Dinge auf meine Weise zu sehen, wenn du verstehst, was ich meine.«

Ich schlucke nervös. Die Handschellen fühlen sich plötzlich enger an, als mir dämmert, dass der Polizeitransporter Phoenix und mich nicht in Sicherheit bringt, sondern in den Tod.

»Glaub ihm nicht«, sagt Phoenix. »Nicht jeder ist ein Inkarnat. Tanas übt nicht so viel Einfluss aus, wie er gerne glauben möchte. Das Licht ist immer noch stark genug, um die Dunkelheit in Schach zu halten.«

Damien schnaubt. »Meinst du? Aber wie lange noch?« Er grinst Phoenix verächtlich an, dann wendet er seine Aufmerksamkeit wieder mir zu. »Ich wette, dieser Scharlatan hat behauptet, er wäre dein Guardian, der *Einzige*, der dich retten kann, der *Einzige*, dem du vertrauen kannst.«

Ich kneife die Augen zusammen und frage mich, worauf Damien hinauswill.

»Aber du solltest nicht alles glauben, was er dir erzählt«, warnt er mich.

»Was meinst du damit?«, frage ich.

Damien beugt sich verschwörerisch zu mir herüber. »Sagen wir einfach, in manchen Leben war er nicht dein bester Verbündeter –«

»Höre nicht auf ihn!«, unterbricht ihn Phoenix.

»Warum eigentlich nicht?«, sagt Damien mit einem Grinsen. »Angst, sie könnte vielleicht eine unbequeme Wahrheit über dich erfahren?«

Ich blicke unsicher zwischen ihm und Phoenix hin und her. »Welche unbequeme Wahrheit?«

Damien wirft mir einen mitleidigen Blick zu. »Genna«, sagt er, die Stimme voll gespielter Sorge, »es ist nur fair, dass du weißt, dass der junge Phoenix hier dich nicht immer beschützt. Manchmal –«

Plötzlich hallt ein ohrenbetäubendes *BANG!* durch den Lieferwagen. Wir schleudern wild über die Straße, und bevor sich der Wagen fangen kann, werden wir ein zweites Mal hart gerammt. Der Lieferwagen kippt auf die Seite. Ich werde in meinem Sitz nach hinten geschleudert und mein Schädel knallt gegen das Drahtgitterfenster. Mein Kopf dröhnt und meine Sicht verschwimmt. Ein durchdringendes metallisches Kreischen übertönt unsere Schreie, während wir über den Asphalt rutschen. Phoenix beugt sich instinktiv über mich, bereitet sich auf einen weiteren Aufprall vor …

Doch glücklicherweise erfolgt keiner. Der Transporter kommt zu einem zitternden Halt. Der Dieselmotor stottert, dann stirbt er ab, und zurück bleiben nur das Zischen eines geplatzten Kühlers und der unheilvolle Gestank von auslaufendem Kraftstoff. Sobald sich der Lärm legt, erfüllt das Stöhnen der Verletzten die Luft. Die Bande von Seelenjägern hängt nun schlaff von der Decke des Wagens herab, ihre Sicherheitsgurte sind zu straff gezogen, als dass sie die Schnallen lösen könnten. Damien ist bewusstlos und baumelt von seinem Sitz wie eine auf dem Kopf stehende Marionette. Der Polizeibeamte ist ebenfalls bewusstlos. Das Metallgitter zwischen dem gesicherten Abteil und der Hecktür ist verbogen und bietet uns so eine Fluchtmöglichkeit.

»Alles in Ordnung?«, fragt Phoenix, streicht mir die Haare aus dem Gesicht und inspiziert einen Schnitt an meiner Stirn.

Immer noch betäubt von dem Aufprall, gelingt mir ein Nicken. Er löst den Sicherheitsgurt, kriecht zum Gitter, greift hindurch und löst die Schlüssel vom Gurt des Officers. Nachdem er seine eigenen Handschellen abgenommen hat, reibt er schnell seine geprellten Gelenke, dann befreit er mich. Auf Händen und Knien quetschen wir uns durch den Spalt im verbogenen Gitter. Unsere beschlagnahmten Habseligkeiten liegen in einem Fach, das jetzt den Boden des Wagens bildet. Phoenix durchwühlt es nach dem Lederbeutel und dem Obsidiansplitter, die er dann in seinen Rucksack stopft. Inmitten der Trümmer fällt mir der Schimmer einer grünen Klinge ins Auge.

Doch bevor ich den Jadedolch ergreifen kann, ertönt vor dem Wagen das Trampeln schwerer Stiefel, gefolgt von einem metallischen Kreischen, als jemand den Griff dreht und die Tür aufreißt. Ein schwergewichtiger Mann in Jeans und einer Baseballmütze erscheint in der Türöffnung, ein Brecheisen in der Hand. Phoenix zieht dem Polizeibeamten geschickt den Tascr aus dem Holster und feuert ihn auf die Brust des Mannes ab. Der Kerl zuckt heftig und stürzt zu Boden.

Hinter mir höre ich das verräterische *Klick* eines Sicherheitsgurtes, gefolgt vom schweren *WHUMP* eines Körpers. Als ich über meine Schulter blicke, sehe ich Damien auf allen vieren, der versucht, seine Benommenheit abzuschütteln.

»Was zum …?«, stöhnt er, während er langsam zu sich kommt. »Die Idioten sollten uns befreien, nicht töten!«

»Gehen wir!«, drängt Phoenix, der den entladenen Taser wegwirft. Er greift nach meinem Arm, bevor ich den Jadedolch an mich nehmen kann.

Blitzschnell stürzt Damien sich darauf, während wir aus dem Heck des Wagens auf die Straße klettern. Der Asphalt ist glitschig von Dieselkraftstoff und die Luft ist mit giftigen Dämpfen verpestet. Ein großer Truck mit Überrollbügel aus Stahl hat sich in die Seite des Polizeitransporters gebohrt und blockiert die Straße, sein Warnblinker flackert in der Dämmerung. Zwei weitere Jäger warten neben zwei Fluchtwagen. Als sie bemerken, wie wir aus dem Wagen steigen, stürzen sie auf uns zu. Im Inneren des Polizeitransporters ertönen weitere dumpfe Schläge von Körpern, die auf den Boden fallen.

Wir hetzen über die Straße, springen in das nächstgelegene Feld und tauchen in mannshohem Mais unter.

26

Während ich blind durch die Nacht renne, fühle ich mich wie ein von Hunden gehetzter Fuchs. Die hohen Stängel des reifen Zuckermais peitschen mir ins Gesicht und machen es unmöglich, den vorausliegenden Weg oder die Position unserer Verfolger zu erahnen. Die einzigen Hinweise auf die Jäger sind Damiens bellende Kommandos, das Krachen der Halme und das gelegentliche Aufblitzen einer starken Taschenlampe.

In der Dunkelheit stolpere ich über eine Wurzel und falle der Länge nach hin. Der Atem wird mir aus den Lungen gepresst. Phoenix bleibt stehen und dreht sich um, um mir aufzuhelfen, als eine Stimme ganz in der Nähe ruft: »Sie sind hier drüben!«

Wir kauern uns regungslos und schweigend zusammen, lauschen dem Rascheln im Mais, das näher und näher kommt. Ein Lichtstrahl huscht nur wenige Meter vor uns über den Boden. Mein Herz schlägt so laut, dass ich fürchte, die sich nähernden Jäger könnten es hören …

Ich schließe fest meine Augen und kuschle mich näher

an die Brust meines Guardians. Er hat versprochen, dass mir kein Leid zugefügt wird. Auch wenn er ein Sklave des Römischen Reiches und neu in unserem Haushalt ist, glaube ich ihm. In seinen Armen fühle ich mich sicher. Aber die Gefahr ist nah. Während wir uns im Graben verstecken, höre ich, wie die Schritte von Sandalen näher und näher kommen. Die Brise rauscht durch den Weizen und die Ähren bewegen sich wie der Schwanz einer Klapperschlange.

»Sklave!«, ruft eine raue Stimme. Ich erkenne sie als die des Hauptmanns – des bulligen Kommandanten der berüchtigten Zwölften Legion mit Augen wie polierte Onyxperlen. Als Kriegsheld überbrachte er alle eroberten Trophäen meinem Vater, dem Senator Lucius Aurelius Clarus. Aber Custos, mein Beschützer, hat mich gewarnt, dass alles nur ein Trick sei, um Zugang zu unserer Villa zu erhalten – und mich zu töten!

»Gebt das Mädchen sofort heraus!«, fordert der Zenturio. »Glaube mir, Sklave, deine Kreuzigung wird eine segensreiche Erlösung sein, nach dem, was ich dir antun werde!«

Custos' Herz pocht heftiger in seiner Brust. Aber er bewegt sich nicht, drückt mich nur fester an sich.

»Du kannst dich nicht ewig verstecken«, warnt der Zenturio, der in unsere Richtung marschiert. »Ich habe hundert Männer, die das Feld nach dir und dem kostbaren kleinen Mädchen durchkämmen.«

Als ich die Augen öffne, erhasche ich durch die Halme einen Blick auf den Zenturio mit den Onyxaugen. Noch ein paar Schritte, und wir werden entdeckt…

Ich blinzle den Schimmer weg, gerade als inmitten der Maishalme eine Kapuzengestalt auftaucht. Phoenix springt auf und rammt ihm die Schulter in die Brust. Bevor er sich erholen kann, rennen wir los und verschwinden in dem wogenden Maismeer.

Aber die anderen Jäger sind auf uns aufmerksam geworden. Sie strömen von allen Seiten herbei und versuchen, uns den Weg abzuschneiden. Phoenix zieht mich an den Rand des Feldes. Mein Herz klopft und meine Lungen brennen, als wäre ich mein ganzes Leben lang gerannt. Und auch schon meine ganzen früheren Leben, in einer einzigen endlosen und unerbittlichen Verfolgungsjagd. Jedes Mal entkommen wir nur um Haaresbreite. Und jedes Mal kommen die Jäger näher an ihre Beute heran, die mit jeder anstrengenden Flucht schwächer und erschöpfter wird.

Wie durch ein Wunder erreichen wir den Zaun vor ihnen und klettern eilig hinüber auf eine verkehrsreiche Hauptstraße. Autos und Lastwagen sausen vorbei, ihre Scheinwerfer grell und blendend. Ein Fahrer hupt, als er uns in der Dunkelheit fast überfährt.

Phoenix reckt mit ausgestrecktem Arm seinen Daumen gegen das grelle Licht.

»Trampen? Gib dir keine Mühe«, sage ich und spähe ängstlich in Richtung des Feldes. Die Nacht hält die Jäger verborgen, aber ich weiß, dass sie nicht sehr weit hinter uns sein können. »Kaum jemand nimmt Anhalter mit, besonders nicht mitten in der Nacht!«

Aber noch während ich das sage, verlangsamt ein Lastwagen das Tempo und fährt seitlich heran. Die Beifahrertür schwingt auf, und der Fahrer, ein pausbäckiger Mann, winkt uns herbei. »Steigt ein!«, ruft er fröhlich.

Wir klettern in aller Eile an Bord. Sobald Phoenix die Tür hinter sich geschlossen hat, fährt der Lastwagen los. Im Außenspiegel sehe ich die Seelenjäger aus dem Feld auftauchen. Sie sprinten hinter uns her, aber der Wagen nimmt schnell Fahrt auf und lässt sie bald hinter sich. Damien ist der Letzte, der aufgibt, seine Silhouette wird kurz von den Scheinwerfern eines vorbeifahrenden Autos erfasst, bevor auch er von der Nacht verschluckt wird.

Schwer atmend lehne ich mich an die Kopfstütze und seufze. »Das war Glück!«

»Eher schon ein göttliches Eingreifen«, flüstert Phoenix aus dem Mundwinkel.

Der Fahrer lächelt uns beide herzlich an. Sein Gesicht hat einen lebendigen Ausdruck, sein Doppelkinn ist mit grauen Stoppeln übersät, und er ist so dick, dass sein Bauch kaum hinter das Lenkrad passt. Er sieht aus wie ein großer Grizzlybär, aber seine wässrigen Augen haben einen beruhigenden, schwachen sternenähnlichen Glanz. »Ich bin Mitch«, verkündet er. »Also, wo wollt ihr Kids hin?«

»Wo immer Sie hinfahren!«, antwortet Phoenix mit einem freundlichen Grinsen.

Mitch kichert. »Bist du sicher? Ich habe verdammt viele Stopps auf dieser Fahrt!«

»Kommen Sie irgendwo in der Nähe von Havenbury vorbei?«, frage ich hoffnungsvoll.

Er spitzt seine Lippen. »Kann nicht sagen, dass ich je von diesem Ort gehört hätte.«

»Er liegt in den Cotswolds.«

Mitch schaut auf die Stationen seines Fahrplans und tippt dann auf das Navi. »Mmh … das liegt bisschen weit ab von meiner Route, aber wenn ich einen kleinen Umweg mache, kann ich euch am Stadtrand von Swindon absetzen. Bis zu diesem Havenbury sind es dann allerdings noch etwa fünfzig Kilometer. Hilft euch das weiter?«

Phoenix nickt. »Klar! Danke. Das ist perfekt.«

Mitch stellt sein Navi neu ein und holt dann eine Dose Irn-Bru aus einer kleinen Kühlbox im Fußraum. »Bedient euch«, sagt er. »Da sind auch Wasser und Cola drin, und auf dem Armaturenbrett liegt eine Tafel Schokolade, wenn ihr wollt. Und außerdem ist in der Box Eis für dein Auge, junger Mann.« Er blickt Phoenix mit einer hochgezogenen, buschigen Augenbraue an, drängt ihn aber nicht zu einer Erklärung.

»Das ist sehr nett von Ihnen«, sage ich und fische zwei Dosen heraus, zusammen mit einer Handvoll Eis. »Übrigens danke, dass Sie uns mitgenommen haben. Sie haben uns das Leben gerettet.«

»No problemo!«, sagt Mitch grinsend. »Ich habe selbst eine Tochter. Ich möchte auch nicht, dass sie in einer dunklen Nacht am Straßenrand strandet.«

Die Dose auf halbem Weg zu meinen Lippen erwarte

ich, dass er uns weiter befragt, was wir an einem derart abgelegenen Ort so spät am Tag zu suchen hätten. Doch stattdessen schaltet er das Radio ein und lehnt sich in seinem Sitz zurück, während sein Kopf zum Takt eines alten 70er-Jahre-Songs wippt.

Phoenix stößt seine Dose gegen meine. »Siehst du? Wir sind nicht ganz auf uns allein gestellt«, sagt er leise, während ich einen dringend benötigten Schluck Cola nehme. »Wir haben einen Seelenbruder getroffen.«

Zuerst vermute ich, dass Phoenix sich auf die Soul-Musik im Radio bezieht, bevor mir klar wird, dass er etwas Tiefergehenderes meint. Ich drehe mich zu ihm um und senke meine Stimme. »Willst du damit sagen, er ist ein *Nachkomme*?«

»Nein, er ist weder ein Guardian noch ein Seher – nur eine gute Seele«, erklärt Phoenix flüsternd. »Die meisten Seelenbrüder und -schwestern wie er sind sich ihrer Natur nicht bewusst, ja nicht einmal unseres Kampfes gegen die Inkarnaten. Aber sie helfen Seelen wie uns intuitiv. Sie sind wie Engel auf Erden. Manchmal tauchen sie genau zur richtigen Zeit am richtigen Ort auf.«

Während Phoenix sich auf seinem Sitz zurücklehnt und das Eis an sein geschwollenes Auge presst, studiere ich Mitch, unseren Seelenbruder. Er summt zufrieden vor sich hin, schlürft aus seiner Dose und kaut auf einem großen Schokoladenstück herum, er ist ganz sicher kein typischer Engel!

Aber für mich ist er vom Himmel geschickt.

27

Ich werde wachgerüttelt, als der Lastwagen zum Stehen kommt. Mein Kopf liegt auf Phoenix' Schulter, seine Jacke ist über meinen Schoß gebreitet. Die Wärme der Heizung und das sanfte Schaukeln des Lkws haben mich in einen tiefen Schlaf gewiegt. Und Phoenix ebenfalls, so wie es aussieht. Er grüßt mich mit einem schläfrigen Lächeln, während ich gähne und mich strecke.

»Guten Morgen, ihr Schlafmützen«, sagt Mitch fröhlich und stellt den Motor ab. »Nächster Halt: Swindon! Bitte alle Fahrgäste aussteigen!«

Ich blicke noch ganz benebelt aus dem Beifahrerfenster. Wir befinden uns auf einem Rastplatz. Es gibt ein mobiles Café, einen Picknickplatz und einen kleinen Toilettenblock, aber sonst wenig. *Wenigstens keine Kameras*, denke ich. Dann schüttle ich leicht bestürzt den Kopf darüber, wie wachsam – oder besser gesagt wie paranoid – ich in nur wenigen Tagen geworden bin.

Vor meiner Begegnung mit Damien und seinen Seelenjägern hätte ich mich bei meinen Eltern über diese trostlose Anlage beschwert. Jetzt beurteile ich Orte aufgrund ihrer Überwachungsausrüstung und bin einfach erleichtert über eine Toilette, so heruntergekommen und schmutzig sie auch sein mag!

Wir klettern aus dem Führerhaus und schütteln unsere Beine aus. Nachdem wir die Toiletten benutzt und uns ein wenig aufgefrischt haben, kauft uns Phoenix in dem Café je eine Tasse Tee und ein Bacon-Sandwich. Mitch lehnt das Frühstücksangebot ab, entschuldigt sich und erklärt, er müsse seinen Zeitplan einhalten, aber Phoenix besteht darauf, ihm zumindest einen Kaffee zum Mitnehmen zu spendieren.

»Passt gut auf euch auf, ihr beiden«, sagt Mitch und klettert zurück in seinen Laster.

Wir winken ihm zum Abschied und setzen uns dann an einen Picknicktisch, um unsere Bacon-Sandwichs zu verschlingen. Sicher nicht meine bevorzugte Art von Frühstück, aber ich bin völlig ausgehungert: Das ständige Rennen und die Adrenalinschübe des letzten Tages haben ihren Tribut gefordert. Ich zittere fast vor Hunger, aber das heiße Essen belebt mich schnell wieder, und die Tasse Tee beruhigt meine angegriffenen Nerven.

Nachdem wir unser Frühstück beendet haben, fischt Phoenix aus seinem Rucksack die Straßenkarte. Er beugt sich darüber, um unsere Route zu planen.

»Okay«, sagt er und denkt laut. »Havenbury ist über Nebenstraßen mindestens fünfundfünfzig Kilometer von hier entfernt. Dazu müssen wir zwei Tage lang in mäßigem Tempo gehen. Wir könnten es auch an einem Tag im Eiltempo schaffen, aber wenn man nicht an lange Strecken gewöhnt ist, kriegt man möglicherweise schon nach fünfzehn Kilometern Blasen an den Füßen.«

»Warum trampen wir nicht?«, schlage ich vor.

Phoenix schüttelt widerstrebend den Kopf. »Vielleicht haben wir nächstes Mal nicht so viel Glück. Nicht alle Lastwagenfahrer sind Seelenbrüder – sie könnten auch Wächter oder Schlimmeres sein. Besser, wir verlassen uns auf uns selbst.«

Während er die Karte wegräumt, bemerke ich in seinem Rucksack den schwarzen Obsidiansplitter. Da wir so viel riskiert haben, um ihn aus dem Seelengefäß im Schloss zu bergen, überlege ich, warum wir das getan haben.

»Was ist so besonders an diesem Steinsplitter? Wie hilft er uns gegen Tanas?«, frage ich.

Phoenix reicht ihn mir. »Tanas ist durch Obsidian verwundbar«, erklärt er.

»Ein bisschen wie Superman und Kryptonit?«, frage ich halb scherzhaft, während ich die Klinge in meiner Hand hin und her wende. Das Gestein ist glatt, überraschend leicht und die Schneide so scharf wie ein Skalpell.

»Irgendwie schon, außer dass es *in* ihm stecken muss, um seine Wirkung zu entfalten. Ich habe es einmal geschafft, Tanas mit einer solchen Klinge in die Brust zu stechen. Ein Teil davon brach ab, als es von seinem Brustbein abprallte. Und als er die Klinge herauszog, blieb ein

Splitter davon in seinem Herzen stecken. Von Leben zu Leben, von Inkarnation zu Inkarnation trägt er diese Wunde mit sich.«

Ich untersuche den schwarzen Stein, bezaubert von seiner glasartigen Glätte. »Du meinst, dies hier würde ihn töten? Ich meine, seine Seele töten?«

Phoenix zuckt mit den Achseln. »Keine Ahnung. Es schwächt ihn sicherlich für das nächste Leben. Wenn wir die ursprüngliche Klinge hätten, dann würde sie ihn vielleicht töten. Aber die ging verloren. Also müssen wir uns mit dem begnügen, was wir haben.« Er nimmt mir den Stein wieder ab und schiebt ihn in die Schlaufe seines Gürtels, zugänglich und sofort einsatzbereit.

»Was war noch in diesem Seelengefäß?«, frage ich, jetzt wo meine Neugierde geweckt ist.

Phoenix greift in den Rucksack, zieht den Lederbeutel heraus und leert den Inhalt auf den Picknicktisch. Ein kleines blaues Amulett an einer Goldkette und ein gefaltetes Stück Pergament purzeln heraus. Phoenix beäugt das zweite Objekt und runzelt die Stirn. »Ich erinnere mich nicht, das dort hineingelegt zu haben.«

Er entfaltet das Pergament und sein verwirrter Gesichtsausdruck vertieft sich.

»Was steht da?«, frage ich.

»Keine Ahnung«, antwortet Phoenix und reicht es mir.

Mit roter Tinte ist etwas auf das Blatt geschrieben, eine verwirrende Mischung aus alter Schrift und Hieroglyphen. Auch ich kann mir keinen Reim darauf machen.

»Vielleicht ist es ein Code?«, schlage ich vor.

»Hm, vielleicht«, sagt er, aber sein Stirnrunzeln bleibt. »Wie auch immer es den Weg in das Seelengefäß gefunden hat, es muss wichtig sein. Vielleicht ist Gabriel in der Lage, es zu entziffern. Pass gut darauf auf.«

Vorsichtig falte ich das Pergament neu und stecke den geheimnisvollen Zettel tief in die linke Vordertasche meiner Jeans.

Inzwischen hat Phoenix sich das Amulett genommen. »Das ist für dich«, sagt er und legt es mir um.

Die schmale Kette schmiegt sich kühl an meinen Hals und das leichte runde Amulett aus blauem Edelstein ruht nun neben meinem Herzen.

»Also, es ist jedenfalls ein schönes Schmuckstück«, sage ich und bewundere es. Das Amulett hat etwa die Größe des Zifferblatts einer Uhr, die himmelblauen Schattierungen des Steins sind mit Blitzen aus purem Gold geädert. Die Fassung zieren offensichtlich ägyptische Symbole – ein Vogel, ein Auge und ein schleifenköpfiges Kreuz.

»Es ist mehr als das«, sagt Phoenix. »Es ist ein Talisman. Ein Guardian-Stein, der dich vor Tanas schützen soll.«

»Wie das?«

»Er soll dein Licht stärken und seine dunklen Künste abwehren«, erklärt Phoenix. »Keine Ahnung, was all diese Symbole bedeuten, aber das Kreuz mit der Schleife oben ist das *Ankh*, das ägyptische Symbol des Lebens. Auf einem Amulett bietet es dir göttlichen Schutz.«

Als ich meine Hand auf den kostbaren Anhänger lege, fühle ich ein kaum wahrnehmbares Vibrieren, als ob ich einen zarten Schmetterling zwischen meinen Fingern halten würde. Ich schiebe den Talisman in meine Bluse, sein sanftes Gewicht auf meiner Haut wirkt vertraut und beruhigend zugleich.

»Danke«, sage ich. »Ich schätze, ich brauche allen Schutz, den ich kriegen kann.«

»Dann lass uns dich an einen noch sichereren Ort bringen«, sagt Phoenix, leert seinen Tee und erhebt sich. Als er seinen Rucksack überstreift, zuckt er zusammen.

»Wir sollten die Verbände auf deinem Rücken wechseln«, schlage ich vor.

Phoenix winkt ab. »Später.«

»Aber du brauchst frische Verbände, wenn die Wunden heilen sollen«, beharre ich.

»Und wir müssen in Bewegung und unsichtbar bleiben«, antwortet er stur und verlässt den Picknickplatz. Widerwillig gebe ich nach und eile ihm hinterher.

Als wir den Rastplatz verlassen, schmeiße ich unseren Müll in den Abfalleimer und bemerke eine weggeworfene Zeitung, die obenauf liegt. Ihre Schlagzeile fällt mir ins Auge:

WIE KONNTEN SIE ENTKOMMEN?
JUGENDLICHE TERRORISTEN MACHEN DAS LAND UNSICHER!

Ich schnappe mir die Zeitung und zeige sie Phoenix. Auf der Titelseite und unter dem Bild des umgekippten Polizeitransporters sind eine Reihe von Fahndungsfotos zu sehen, unter anderem von Phoenix und mir.

Offenbar gelte ich nicht länger als Geisel, sondern als Komplizin!

Was wohl meine Eltern jetzt denken? Sie müssen krank vor Sorge sein. Und ich kann mir nicht einmal ansatzweise vorstellen, wie meine Freunde auf all das reagieren. Mei ist bestimmt ausgeflippt!

»Ich muss Mum und Dad anrufen«, sage ich zu Phoenix. »Ihnen erklären, was *wirklich* vor sich geht.«

»Ausgeschlossen«, entgegnet Phoenix. »Es ist ein zu großes Risiko. Jetzt, wo wir Damien und seine Jäger abgehängt haben, ist das unsere beste Chance, Gabriel zu erreichen.«

»Aber vielleicht könnten meine Eltern uns helfen?«, wende ich ein. »Sie könnten uns nach Havenbury bringen.«

Phoenix wirft mir einen belustigten Blick zu. »Du willst sie also anrufen und ihnen dann bitte was genau sagen?«

»Dass ich auf der Flucht vor Jägern bin, natürlich. Dass sie mich um meiner Seele willen töten wollen und dass du mein Guardian bist und Gabriel die Mittel hat, uns zu helfen in diesem Kampf ...«

Ich verstumme. Sobald ich es laut ausspreche, wird mir klar, wie lächerlich das alles klingt. *Wer in aller Welt würde solche Märchen von Jägern und Guardians glauben? Von Nachkommen und Inkarnaten? Von früheren Leben?*

Hätte ich die Schimmer nicht selbst erfahren oder Damiens beunruhigende Wandlung aus erster Hand miterlebt, würde *ich* mir das auch nicht abkaufen.

Phoenix legt mir die Hand auf die Schulter und schaut mir in die Augen. »Ich weiß, es ist schwer zu akzeptieren. Aber im Moment sind wir in diesem Kampf auf uns allein gestellt. Nur du und ich gegen die Inkarnaten.«

28

Die Morgensonne scheint uns warm auf den Rücken, als wir Richtung Nordwesten aufbrechen. Wir nehmen den ersten Wanderpfad, auf den wir stoßen, überqueren mehrere Felder und schlagen dann einen schmalen Feldweg ein. Phoenix hofft, dass wir bei Einbruch der Nacht die Grenze zu den Cotswolds erreichen, einige Erholungspausen mit eingerechnet. Da wir uns nur auf Nebenstraßen, Feldwegen und Fußpfaden bewegen wollen, orientiert sich unsere Route nicht an der Luftlinie, sodass wir nur langsam vorankommen.

Auch die Tatsache, dass wir jedes Mal, wenn sich ein Auto oder eine Person nähert, gezwungen sind, in Deckung zu gehen, uns hinter Hecken oder Bäumen zu verstecken, und wir an manchen Stellen sogar umkehren müssen, um jegliches Risiko zu vermeiden, ist nicht gerade hilfreich. Als wir uns wieder einmal in einem Busch verstecken, diesmal vor einem älteren Ehepaar, das mit seinem Hund spazieren geht, frage ich mich, ob Phoenix nicht etwas *zu* vorsichtig ist. Es kann doch nicht *jeder* ein

Wächter oder ein Jäger sein! *Wie bedrohlich kann diese kleine alte Dame wohl sein?*, frage ich mich. Und als der Hund gegen den Busch pinkelt, in den wir uns verkrochen haben, scheint sogar Phoenix anzuerkennen, wie absurd unser Verhalten ist, und er schüttelt müde den Kopf, während seine Stiefel angespritzt werden. Aber sobald die Leute weg sind, bemüht er sich, mir – wieder einmal – klarzumachen, dass ich nur sicher bin, solange wir unentdeckt bleiben.

Trotzdem verschafft mir dieses ständige Versteckspielen keineswegs ein *Gefühl* der Sicherheit. Tatsächlich erinnert es mich nur daran, wie übel meine Situation ist. Vielleicht sind wir ja Damien und seinen Jägern einen Schritt voraus. Die Spur könnte für sie kalt geworden sein. Aber ich bin mir jetzt sehr wohl bewusst, dass ein einziger Ausrutscher, eine unglückliche Begegnung oder eine falsche Bewegung bewirken könnte, dass sie die Fährte wieder aufnehmen und uns wie eine Hundemeute hetzen.

Während wir wieder über weites, offenes Feld marschieren, bekommen wir bald Durst. Zum Glück haben wir uns in dem Imbiss auf der Raststätte mit Wasser und Snacks eingedeckt, und so machen wir eine Pause im Schatten einer alten Eiche.

Phoenix nippt an seiner Flasche. »Ich wünschte, ich hätte mein Motorrad noch«, seufzt er. »Wir wären in weniger als einer Stunde dort.«

Ich hocke mich auf den Boden, ziehe die Turnschuhe

aus und inspiziere meine linke Ferse. Es bildet sich bereits eine kleine Blase, obwohl wir erst ein paar Kilometer weit gelaufen sind. Phoenix bemerkt es, zuckt mit den Schultern, nimmt den Erste-Hilfe-Kasten heraus und reicht mir ein Pflaster.

»War das schon immer so?«, frage ich, während ich die Blase mit dem Klebestreifen abdecke. »Ständig auf der Flucht und sich verstecken, meine ich?«

»Nein«, antwortet Phoenix, der neben mir in der Sonne sitzt. »Es hat einige Leben gegeben, in denen wir Glück hatten. In denen Tanas entweder nicht wiedergeboren wurde oder dich nicht gefunden hat.« Er blickt in die Ferne und lächelt wehmütig. »Ich erinnere mich an ein Leben, ich weiß nicht, welches Jahrhundert es war, aber wir wurden beide auf derselben Insel im Pazifik geboren. Irgendwo bei den Fidschi-Inseln. Das Wasser war kristallklar, der Sand so weich und golden wie der Sonnenaufgang und die Palmen so schwer von Kokosnüssen, dass sich die Wipfel unter ihrem Gewicht bogen.« Er blickt mich seitlich an und sein Lächeln wird ganz versunken. »Du warst das schönste Mädchen auf der Insel. Die Tochter des Häuptlings. Wir haben viele Abende auf dem Sonnenuntergangsfelsen verbracht. Ich erinnere mich, dass wir hinauswaten mussten, aber von dort aus hatte man den herrlichsten Blick auf den Sonnenuntergang über dem Ozean, und die Sterne erwachten am samtschwarzen Himmel zum Leben wie eine Million Engel.«

Eine längst vergessene Erinnerung rührt sich in mir.

Wie bei einem Kieselstein, der in einen Teich fällt, breiten sich in mir wellenförmig Gedanken, Gefühle und Bilder einer anderen Zeit aus ...

Die warme Brise auf meiner Haut, der würzige Duft von Meersalz in meiner Nase, das leise Rauschen der Wellen, die sanfte Berührung unserer Hände ...

Scheu frage ich: »Waren wir ... *zusammen?*«

Phoenix lacht verlegen. »Ich bin dein Guardian, Genna.« Damit scheint er meine Frage zu verneinen, obwohl sein zärtlicher Blick eine andere Geschichte erzählt. »Außerdem hatte dein Vater Pläne für dich, du solltest den Häuptlingssohn des Nachbardorfes heiraten. Aber ich erinnere mich, dass wir während unserer gemeinsamen Zeit ein sehr glückliches und friedliches Leben führten.«

Dann verblasst sein Lächeln. »Aber um ehrlich zu sein, die meisten Leben waren ein fortwährender Kampf, ein Katz-und-Maus-Spiel. Es kam immer darauf an, wann man gefunden wurde und von wem. Manchmal konnte ich dich verstecken. Andere Male waren wir den Seelenjägern überlegen. Gelegentlich haben wir sie sogar besiegt.«

»Haben wir jemals ... *verloren?*«, frage ich zögernd.

Phoenix stopft den Erste-Hilfe-Kasten zurück in seinen Rucksack. »Dann wärst du nicht hier«, antwortet er ernst.

Ich beiße mir nachdenklich auf die Unterlippe, unsicher, ob ich die nächste Frage stellen soll. »Was meinte Damien dann damit, als er behauptete, du hättest mich nicht *immer* beschützt?«

Phoenix' Kiefermuskeln verhärten sich. »Nichts. Vergiss es.« Plötzlich springt er auf und macht sich bereit aufzubrechen. Seine knappe Antwort überrascht mich.

»Aber ich verstehe nicht, warum er behauptet hat, du wärst nicht mein bester Verbündeter. Dass ich nicht allem glauben soll, was du sagst. Was meint er damit?«

Mit einem angestrengten Seufzer schultert Phoenix seinen Rucksack. »Er wollte dich manipulieren. Dich gegen mich aufbringen.« Dann fügt er lebhafter hinzu: »Vergiss es einfach. Jetzt komm schon, wir haben noch einen langen Weg vor uns.«

Er marschiert davon, und bin mir nicht sicher, ob er wütend ist oder einfach nur rasch weiterwill. Während ich seine Reaktion auf meine Fragen überdenke, wird mir klar, dass Damiens Trick, mein Vertrauen in Phoenix zu untergraben, funktioniert hat. Er hat in mir einen Samen des Zweifels gesät, und ich habe ihm erlaubt, Wurzeln zu schlagen. Ich habe keinen Grund, meinem Guardian *nicht* zu vertrauen. Es wäre in der Tat eine Beleidigung für ihn – Phoenix hätte jedes Recht, stinkig zu sein. Er hat mich trotz der mehrfachen Attacken Damiens und seiner Jäger immer beschützt und mein Leben gerettet. Es wäre dumm von mir, meinem Peiniger mehr zu glauben als meinem Beschützer!

Eilig schlüpfe ich in meine Turnschuhe und folge ihm über die Felder, wobei ich alle meine Zweifel unter der Eiche zurücklasse.

29

»Sollen wir das wirklich tun?«, flüstere ich und spähe nervös umher.

»Willst du wieder in einer Scheune schlafen?«, fragt Phoenix, während er die Klinge seines Taschenmessers zwischen Türpfosten und Schloss eines Ferienhauses schiebt, dessen Reklametafel unten an der Auffahrt eine gemütliche Unterkunft mit echtem Kamin verspricht.

Ich schüttle den Kopf. Die Dämmerung hat sich auf die Felder gesenkt, und wir sind über dreißig Kilometer marschiert. Ich bin völlig erschöpft. Die Muskeln in meinen Beinen schmerzen und meine Füße sind wund und haben Blasen, obwohl wir mehrere Pausen eingelegt haben. Und das spärliche Mittagessen hat kaum ausgereicht für so eine lange Wanderung.

Während Phoenix versucht, das Schloss aufzubrechen, halte ich Wache. Das Ferienhaus scheint verlassen zu sein und liegt an einem abgelegenen Ort, umgeben von Feldern und etwas abseits einer schmalen Straße am Ende einer Kiesauffahrt. Auf einer Weide grasen faul ein paar

Kühe, eine andere liegt brach, und auf einer dritten steht ein Pferdetrio. Sie traben an den Zaun, um die Neuankömmlinge zu beäugen. Doch abgesehen von diesen drei neugierigen Pferden interessiert sich niemand sonst für uns.

Phoenix dreht das Taschenmesser, öffnet das Schloss und die Tür schwingt auf.

»Warte hier«, flüstert er und verschwindet dann im Haus.

Ich stehe auf der Schwelle und lausche seinen Bewegungen, während er nacheinander jeden Raum kontrolliert und sichert. Ich bin bereit, auf der Stelle wegzulaufen – obwohl die Frage ist, wie weit ich in meinem Zustand kommen würde. Keine Ahnung, wie Phoenix so hellwach bleiben kann. Er muss genauso erledigt sein wie ich, außerdem ist er verletzt und erholt sich noch immer von der Prügel der Seelenjäger. Dennoch stellt er mich und meine Sicherheit immer an erste Stelle. Ich kann nicht anders, als ihn für seine Hingabe zu bewundern.

Phoenix erscheint wieder in der Eingangstür. »Alles klar«, sagt er. »Sieht so aus, als wäre hier seit längerer Zeit niemand mehr gewesen.«

Ich betrete das Ferienhaus und beginne alles zu erkunden. Es ist eher klein, aber wie versprochen mit einem gemütlichen Kamin im Wohnzimmer, einer altmodisch anmutenden Küche und einem Schlafzimmer mit angrenzendem Duschbad. Das Bett ist gemacht, eine rosa geblümte Tagesdecke liegt darauf und es gibt keine Anzeichen dafür, dass in absehbarer Zeit Gäste eintreffen werden. Zum ersten Mal seit Tagen beginne ich mich zu entspannen. Nachdem ich meine Turnschuhe von mir geschleudert habe, breche ich auf dem Sofa zusammen.

Immer noch auf Mission, inspiziert Phoenix die Schränke in der Küche. Er findet etwas Salz, ein Glas Erdbeermarmelade, ein Päckchen getrocknete Nudeln und eine Dose Hühnernudelsuppe. »Was möchtest du zum Abendessen?«, fragt er. »Marmeladennudeln oder Suppe?«

Ich lache über die Vorstellung von Nudeln mit Marmelade und antworte: »Suppe, bitte.«

Phoenix holt einen Topf heraus und schaltet die Herdplatte ein. »Warum duschst du nicht, während ich das aufwärme?«, schlägt er vor.

Ich wälze mich vom Sofa, gehe ins Schlafzimmer, finde ein paar Handtücher in einem Schrank und gehe damit ins Badezimmer. Das dampfend heiße Wasser aus der Dusche ist die reinste Wonne. Ich wasche mir den Schmutz von drei Tagen aus den Haaren, schrubbe Gesicht und Körper und lasse die Wasserstrahlen meine schmerzenden Muskeln massieren. Als die Spannung in meinen Gliedern nachlässt, breche ich plötzlich und unerwartet in Tränen aus. Wie eine Schleuse, die sich öffnet, strömen der ganze Stress, die Anspannung und die Kämpfe der vergangenen Woche aus mir heraus. Ich sinke auf die Knie und schlinge die Arme um meinen Körper. Meine Tränen vermischen sich mit dem Wasser, und mein Schluchzen geht im Rauschen der Dusche unter.

Ich möchte einfach nur zu Hause sein, sicher in meinem eigenen Zimmer, geborgen in den Armen von Mum und Dad. Aber das ist unmöglich. Meine ganze Welt ist auf den Kopf gestellt worden. Ich bin nicht mehr Genna, das Mädchen, das sich um nichts anderes sorgen muss als Prüfungen in der Schule, was sie anziehen soll und ob Soundso sie mag oder nicht. Ich bin eine Erste Nachkommin mit unzähligen früheren Leben. Eine heilige Seele, die angeblich das Licht der Menschheit in sich trägt und von einem finsteren Clan von Inkarnaten gejagt wird. Und als ob das noch nicht genug wäre, bin ich auch noch eine Terrorverdächtige auf der Flucht vor der Polizei. Wie soll ich jemals in die Schule und in mein früheres Leben zurückkehren können, wenn Wächter und Jäger hinter mir her sind? Wo Tanas, der Herr und Meister der Inkarnaten, mir auf Schritt und Tritt folgt? *Werde ich für den Rest meines Lebens auf der Flucht sein?* Meine Tränen lassen ein wenig nach, während ich versuche, mich mit der Situation abzufinden. *Eine Verfolgte, die sowohl vor dem Gesetz als auch vor einem übernatürlichen Kult flieht?* Wenn wir diesen Seelenseher in Havenbury erreichen, was dann? Verstecken wir uns dort? Kämpfen wir? *Verschwinden wir?* Dann *werden Mum und Dad nie erfahren, was mit mir passiert ist!* Bei der Vorstellung, dass sie mit gebrochenem Herzen und für den Rest ihres Lebens um mich trauernd zurückbleiben, muss ich erneut weinen.

Ich kann nur beten, dass dieser Gabriel ein paar Antworten hat.

Allmählich lässt mein Schluchzen nach. Von meinen aufgestauten Emotionen befreit, fühle ich mich ganz leer. Langsam richte ich mich wieder auf. Durch das Wasser aufgewärmt und gereinigt, kehrt meine Kraft zurück. Meine Situation ist verzweifelt, aber nicht hoffnungslos. Nicht solange ich Phoenix an meiner Seite habe. Ich erinnere mich daran, dass wir Tanas und seine Jäger gemeinsam schon einmal abgehängt und überlistet haben. Und das können wir mit Sicherheit erneut tun.

Als ich aus der Dusche steige, fühle ich mich fast wie neugeboren.

Wieder in meinen alten Kleidern verlasse ich das Schlafzimmer, trockne mir die Haare und entdecke, dass Phoenix den Küchentisch gedeckt hat. Zwei Schüsseln Hühnernudelsuppe warten auf uns, und er scheint eine Packung Kekse zum Nachtisch gefunden zu haben. Der Raum ist nun dunkel, die Vorhänge sind geschlossen, und eine einzige Kerze erleuchtet den Tisch, ihr weicher, flackernder Schein liegt wie ein Strahlenkranz über unserem Essen.

Ich hebe eine Augenbraue. »Sehr romantisch«, bemerke ich.

Für einen Moment schaut Phoenix verwirrt, dann zwinkert er mir zu. »Ah, die Kerze! Damit niemand weiß, dass wir hier sind. Ich wollte das Hauptlicht nicht einschalten, auch nicht bei geschlossenen Vorhängen.«

»Du bist ein wahrer Romeo!«, lache ich, als er mich auffordert, ihm gegenüber am Tisch Platz zu nehmen.

Beide ausgehungert von unserer langen Wanderung, stürzen wir uns auf das Essen.

»Fühlst du dich besser nach der Dusche?«, fragt Phoenix und schlürft dabei etwas Suppe.

Ich nicke und setze ein Lächeln auf. »Viel besser, danke …« Dann, nach kurzem Zögern, sage ich: »Ich möchte dich etwas fragen. Wann ist dir klar geworden, dass du mein Guardian bist? In diesem Leben, meine ich.«

Phoenix blickt von seinem Essen auf. »Ich habe es schon immer gewusst.«

»Also von Geburt an?«

»Ich denke schon.« Er zuckt mit den Achseln. »Meine ersten Erinnerungen waren solche an frühere Leben. Tatsächlich haben sie sich für mich manchmal realer angefühlt als mein aktuelles Leben. Unzählige Schimmer von meinen Suchen nach dir … Wie ich gegen Tanas und seine Jäger gekämpft hatte … Wie ich dich beschützt hatte … Es war eine Menge, was ich als Kind verarbeiten musste.« Phoenix hält inne, blickt nachdenklich in die flackernde Kerzenflamme und fährt dann fort.

»Auch meiner Mutter ist es wohl schwergefallen, das zu verstehen, nach allem, was man mir erzählt hat. Sobald ich sprechen konnte, habe ich ihr von meinen früheren Leben erzählt … Ich habe ihr gesagt, sie sei nicht meine wahre Mutter … Ich hätte vor ihr eine *andere* Mutter gehabt.« Seine saphirblauen Augen beginnen vor Tränen zu glitzern. »Dabei *war* sie in diesem Leben meine Mutter.« Er seufzt und rührt bedrückt in seiner Suppe. »Ich wünschte nur, ich hätte ihr das vor ihrem Tod sagen können.«

»Es tut mir leid, es tut mir so, so leid«, flüstere ich leise.

»Die Polizistin hat gesagt, sie sei bei einem Autounfall gestorben.«

»Das ist richtig. Sie behaupten, es wäre ein betrunkener Fahrer gewesen.« Er starrt mich an, seine feuchten Augen werden hart wie Diamanten. »Aber ich glaube ihnen nicht. Ich denke, es war ein Inkarnat.«

»Ein *Inkarnat?*«, stöhne ich.

Phoenix nickt. »Ja. Ich war nämlich dabei. Ich war noch ein kleiner Junge, aber ich könnte schwören, der Fahrer hatte schwarze Augen. Er muss versucht haben, mich zu töten, bevor ich alt genug werde, um dich zu finden und zu beschützen. Aber ich habe den Unfall überlebt.« Seine Faust ballt sich um den Löffel. »Was bedeutet, dass *ich* der Grund für den Tod meiner Mutter bin.«

»Sag das nicht!«, protestiere ich. »Du warst drei Jahre alt! Es kann unmöglich deine Schuld sein.«

»Wenn ich kein Guardian wäre, würde sie heute noch leben«, antwortet er bitter. »Doch ihr Tod ist nur ein Grund mehr, diese dämonischen Inkarnaten aufzuhalten.«

Ich werfe ihm einen fragenden Blick zu. »Aber wenn es die Inkarnaten waren, warum sind sie nicht zurückgekommen, um den Job zu beenden, als du jung und hilflos warst?«

»Sie konnten mich nicht mehr aufspüren«, erklärt er.

»Nach dem Unfall kam ich in eine Pflegefamilie, diese Daten werden vertraulich behandelt. Dann wurde ich wegen meiner vermeintlichen *Probleme* ständig von Pflegeheim zu Pflegeheim weitergereicht.«

Ich strecke meine Hand aus und umschließe zärtlich seine Hand. »Das muss hart gewesen sein.«

Phoenix stößt ein trockenes Lachen aus. »Sagen wir einfach, ich hatte keine leichte Kindheit«, gibt er zu. Dann lächelt er mich plötzlich warm an, sein Gesicht schimmert golden im Schein des Kerzenlichts. »Aber ich wusste immer, dass mein Leben einen höheren Sinn hatte. Und jetzt hier bei dir zu sein, dich mit meinen eigenen Augen zu sehen, zu wissen, dass ich die ganze Zeit recht hatte, macht all das der Mühe wert.«

Ich denke an meine persönlichen Kämpfe der letzten Tage, den Versuch, mich damit zu versöhnen, eine Erste Nachkommin zu sein, und ich frage: »Wie bist du damit klargekommen, ein Guardian zu sein?«

»Ich habe es einfach akzeptiert«, antwortet Phoenix sachlich. »Dafür wurde ich geboren. So einfach ist das. Es waren eher all die Therapeuten und Pflegeeltern, die Schwierigkeiten hatten, es hinzunehmen. Sie haben versucht, mich davon zu überzeugen, dass alles nur ein Hirngespinst wäre, eine Illusion«, antwortet Phoenix nüchtern. Er beugt sich zu mir herüber, sein Gesicht wirkt konzentriert im Kerzenschein. »Aber das erklärte nicht, warum ich Fähigkeiten und Kenntnisse besaß, die kein anderes Kind meines Alters hatte. Und je älter ich wurde, desto mehr Schimmer hatte ich und mit jedem kamen mehr Fähigkeiten dazu. Alles nur zu einem Zweck: um dich zu finden und zu beschützen.«

Er drückt meine Hand fester. »Und jetzt, wo du Bescheid weißt und immer mehr Schimmer heraufbeschwörst, wirst du dich an genauso viel Wissen und Fähigkeiten erinnern, die dir helfen, zu überleben und Tanas zu entgehen.«

Seine Worte trösten mich. Lächelnd nehme ich einen weiteren Löffel dampfender Suppe, die, obwohl sie aus einer Dose kommt, möglicherweise die beste ist, die ich je gekostet habe. »Es stimmt wohl, was man über Hühnernudelsuppe sagt«, sage ich.

»Was denn?«, fragt Phoenix.

»Sie ist gut für die Seele.«

30

Nach dem Abendessen duscht Phoenix, während ich abspüle und dafür sorge, dass wir in der Hütte keine Spuren unserer Anwesenheit hinterlassen. Als er endlich aus dem Schlafzimmer kommt, bestehe ich darauf, ihm den Rücken neu zu verbinden. Beim Ausziehen seines T-Shirts muss ich meinen Schreck verbergen. Neben den Schrotflintenwunden ist sein Oberkörper nun auch von einem Mosaik aus Blutergüssen bedeckt.

Wut steigt in mir auf. »Diese Jäger haben dich brutal zusammengetreten, oder?«, sage ich bitter.

»Ja, aber dafür habe ich einem von ihnen die Nase gebrochen«, erwidert er mit einem schiefen Grinsen. »Und du«, er schaut über die Schulter zu mir, »du hast einem von ihnen ernsthafte Kopfschmerzen bereitet.«

Mit einem verlegenen Lächeln antworte ich: »Aber ich konnte den anderen Jäger nicht aufhalten. Entschuldige … aber ich bin einfach keine gute Kämpferin.«

»*Was?*«, ruft Phoenix mit einem aufrichtig erstaunten Blick. »Du warst einmal eine Furcht einflößende Samurai-

Kriegerin. In jenem Leben hatte ich kaum das Bedürfnis, dich zu beschützen. Ich erinnere mich, dass du einmal *fünf* Ninja mit bloßen Händen bekämpft hast. Du hast sie auseinandergenommen, als wären sie Stoffpuppen!«

Ich muss an vorhin unter der Dusche denken, wie ich da schluchzend gekauert habe. »Wirklich? Das klingt gar nicht nach mir.«

Phoenix schaut mir in die Augen. »Glaub mir, Genna, du hast den Geist einer Kriegerin.«

»Vielleicht damals, in diesem einen früheren Leben«, antworte ich und verwerfe die Vorstellung mit einem Achselzucken.

Ich öffne den Erste-Hilfe-Kasten und kümmere mich um seine Wunden. Der Gedanke, ich hätte das Zeug zur Kämpferin, und noch dazu einer *Samurai-Kriegerin*, scheint so weit entfernt von meiner Persönlichkeit – oder von allem, was ich in der Vergangenheit gewesen sein könnte. Ich kann mir mich vielleicht als Krankenschwester vorstellen ... als Bäuerin ... als Matrosin ... sogar als eine Indianerin. *Aber als eine todbringende Kriegerin?*

Nachdem ich Phoenix verbunden habe, will ich ihm gerade sagen, dass er sein Hemd wieder anziehen kann, als ich eine dicke dunkle Linie direkt unter seinem Schulterblatt bemerke. Ich frage: »Was ist das?«, und zeichne die Linie sanft mit meinem Finger nach.

»Ein Muttermal, das ich seit meiner Geburt habe«, antwortet er.

Ich untersuche es bei Kerzenlicht genauer. »Sieht eher wie eine Narbe aus.«

Er nickt. »Das ist es auch. Manchmal kann ein traumatischer Tod in einem früheren Leben körperliche Nachwirkungen in zukünftigen Leben haben. Das da stammt von einem vergifteten Pfeil.«

Ein kurzer Schimmer Necallis, der im Fluss zusammenbricht, blitzt vor meinen Augen auf ...

... *sein tätowierter Körper treibt leblos im Wasser, der Pfeil steckt wie eine Harpune in seinem Rücken, während mein Kanu wohlbehalten vom ausbrechenden Vulkan und dem wilden Stamm der Tletl-Krieger davongleitet ...*

Sogar jetzt noch, wenn ich mit dem Finger am Nachbild von Necallis Narbe entlangfahre, spüre ich die Qualen und den Kummer, die ich als Zianya erlebt habe. Schmerzhaft und wund, als hätte es erst gestern stattgefunden.

Dann, weiter unten auf Phoenix' linker Seite, entdecke ich noch ein Mal, rund wie die Eintrittswunde einer Kugel. *War das aus der Zeit, als er Hiamovi war und vom Marshall mit dem weißen Hut erschossen wurde?*, frage ich mich.

Zärtlich streichen meine Finger über die zahlreichen Blutergüsse auf seiner Haut und über die frischen Verbände, die seinen Rücken bedecken. Der Anblick so vieler Verletzungen bricht mir das Herz, und ich kann nicht anders, als über all die Schmerzen und Schrecken zu weinen, die mein Guardian von Leben zu Leben, von Tod zu

Tod durchlitten hat. »Du hast so viel für mich durchgemacht«, murmle ich.

Phoenix wendet sich mir zu. »Nichts ist zu viel für
dich«, antwortet er und wischt mir die Träne von der
Wange.

Aus einem Impuls heraus schlinge ich meine Arme
um seine Taille und lege meinen Kopf an seine Brust. Ich
möchte ihn trösten, ihm seine Schmerzen nehmen, die
Leiden lindern, die er für mich ausgestanden hat. Phoenix
reagiert, indem er mich in seine Arme schließt, und ich
spüre die Wärme seiner Haut, die Zärtlichkeit seiner
Berührungen und die Kraft in seinem zerschundenen
Körper. Ich verliere mich in dem Augenblick und will ihn
nie wieder loslassen. Bei ihm bin ich sicher, geborgen
und –

Plötzlich spannt sich Phoenix an. Ein lautes Wiehern
dringt von der Koppel herüber. Er löst sich aus unserer
Umarmung, bläst die Kerze aus, stürzt zum Fenster
hinüber und blickt durch den Spalt zwischen den Vorhängen.

Ich frage: »Ist da jemand?«, und traue mich kaum zu
atmen.

Phoenix starrt weiter in die Nacht hinaus. »Nein, nur
die Pferde.«

Aber mein Unbehagen lässt nicht nach. Mir ist klar,
dass wir nächstes Mal vielleicht nicht so viel Glück haben.
»Tanas wird uns irgendwann finden, nicht wahr?«, sage
ich, eine Spur von Verzweiflung in meiner Stimme.

»Wahrscheinlich.« Phoenix dreht sich zu mir um, sein Gesichtsausdruck grimmig in der Dunkelheit. »Du solltest besser etwas schlafen, solange noch Zeit ist. Ich halte Wache.«

Ich zögere und frage mich, ob ich zu ihm hinübergehen und unsere Umarmung wieder aufnehmen soll … aber mir ist klar, dass der Moment vorbei ist. Er ist jetzt wieder mein Guardian, sein Geist ganz auf die bevorstehende Aufgabe konzentriert.

Während er beginnt, nacheinander jedes Fenster zu kontrollieren, mache ich mich auf den Weg ins Bett, ich fühle mich hundemüde. Ich schlüpfe unter die Bettdecke, bette den Kopf auf mein Kissen, das weich wie eine Wolke ist, und in wenigen Augenblicken schlafe ich ein, in der Gewissheit, dass Phoenix über mich wacht.

31

»Aufwachen! Wach auf, kleines Mädchen!«, zischt eine leise, aber eindringliche Stimme.

Unsanft an der Schulter gerüttelt, öffne ich meine Augen und blicke in das sonnengegerbte Gesicht des Sklaven. Seine Wangen sind hohl, seine Augen liegen tief in den Höhlen, sein dünner Körper ist jetzt noch abgemagerter. Custos hat seit unserer Flucht aus der Villa drei Tage zuvor nur von einer Handvoll Beeren gelebt und sehr wenig Schlaf bekommen. Mein Beschützer hat mir den Löwenanteil dessen gegeben, was er im Wald an Essbarem finden konnte, und er hat immer über mich gewacht, während ich schlief, doch die Entbehrungen fordern langsam ihren Preis.

»Guten Morgen«, gähne ich. »Was –«

Er legt seine Hand auf meinen Mund und hält einen Finger an seine Lippen. Sofort bin ich hellwach und lausche den Geräuschen des Waldes. Die Vögel zwitschern. Eine sanfte Brise rauscht durch die Blätter. In der Nähe plätschert ein Bach sanft über die Felsen. Es gibt nichts Ungewöhnliches ...

Dann höre ich das scharfe Knacken eines Zweigs.

Jemand ist ganz in der Nähe.

Durch eine Lücke im Gebüsch erspähe ich die rotgefärbte Tunika eines römischen Soldaten. Er ist sehnig, kampferprobt und schwingt einen langen, spitzen Speer. Alle paar Schritte sticht er willkürlich ins Gestrüpp. Während er sich unserem Versteck nähert, verharren wir reglos und schweigend. Ich traue mich kaum zu atmen. Ein Stich des Speers durchbohrt die Blätter direkt neben meinem Kopf, aber Custos schirmt mich ab, und die Eisenspitze schlitzt seinen bloßen Arm auf. Er beißt die Zähne zusammen und wischt eilig mit einem großen Blatt sein Blut von der Speerspitze ab, während der Soldat die Waffe zurückzieht. Seine schnelle Reaktion rettet uns – der Soldat läuft weiter, ohne zu ahnen, dass er uns um ein Haar entdeckt hätte.

Sobald er außer Sichtweite ist, hebt mich mein Beschützer hoch und trägt mich in die entgegengesetzte Richtung. Ich klammere mich an ihn, wachsam und ängstlich. Er tritt leicht auf, aber es dauert nicht lange, bis seine Spuren entdeckt werden, die Blutstropfen aus seinem verletzten Arm verraten uns.

Bald höre ich in der Ferne das Bellen von Jagdhunden. Weitere rote Tuniken erscheinen, die in einer Linie den Wald durchkämmen. Die Soldaten nähern sich uns. Aber Custos ist schnell und stark. Er huscht geschmeidig zwischen den Bäumen hindurch. Sein Atem klingt hart und abgerissen, als wir aus dem Wald hervorbrechen ... und abrupt zum Stehen kommen.

Wir befinden uns am Rande einer schmalen Schlucht. Weit unten liegen die zerklüfteten Felsen eines ausgetrockneten Flussbettes. Mein Beschützer sucht verzweifelt nach einem sicheren Abstieg, aber die Felswand ist überall steil und tückisch. Mich in seinen Armen bergend, dreht er sich wieder zurück zum Waldrand, nur um sich dem onyxäugigen Zenturio gegenüber zu sehen. In feinziselierter bronzener Rüstung, mit einem blutroten Mantel, der von seinen breiten Schultern herabhängt, und einer geraden, zweischneidigen Klinge in der Hand, erscheint der Feldherr so gewaltig und Furcht einflößend wie die Statue des Kriegsgottes im Mars-Tempel in Rom.

Während seine Soldaten uns in einem lückenlosen Halbkreis aus Schilden und Speeren umzingeln, fordert der Zenturio: »Übergib mir das entführte Kind, Sklave!«

Ich schaue zu meinem Beschützer. Ich bin nicht entführt worden – ich wurde gerettet ... nicht wahr?

Die Reihen der bewaffneten Soldaten beäugend, scheint Custos einzusehen, dass Widerstand zwecklos wäre, und lässt mich vorsichtig auf den steinigen Boden sinken.

»Komm zu mir, Aurelia«, fordert mich der Zenturio auf. »Dein Vater wartet.«

Ich zögere, unsicher, was ich tun soll. Custos sagt, der Zenturio will mir schaden, doch mein Vater hat anscheinend diesem angesehenen Armeekommandanten sein Vertrauen geschenkt. Wem soll ich glauben?

Custos kniet neben mir nieder. »Vertraut Ihr mir?«, fragt er.

Ich nicke mit dem Kopf und dann tut er etwas völlig Unerwartetes. Er stößt mich fest vor die Brust. Rückwärts taumele ich vor Angst kreischend von der Felskante und stürze hinunter in den Abgrund ...

Ich erwache mit einem Ruck, schwitze, mein Herz hämmert. Ein stechender Kopfschmerz quält mich, als hätte man mir den Schädel gesprengt. Mein Körper pocht, als ob jeder Knochen gebrochen wäre.

Als die quälenden Empfindungen allmählich nachlassen, frage ich mich: *War das ein Alptraum oder ein Schimmer?*

Ich setze mich im Bett auf und versuche, die verstörenden Bilder abzuschütteln. Es besteht natürlich die Möglichkeit, dass ich mir das alles nur eingebildet habe. Vielleicht ist das Misstrauen, das Damien in mir gesät hat, in meine Träume gesickert, hat meine Gedanken vergiftet ... Doch tief im Inneren *weiß* ich, dass es ein Schimmer war.

Der Sklave Custos – oder besser gesagt, Phoenix, wie er sich jetzt nennt – hat mich von einer Klippe gestoßen. Er hat mich eigenhändig *getötet. Ermordet!*

Allein der Gedanke daran lässt mich erschauern. *Was für ein Beschützer tötet ausgerechnet die Person, die er behüten soll?*

Schweigend schlüpfe ich aus dem Bett und werfe einen Blick in den Wohnraum. Die Kerze ist von selbst erloschen. Aber in der Dunkelheit kann ich gerade noch erkennen, dass Phoenix in einem Sessel am Fenster in sich zusammengesunken ist, die Erschöpfung hat ihn schließlich übermannt. *Ist es richtig, dass ich diesem Jungen mein Leben anvertraue?*, frage ich mich. *Einem Fremden, den ich seit kaum mehr als einer Woche kenne?* Meine Gedanken kreisen noch immer um den Schimmer. Hat Phoenix, anstatt mich zu beschützen, mich vielleicht tatsächlich *entführt*? So wie damals, als ich ein kleines Mädchen in Rom war? Vielleicht hat er auch diesmal vor, mich zu töten. Hat er durch meinen Tod etwas zu gewinnen, genau wie Tanas?

Nur durch Phoenix selbst weiß ich, dass er mein Guardian ist. Klar, er hat mich in diesem Leben vor Damien und seinen Jägern gerettet. Und frühere Schimmer haben mir gezeigt, dass auch seine früheren Inkarnationen mich beschützt haben. Aber was ist mit all den unzähligen Schimmern, die ich noch nicht gesehen habe? Die, bei denen ich vielleicht durch seine Hand sterbe.

Wenn er mich damals von einer Klippe gestürzt hat, könnte mich Phoenix nun ebenso jederzeit töten.

Plötzlich habe ich Angst davor, in seiner Nähe zu sein. Bin misstrauisch gegenüber seinen Absichten, misstrauisch gegenüber seinen Taten.

Angesichts dieses jüngsten Schimmers finde ich, dass ich bei meiner Familie und meinen Freunden sicherer bin als hier bei diesem Mörder.

Ich sammle meine Turnschuhe ein, schleiche durch das Wohnzimmer zur Vordertür. Meine Hände zittern, ich drücke leise den Türgriff herunter und trete barfuß in die Nacht hinaus.

Mein Atem bildet eine Nebelfahne in der kalten Luft. Ich bete, dass Phoenix tief und fest schläft, schließe leise die Tür hinter mir, husche die Auffahrt hinunter und beiße die Zähne zusammen, während meine Füße über den spitzen Kies knirschen.

Unten an der Auffahrt schlüpfe ich in meine Turnschuhe und renne los. Die Pferde auf der Koppel schnauben erschrocken, als ich vorbeipresche. Der Halbmond beleuchtet den Weg mit schwachem Glanz und ich laufe in fast völliger Dunkelheit über die schmale Straße.

Ich habe keine Ahnung, wo ich hinwill – nur, dass es so weit wie möglich von Phoenix entfernt sein muss.

32

Ein verschwommenes Neonlicht in der Ferne weist mir den Weg zur Hauptstraße und einer Tankstelle. Aber es ist immer noch früher Morgen und als ich dort ankomme, ist alles geschlossen. Die Gebäude sind dunkel und menschenleer, nur das leise Brummen der Außenbeleuchtung und der grüne Glanz der Straßenbeschilderung leisten mir Gesellschaft.

In einer Ecke des Vorplatzes entdecke ich ein öffentliches Internettelefon, das niemand je zu benutzen scheint, mit einer Metalltastatur, einer Rollball-Maus und einem klobigen, quadratischen Display. Ich fummle in meiner Tasche nach meiner verbliebenen Ein-Pfund-Münze und will meine Eltern anrufen – dann entscheide ich mich dagegen. Falls unser Telefon zu Hause *wirklich* abgehört wird, wie Phoenix behauptet, möchte ich nicht riskieren, irgendwelche Jäger zu alarmieren. Also werfe ich die Münze ein und gehe stattdessen online. Ich habe irgendwo gelesen, dass bei bestimmten Messenger-Diensten die Nachrichten komplett verschlüsselt sind. Also logge ich mich in mein soziales Netzwerk ein, finde Meis Profil und starte einen Video-Anruf, in der Hoffnung, dass ihr Handy um diese Zeit eingeschaltet ist.

Es läutet eine gefühlte Ewigkeit. Dann, kurz bevor die Verbindung automatisch getrennt wird, meldet sich Mei verschlafen.

»Genna?«, murmelt sie und starrt auf ihr Display. »Bist *du* das?«

Ich bewege mich näher an die Webcam, damit sie mich in der Dunkelheit sehen kann. »Ja. Tut mir leid, dass ich dich geweckt habe, aber ich wusste nicht, wen ich sonst anrufen soll.«

Nachdem sie ihr Nachttischlämpchen eingeschaltet hat, setzt sich Mei rasch auf und reibt sich den Schlaf aus den Augen. »Nein, ich bin froh, dass du dich meldest. Ich habe mir solche Sorgen um dich gemacht. Seit deinem Verschwinden drehen alle hier *komplett am Rad*! Geht es dir gut?«

»Mir geht's … mir geht es gut«, antworte ich und setze ein Lächeln auf, bevor ich hinzufüge: »Zumindest nicht verletzt oder so.«

Meine Freundin stößt einen erleichterten Seufzer aus. »Gott sei Dank! Deine Eltern werden ja so erleichtert sein, das zu hören. Hast du schon mit ihnen gesprochen?«

Ich schüttle den Kopf. »Du bist die Erste, die ich anrufe. Wie geht es Mum und Dad?«

Mei zieht eine Grimasse. »Nicht gut, wenn du die Wahrheit wissen willst. Die Presse belagert rund um die

Uhr euer Haus. Die Polizei geht bei ihnen ein und aus. Deine Mutter sieht sehr blass und dünn aus, während dein Vater … na ja, er läuft rum wie ein Schlafwandler. Sie wissen nicht mehr, was sie glauben sollen. Um ehrlich zu sein, ich auch nicht.« Sie fixiert mich mit einem fragenden Blick. »Du hast wahrscheinlich die Nachrichten über dich gesehen, oder?«

Ich nicke wie betäubt, während ich von brennenden Schuldgefühlen überwältigt werde, wegen all dem, was meine Eltern durchmachen müssen. »Zumindest genug, um zu wissen, dass es keine guten Nachrichten sind«, antworte ich.

»Nein«, stimmt Mei zu. »Zuerst wirst du von einem mutmaßlichen Terroristen aus einem Polizeifahrzeug entführt. Dann nimmt man dich auf Schloss Arundel wegen Diebstahls fest, aber du brichst aus und fliehst mit deinem Phoenix! Anfangs war die Presse noch auf deiner Seite, aber jetzt beschuldigen sie dich, an diesem Terroranschlag in Clapham Market beteiligt gewesen zu sein. Oh, Genna, ist irgendetwas davon wahr?«

»Glaubst du das echt?«, antworte ich scharf, weil meine beste Freundin so an mir zweifelt.

Für eine kurze Sekunde erscheint Mei hin- und hergerissen, dann antwortet sie leise. »Nein, ich glaube nichts davon, aber ein paar aus der Schule – du weißt ja, wie die sind – sagen, Phoenix wäre ein Irrer und du hättest dich wohl in ihn verknallt und –«

»*Verknallt?*«, protestiere ich.

»Ja, aber nicht, weil du es selbst willst. Ich glaube, man nennt so was ein *Stockholm-Syndrom*.«

Ich runzele die Stirn. »Was soll das denn sein?«

»Das ist, wenn eine Geisel ihrem Entführer gegenüber Gefühle entwickelt, weil er der einzige Mensch in einer traumatischen Situation ist, an den sie sich wenden kann ... oder so ähnlich.«

Ich denke über meine wachsende Zuneigung zu Phoenix nach und frage mich, ob Mei vielleicht recht hat. Vielleicht *habe* ich mein gesundes Urteilsvermögen verloren. Vielleicht *hat* Phoenix mich mit der Bedrohung durch diese Seelenjäger manipuliert. *Vielleicht ist meine Freundschaft mit ihm nur meine Art, mit all dem fertigzuwerden. Mein Weg, zu überleben?*

Mei senkt ihre Stimme und kommt näher an ihr Display. »Ist *er* jetzt bei dir?«

»Nein, ich bin weggelaufen«, antworte ich. »Ich hatte einen Schimmer, dass Phoenix mich in einem früheren Leben getötet hat.«

»Oh nein«, stöhnt Mei, wobei sie die Hand vor den Mund schlägt. Für einen Moment denke ich, dass meine Freundin über die Enthüllung meiner früheren Ermordung schockiert ist, aber dann bringt meine beste Freundin mich schnell wieder auf den Boden der Tatsachen zurück. »Genna, du glaubst doch nicht immer noch an diesen Wiedergeburts-Kram, oder? Hör zu, ich sage dir das als Freundin: *Du brauchst Hilfe.* Du solltest die Polizei rufen. Stell dich.«

Ich denke an meine beunruhigende Begegnung mit DI Shaw und schüttle entschlossen den Kopf. Was auch immer mit mir passiert, ich weiß, dass *das* echt war. Die Jäger sind eine echte Bedrohung.

»Ich kann der Polizei nicht trauen«, erkläre ich ihr. »Ich kann wohl niemandem mehr trauen.« Ich werfe ihr einen anklagenden Blick zu.

»Du *kannst* mir vertrauen, Genna«, betont Mei, einen Hauch von Verzweiflung in ihrer Stimme. »Ich bin deine beste Freundin. Sag mir wenigstens, wo du bist.«

Ich zögere, bin mir bei nichts mehr sicher. Aber ich weiß, dass ich Hilfe brauche. »Keine Ahnung, wo ich genau bin«, sage ich und schaue über den Vorplatz, aber dann sehe ich den Namen der Tankstelle auf dem Schild: »Oh, warte mal … Ich bin bei *Notchcutt Services*, in Gloucestershire.«

»*Gloucestershire?*«, ruft Mei aus. »Was machst du denn *dort?*«

Ich seufze. »Wir waren auf dem Weg in ein Dorf namens Havenbury, um einen spirituellen Führer namens Gabriel zu treffen. Aber all das spielt jetzt keine Rolle mehr. Ich will einfach nur zurück nach London, nach Hause. An einen sicheren Ort.«

»Natürlich«, sagt Mei und nickt. »Hör zu, ich schicke meinen Bruder, um dich abzuholen. Er hat ein Auto. Einen weißen Ford Fiesta. Was auch immer du tust, *bleib dort!*«

33

Zitternd stehe ich im Schatten hinter der Tankstelle. Von meinem Versteck aus habe ich freie Sicht auf den Vorplatz. Ich will nicht riskieren, entdeckt zu werden: weder von Phoenix noch von der Polizei noch von zufälligen Passanten. Und vor allem nicht von irgendwelchen Seelenjägern. Meine Nerven liegen blank, meine Paranoia gipfelt in dem Gedanken, dass ich vielleicht das Stockholm-Syndrom erlebe.

Die Umgebung bleibt jedoch ruhig, nur gelegentlich rauscht ein Auto auf der Hauptstraße vorbei. Meine Hoffnung auf Rettung wächst mit jedem herannahenden Scheinwerferpaar … und verblasst dann mit dem roten Glühen der Rücklichter.

Eine Stunde vergeht. Dann zwei. Ich frage mich, wie lange Lee wohl für die Fahrt von Clapham nach Notchcutt braucht. Muss ich mir schon Sorgen machen? Kommt er überhaupt noch? Oder hat er sich nur verspätet? Vielleicht haben es seine Eltern herausgefunden und ihn aufgehalten.

Bevor mein Geld im Internettelefon ausgegangen ist, habe ich Mei versprechen lassen, dass sie niemandem sonst meinen Aufenthaltsort verraten darf oder dass ich überhaupt Kontakt mit ihr gehabt habe. Tief im Inneren weiß ich, dass ich ihr vertrauen kann, aber ob auch ihr Bruder sich daran halten wird? Mei hat mir erzählt, welchen Ärger Lee wegen des verschwundenen Jadedolchs hat, denn ihre Eltern verdächtigen seine Freunde. Von mir weiß Mei nun, dass Damien ihn gestohlen hat. Was, wenn Lee mit dieser Information direkt zu seinen Eltern gegangen ist, um seine Freunde reinzuwaschen?

Dann kommt mir ein dunklerer, beunruhigender Gedanke: *Was, wenn Lee von den Jägern abgefangen worden ist? Und was, wenn mein Videoanruf nicht verschlüsselt war?*

Ich schaudere angesichts dieser Möglichkeit, schlinge die Arme um mich und kauere mich näher an die Wand, um dem Wind zu entgehen. Der Sonnenaufgang kann jetzt nicht mehr lange auf sich warten lassen, aber der Himmel bleibt bedrohlich dunkel, kein einziger Stern leuchtet, der Mond ist in einen Schleier aus schwarzen Wolken gehüllt. Das Wetter scheint schlechter zu werden. Ich hoffe nur, dass ich abgeholt werde, bevor es anfängt zu regnen.

Ich schaue nach der Zeit: bald 4 Uhr 30. Phoenix wird sicher demnächst aufwachen. Wie er wohl reagieren wird, wenn er merkt, dass ich weg bin? *Wird er sich Sorgen machen? Wird er wütend sein? Gewalttätig?* Ich würde ihm inzwischen alles zutrauen. Ich hatte gewusst, dass ich von einem Killer verfolgt werde – aber nicht geahnt, dass ich mit einem unterwegs sein könnte.

Aus der Ferne höre ich das leise Dröhnen eines herannahenden Automotors. Ein Paar Scheinwerfer mit Fernlicht bahnt sich seinen Weg durch die Dunkelheit, wird heller und kommt immer näher. Diesmal fährt der Wagen nicht vorbei. Er wird langsamer und biegt auf den Vorplatz ein, seine Lichter fegen die Schatten beiseite, während der Fahrer an der Zapfsäule am anderen Ende hält.

Ich ziehe mich noch weiter hinter die Ecke der Tankstelle zurück und spähe vorsichtig zu dem Wagen hinüber.

Der Motor läuft immer noch, das Fernlicht ist immer noch an. Nachdem sich meine Augen an die Nacht gewöhnt hatten, muss ich nun gegen das grelle Licht anblinzeln. Es ist definitiv ein weißer Ford Fiesta. Aber ich kann den Fahrer nicht erkennen, der hinter dem Lenkrad sitzen bleibt.

Aus der Entfernung scheint es Lee zu sein. *Wer sonst würde mitten in der Nacht an dieser geschlossenen Tankstelle halten?* Trotzdem gehe ich lieber auf Nummer sicher. *Warum steigt er nicht aus und sucht nach mir?*

Dann wird mir klar, dass Lee vielleicht auch vorsichtig ist. Wenn Mei ihm von den Seelenjägern erzählt hat, dann will er wohl nicht mehr riskieren, als er es ohnehin schon mit dieser Abholaktion tut.

Eine Minute verstreicht.

Dann noch eine. Wenn ich mich nicht bald zeige, wird Lee vermutlich annehmen, dass ich nicht mehr da bin oder dass der Anruf bei Mei ein Schwindel war, und er wird einfach wegfahren. Ich atme tief durch und bereite ich mich darauf vor, aus dem Schatten zu treten. Aber genau in dem Moment packt mich eine Hand von hinten, eine andere hält mir den Mund zu, und ich werde wieder hinter die Ecke des Tankstellengebäudes gezerrt. Mit Tritten und Schlägen versuche ich, meinem Angreifer zu entkommen. Lees Auto ist keine fünfzehn Meter von mir entfernt. Wenn ich mich nur befreien und den Vorplatz erreichen könnte.

»*Ich bin's! Phoenix!*«, zischt mein Entführer.

Panisch wehre ich mich noch mehr. Irgendwie hat mein Kidnapper mich aufgespürt!

»*Stopp!*«, knurrt Phoenix, während er meine Schultern und meinen Mund umklammert hält.

Ich beiße fest in seine Hand, schmecke Blut, trotzdem lässt er mich nicht los. Ich ringe nach Atem und bin schließlich zum Aufgeben gezwungen. Schlaff und resigniert falle ich in seine Arme.

»*Nicht* schreien. *Nicht* bewegen. *Nicht* weglaufen«, befiehlt Phoenix barsch. »Dein Leben hängt davon ab. Hast du das verstanden?«

Zu Tode erschrocken nicke ich stumm. Er lockert seinen Griff ein wenig.

»Mit wem triffst du dich hier?«, fragt er, wobei sein Gesicht im Schatten bleibt.

»L-Lee«, flüstere ich mit zitternder Stimme. »Der Bruder meiner besten Freundin.«

»Du hast ihn angerufen?«

Erneut nickend, antworte ich: »Ich habe mit Mei gesprochen. Sie hat ihn geschickt.«

»Wen hast du noch angerufen?«, fragt Phoenix.

»Niemanden«, sage ich, während der Fahrer des Ford Fiesta den Motor abstellt und die Scheinwerfer ausschaltet. Er steigt aus dem Fahrzeug und blickt sich um.

»GENNA?«, schreit er.

Phoenix hält mich fest umklammert, seine Hand ist bereit, meinen Mund beim ersten Anzeichen eines Lauts zu verschließen. »Ist das Lee?«, fragt er leise, als der Fahrer erneut meinen Namen ruft.

Ich starre die Gestalt auf dem Vorplatz an. Mein Herz zieht sich zusammen. Schwarzer Adidas-Kapuzenpulli, zerrissene Jeans und ein Designer-Haarschnitt, der Fahrer *könnte* ein Jäger sein …

Dann dreht er sich in meine Richtung, und ich erkenne sein Gesicht: schmal mit ausgeprägten Wangenknochen und den gleichen durchdringenden braunen Augen wie seine Schwester.

»*Ja, das ist er!*«, keuche ich, während ein Funken Hoffnung in mir erwacht.

Ich straffe mich, will mich losreißen, um in die Freiheit zu rennen – aber Phoenix' stählerner Griff hält mich gefangen.

»*Warte noch!*«, befiehlt er.

Ein Auto rast an der Tankstelle vorbei, seine Scheinwerfer beleuchten kurz den gegenüberliegenden Fahrbahnrand. Mehrere dunkle Kapuzengestalten heben sich als Silhouetten gegen den Horizont ab, bevor sie wieder in der Dunkelheit verschwinden.

Obwohl ich sie nicht mehr sehe, spüre ich ihre Anwesenheit und eine eisige Furcht überfällt mich. *Seelenjäger!*

Mein Widerstand gegen Phoenix bricht zusammen, ebenso wie alle Hoffnung auf Rettung. Verzweifelt verfolge ich, wie ein wütender Lee zurück in sein Auto klettert und davonfährt.

34

»Was zum Teufel hast du dir dabei gedacht?«, fragt Phoenix, nachdem er mich geduckt schleichend von der Tankstelle zurück in das Ferienhaus gebracht hat. Wir schwiegen den gesamten Weg über, Phoenix war zu wütend, um zu reden, ich hatte zu viel Angst. »Wieso hast du deine Freundin angerufen? Ich hab dir doch eingeschärft, dass die Jäger die Telefonverbindungen überwachen!«

Er donnert seine Faust auf den Küchentisch und ich zucke zusammen.

»Ich habe Mei nicht auf dem Handy angerufen«, antworte ich, froh, dass der Tisch zwischen mir und ihm steht. »Ich habe sie online mit einem Messenger-Dienst kontaktiert. Diese Verbindungen sollen doch verschlüsselt sein!«

»Ja, aber es gibt Wege, die Verschlüsselung zu umgehen«, erwidert Phoenix heftig. Er schüttelt genervt den Kopf. »Aber vermutlich haben die Inkarnaten ohnehin einen Wächter postiert, der das Haus deiner Freundin überwachte. Und als Lee dann mitten in der Nacht weggefahren ist, sind sie ihm einfach gefolgt. Jetzt sind uns die Jäger wieder auf den Fersen!«

Schäumend geht er zum Fenster hinüber. Während er in das schwache Licht der Morgendämmerung hinausstarrt, nehme ich meinen ganzen Mut zusammen. Kühl sage ich: »Du hast mich getötet.«

Phoenix erstarrt. Dann dreht er sich mit gerunzelter Stirn langsam zu mir um und tut verwirrt. »Wovon redest du?«

Mit anklagendem Blick richte ich einen Finger auf ihn. »Als du ein Sklave im alten Rom warst und ich nur ein kleines Mädchen, hast du behauptet, du wärst mein Beschützer. Ich habe dir mein Leben anvertraut ... und du hast mich von einer Klippe gestoßen!«

Phoenix' Gesicht wird bleich und er schluckt hart. Kraftlos bewegt er sich zum Küchentisch, sinkt auf einen Stuhl und vergräbt den Kopf in seinen Händen. Für einige Sekunden schweigt er, bevor er murmelt: »Ich hatte gehofft, du würdest diesen Schimmer nie wieder erleben müssen«.

»Es *ist* also wahr«, sage ich mit brennendem Zorn. »Du hast mich *ermordet*.« In mir zerbricht etwas – mein Vertrauen in ihn oder die tiefe Verbindung unserer Seelen – oder mein Herz.

Phoenix schaut auf, seine Augen sind rot gerändert und tränenüberströmt. »Glaube mir, Genna«, fleht er, »dieser Moment verfolgt mich seither in jedem Leben.«

»Und jetzt verfolgt er auch mich«, erwidere ich heftig.

»Dich zu töten widerspricht meinem Innersten«, sagt er mit zitternder Stimme und streckt seine Hand über den Tisch nach mir aus.

Ich zucke zurück, und sein verletzter Blick macht deutlich, dass ihn meine Zurückweisung bis ins Mark getroffen hat.

»Genna, ich bin hier, um deine *Seele* zu beschützen«, versichert er. »Um dein innerstes Wesen zu verteidigen, in dem das Licht der Menschheit aufbewahrt ist.«

»Warum tötest du mich dann?«, frage ich.

Phoenix lässt beschämt seinen Kopf hängen und stößt einen tiefen Seufzer aus. »Ich hatte keine andere Wahl«, sagt er schließlich. »Die einzige Möglichkeit, dich in jenem Leben zu retten, war, zu verhindern, dass Tanas das Opferritual durchführt und deine Seele für immer auslöscht. Und das konnte ich nur, indem ich dich selbst töte, bevor er dich in die Hände bekommt.«

»Warum tötest du mich dann nicht jetzt auch?«, frage ich, unfähig, den Schmerz in meiner Stimme zu unterdrücken. »Tu es noch einmal. Rette mich durch den Tod.«

»Du verstehst nicht«, sagt er gequält. »Ein gewaltsamer Tod hinterlässt nicht nur physische Narben von einem Leben zum nächsten, er schadet der Seele, schwächt das Licht – und auch das Band zwischen uns. Du *musst* mir glauben, wenn ich dir versichere, dass es das *allerletzte* Mittel ist, dich zu töten. Es spielt nicht nur Tanas in die Hände, sondern erzeugt auch in meiner eigenen Seele unermesslich große Schuld und Schmerzen.«

Phoenix hebt seinen Kopf und wirft mir einen so aufrichtigen und herzzerreißenden Blick zu, dass meine Wut plötzlich schwindet.

Ich erinnere mich an die hundert römischen Soldaten, die uns am Rand der Schlucht umzingelten, an unsere aussichtslose Lage angesichts eines undurchdringlichen Walls aus Schilden und Speeren.

Ich sehe wieder das triumphierende Grinsen des Hauptmanns, als Tanas erkannte, dass er uns endlich in der Falle hatte – und den Ausdruck der Angst in Custos' Augen, als er sich gezwungen sah, diese schmerzliche Entscheidung zu treffen.

Phoenix erwidert meinen weicher werdenden Blick, das blaue Sternenlicht schimmert in seinen Augen, durch ein Tränenprisma gebrochen.

»Genna, ich werde *alles* tun, um deine Seele zu retten. Ich habe mein Leben immer und immer wieder für dich hingegeben, und ich werde es bis in alle Ewigkeit tun, solange ich so nur sicherstellen kann, dass du weiterleben wirst.«

Erneut streckt er seine Hand über den Küchentisch aus. Dieses Mal zucke ich nicht zurück. Aber ich zögere immer noch, sie zu ergreifen.

Mein unbedingtes Vertrauen in seine guten Absichten ist gebrochen, und es braucht mehr als nur Worte, um das Band zwischen uns zu erneuern. Doch seine offensichtliche Entschlossenheit, mich mit seinem Leben zu schützen, ist überzeugend.

Und wenn die Augen wirklich Fenster zur Seele sind, dann kann ich sehen, wie verzweifelt Phoenix wünscht, diese Verbindung wieder herzustellen.

Trotz meiner Zweifel spüre ich, wie mein Widerstand schwankt, als plötzlich draußen auf dem Kies ein lautes Knirschen zu hören ist.

35

Phoenix springt auf und rennt zum Fenster. Als er durch die Vorhänge schaut, flüstert er: »*Da ist ein Auto!*«

Ein Adrenalinschub lässt meinen Puls rasen. »Jäger?«, frage ich.

»Bin mir nicht sicher«, antwortet er, eilt zurück zum Tisch und greift nach seinem Rucksack. »Wer auch immer das ist, wir müssen verschwinden.«

Ich folge ihm zur Vordertür. »Warum haben wir sie nicht gehört, als sie die Auffahrt hochkamen?«

»Es ist ein Elektroauto, deshalb!«, murmelt er. »Bist du bereit zu fliehen?«

Ich nicke und stähle mich für eine weitere verzweifelte Flucht. Als Phoenix die Tür zentimeterweise öffnet, werden wir von einer elegant gekleideten Frau in cremefarbener Jacke und blauer Bundfaltenhose empfangen.

Sie fragt: »Wer zum Teufel sind Sie?«, und ihre Augen weiten sich alarmiert.

»Hallo, wir wollen gerade gehen«, antwortet Phoenix und versucht, sie mit einem charmanten Lächeln zu entwaffnen. »Vielen Dank für den angenehmen Aufenthalt.«

Die Frau versucht nicht, uns aufzuhalten, als wir uns an ihr vorbeidrängen. »Aber ich hatte gar keine Buchungen diese Woche –« Sie hält abrupt inne und starrt mich an, ihr anfänglich verwirrter, alarmierter Blick verhärtet sich zu einem klaren Wiedererkennen. »*Wǒ rènshí nǐ*«, platzt sie in fließendem Chinesisch heraus.

Erschrocken nicht nur über diese Wendung, sondern auch über die Tatsache, dass ich die Frau verstehen kann, verfolge ich entsetzt, wie ihre Augen sich wie Gewitterwolken verdunkeln …

»Ich kenne dich«, sagt der mondgesichtige Beamte und versperrt mir den Weg aus dem nördlichen Tor der Stadt Pingyao. In Purpur gekleidet, mit einem schwarzen, flügelförmigen Hut und einem dünnen, herabhängenden Schnurrbart, sieht der Mann aus wie eine hungrige Katze, die sich gerade auf die lang ersehnte Maus stürzt.

Ich versuche, ruhig und gefasst zu wirken, während der von zwei muskelbepackten Torwächtern flankierte Beamte sich zu mir herabbeugt, um mein Gesicht zu inspizieren.

»Wie ist dein Name und dein Geburtsort?«, verlangt der Beamte zu wissen, sein Atem stinkt nach altem Fisch und Knoblauch.

Mit heiserer und tiefer Stimme antworte ich: »Hua Shanbo aus der Provinz Hebei.«

Die Augen des Beamten werden schmal wie die einer Katze, und er grinst, wobei er eine Reihe gelber Zähne ent-

blößt. »Würde dir ein Mädchenname nicht besser stehen?«,
fragt er verschlagen.

Mit einem steifen Lächeln antworte ich: »Oh, das glau-
be ich nicht ...«, wobei ich mir würdevoll über meinen Bart
streiche. Die beiden Wachen schnauben vor Vergnügen,
aber ihre Hände umklammern weiterhin fest ihre mit
Eisen gespickten Knüppel.

Der Beamte starrt mich an und wedelt mir mit seinem
knochigen Finger vor dem Gesicht herum. »Oh, ich glaube,
du hast viele Namen ... nicht wahr, Lihua?« Dann zerrt er
ohne Vorwarnung hart an meinem Bart und reißt mir die
falschen Haare vom Kinn ...

Ich keuche vor Schmerz, meine Wange brennt, als
wäre ich geohrfeigt worden. Für einen Moment sehe ich,
wie der Schnurrbart des Beamten das Gesicht der Haus-
besitzerin überlagert, ihr früheres Leben überblendet
vorübergehend ihr aktuelles. Dann verblasst die Doppel-
vision und ich taumle mit Phoenix davon. Als wir den
Kiesweg hinuntereilen, höre ich die Frau in ihr Mobiltelefon schreien: »Summerfield Cottage. *Xiànzài!* Ich
meine *jetzt*!«, wobei sie sich in den Sprachen verheddert.

»Wir haben Glück – nur eine Wächterin«, bemerkt
Phoenix und beschleunigt das Tempo, während ich einen
Blick zurück werfe.

Die Frau beobachtet, wie wir die Auffahrt hinunter
flüchten. Dann schlendert sie auf ihr Auto zu und ihre
Gemächlichkeit ist verstörender, als wenn sie rennen
würde. Sie ist offensichtlich überzeugt, dass wir ge-

schnappt werden – und sie könnte damit recht behalten. Noch bevor wir die Hälfte der Strecke hinter uns haben, hören wir Motorräder herandröhnen. Sekunden später tauchen fünf Biker mit schwarzen Helmen oben auf der Landstraße auf und schneiden uns den Weg ab. Der Fahrer an der Spitze klappt sein Visier hoch und fixiert uns mit seinen ölschwarzen Augen.

Damien!

Es fühlt sich an wie ein Schlag in die Magengrube. Mein Peiniger hat uns aufgespürt und es ist alles *meine* Schuld! Wenn ich nur Mei nicht angerufen hätte. Wir wären untergetaucht. Hätten eine Chance gehabt, Gabriel zu erreichen. Aber jetzt sind wir wieder im Visier der Jäger.

»Zurück zur Hütte«, befiehlt Phoenix.

Während wir auf dem Absatz kehrtmachen und wegrennen, geben die Biker Vollgas. Wie ein Rudel Wölfe rasen sie in tödlicher Hetzjagd den Feldweg hinunter. Mein Herz hämmert wie verrückt, wir rennen verzweifelt um unser Leben, aber die Jäger nähern sich schnell.

»Wir werden ihnen niemals entkommen!«, rufe ich.

Phoenix bleibt abrupt stehen. Die Frau, jetzt in ihrem Auto, rast aus der anderen Richtung auf uns zu. Wir sitzen in der Klemme, gefangen zwischen dem Auto und den Motorrädern. Als letzter Ausweg bleibt uns nur ein verzweifelter Sprung über den Zaun auf die Koppel.

»Die Pferde«, ruft Phoenix und rappelt sich auf. »Sie sind unsere einzige Chance.«

Wir rennen über die grasbewachsene Koppel. Die drei Pferde sind nervös, aber sie tolerieren unsere Annäherung. Ich wähle eine schlanke Palomino-Stute, Phoenix einen dunkelbraunen Wallach. Ohne meinen Lauf zu bremsen, greife ich nach oben, packe die Mähne meines Pferdes und schwinge mich in einer einzigen fließenden Bewegung auf seinen Rücken. Ich registriere die erstaunliche akrobatische Leistung kaum noch, seit meinem Schimmer von Cheyenne scheinen meine Reitkünste so intuitiv zu funktionieren wie das Atmen.

Phoenix besteigt sein Pferd mit der gleichen Leichtigkeit. »Zum Wald«, ruft er.

Jenseits der eingezäunten Koppel öffnet sich ein von Steinmauern begrenztes Feld und dahinter in der Ferne erhebt sich ein kleines Wäldchen. In dessen Schutz sollte sich uns zumindest eine kleine Chance zur Flucht bieten.

Ich grabe meine Fersen in die Flanken der Stute, galoppiere neben Phoenix über die Koppel und auf den Zaun zu. Die Motorräder, die parallel zu uns auf der schmalen Straße fahren, schwirren wie wütende Wespen. Als wir uns dem hohen Zaun nähern, schüttelt meine Stute den Kopf und schnaubt. Ich spüre, dass sie Angst hat, lege meine Hand auf ihren Hals und flüstere ihr einige Worte auf Cheyenne ins Ohr. Sofort beruhigt sie sich und senkt ihren Kopf, um die Herausforderung einzuschätzen, dann nehmen wir in einem einzigen anmutigen Satz das Hindernis und landen sanft auf der anderen Seite. Auch Phoenix' Wallach schafft den Sprung und hält mit meiner Stute Schritt, während wir wie die Hölle auf das Wäldchen zureiten.

Doch nachdem Damien und seine Biker durch ein offenes Gatter gerast sind, schwärmen sie aus wie eine Truppe Kopfgeldjäger. Sie donnern über das offene Feld hinter uns her.

»Reite wie der Wind«, ruft Phoenix, in Anspielung auf seine frühere Inkarnation als Hiamovi.

Ich treibe mein Pferd an, reite mit dem Mut und der Schnelligkeit einer echten Cheyenne, während sich die Horde Motorräder mit erschreckender Geschwindigkeit nähert.

Hufe dröhnen über die Erde, meine Stute galoppiert auf die Steinmauer zu und bewältigt sie mühelos, als ob sie die Grand Nationals anführen würde. Hinter uns jedoch müssen Damien und seine Jäger abdrehen, bis sie weiter oben einen eingestürzten Abschnitt der Mauer finden und hindurchbrausen können.

Phoenix und ich versuchen, unseren Vorsprung auszubauen, wohl wissend, dass für die Jäger jede steinerne Grenze eine unüberwindliche Barriere darstellt, während uns jeder Sprung näher an die Zuflucht des Waldes bringt. Dieses Feld ist jedoch viel weitläufiger, und die Motorräder machen schnell Boden gut.

Ein Jäger, der seiner Meute voraus ist, taucht neben mir auf. Phoenix erkennt die Bedrohung und verpasst ihm einen Fußtritt. Sein Stiefel trifft den Helm, das Visier zerbricht und der Fahrer stürzt von seinem Motorrad.

Schnell ersetzt eine zweite Jägerin den ersten. Sie greift nach meinem Bein und erwischt meine Jeans. Ohne Sattel oder Zügel kann ich mich nur noch fester an die Mähne meines Pferdes klammern, während sie versucht, mich herunterzureißen.

»*Phoenix!*«, schreie ich, während ich mit jedem scharfen Ruck weiter vom Rücken des Pferds rutsche.

Aber Phoenix' Pferd wird von einem weiteren Motorradfahrer abgedrängt.

Verzweifelt versuche ich, die Jägerin abzuschütteln, aber sie lässt nicht locker. Sie ist so wild entschlossen, dass sie sogar die nächste, rasch näher kommende Steinmauer übersieht. Erst in letzter Sekunde erkennt sie die Gefahr und lässt mein Bein los, um zu bremsen ... aber zu spät! Ihr Motorrad kracht frontal gegen das Hindernis. Die Jägerin segelt hinüber auf das nächste Feld, ihr Bike landet als Schrotthaufen neben ihr.

Meine treue Stute überwindet die Mauer problemlos. Während sie weitergaloppiert, halte ich ihren Hals umklammert, nur mein eines Bein liegt über ihrem Rücken und hält mich fest. Der steinige Boden fliegt wenige Zentimeter an meinem Gesicht vorbei. Zitternd vor Anstrengung ziehe ich mich wieder hoch auf mein Pferd.

»Alles in Ordnung?«, ruft Phoenix, der neben mir reitet. Auch er hat es geschafft, seinen Verfolger abzuschütteln.

Ich nicke, dann blicke ich über meine Schulter zurück. Damien und die beiden verbliebenen Jäger müssen erneut einen langen Umweg machen, um ein Gatter zu finden. Mit wütendem Motorengebrüll nehmen sie die Verfolgung wieder auf.

Aber jetzt liegen nur noch zwei Mauern vor uns, das Wäldchen ist in greifbarer Nähe.

Ich reite vor Phoenix und übernehme die Führung. »Wir werden sie schlagen!«, rufe ich. *Sicherlich verschafft uns jetzt die Sprungkraft unserer Pferde einen Vorteil gegenüber der Geschwindigkeit ihrer Motorräder.*

Da zischt eine Kugel dicht an meinem Ohr vorbei. Schüsse hallen über die Felder, und ich ducke mich, während weitere Kugeln vorbeisirren. Damien hält eine Pistole, während er einhändig fährt und erneut feuert. Genau wie der Marschall mit dem weißen Hut auf der Prärie will er uns von unseren Pferden schießen. Aber der unebene Boden und die Geschwindigkeit der Verfolgungsjagd erschweren ihm das Zielen, und seine Schüsse gehen ins Leere … bis auf einen.

Als wir über die nächste Steinmauer springen, wird Phoenix' Wallach in der Flanke getroffen. Das Pferd wiehert vor Schmerz, landet unbeholfen und stürzt.

»NEIN!«, schreie ich, während Phoenix vom Rücken des Wallachs geschleudert wird. Er kracht auf den harten Boden und überschlägt sich mehrfach.

Mein Pferd reitet weiter, und ich muss meine Oberschenkel fest zusammendrücken, um seinen Galopp zu bremsen. Als ich mich umdrehe, hat sich der Wallach trotz des schweren Sturzes und seiner verletzten Flanke wieder hochgekämpft und humpelt davon. Doch Phoenix bleibt am Boden liegen. Eine Sekunde vergeht, und noch eine, und aus der Entfernung ist schwer einzuschätzen, ob er tot oder nur ohnmächtig ist. Dann, zu meiner großen Erleichterung, zuckt er und erwacht wieder zum Leben. Benommen den Kopf schüttelnd schaut Phoenix auf und sieht mich.

»*Nein, Genna! Reite weiter!*«, ruft er.

Ich zögere. Wenn ich jetzt lospresche, kann ich die Bäume erreichen, bevor die Jäger durch das nächste Gatter gelangen. Aber genau wie meine frühere Inkarnation Waynoka werde ich meinen Guardian nicht dem sicheren Tod überlassen. Meine Stute anspornend, reite ich zu ihm zurück. Während er sich auf die Beine kämpft, zerfetzen erneut Schüsse die Luft. Diese Kugeln gelten jedoch weder Phoenix noch mir. Damien sprengt das Vorhängeschloss eines alten Gatters, bevor er hindurchröhrt und dann auf Phoenix zurast.

Ich treibe mein Pferd an, in einem Wettlauf auf Leben und Tod zwischen Damien und mir. Wenn ich Phoenix retten will, benötige ich alle meine Reitkünste – und vielleicht sogar noch mehr.

»Phoenix! Gib mir deine Hand!«, rufe ich und beuge mich nach vorne, während ich auf ihn zupresche.

Aber auch Damien ist jetzt fast bei ihm, sein Bike schleudert Dreck und das Vorderrad schnappt nach Phoenix' Fersen, während mein Beschützer auf mich zuhumpelt. In allerletzter Sekunde ergreife ich Phoenix' ausgestreckte Hand und ziehe ihn auf den Rücken meines Pferdes. Damien rast wütend und frustriert an mir vorbei.

»Alle Achtung«, keucht Phoenix, »das war ein echt cooler Reitertrick. Danke!«

Seine Arme schlingen sich um meine Taille, ich wende scharf und galoppiere auf den Wald zu. Die letzte Steinmauer ist in Sicht, aber diesmal gibt es kein Gatter für die Motorräder. Wenn wir die Mauer erreichen, sind wir in Sicherheit!

Aber auch Damien muss das erkannt haben. Er dreht das Gas bis zum Anschlag auf und riskiert in einem wilden Sprint alles, um das Hindernis vor uns zu erreichen. Mit zwei Reitern hat meine Stute keine Chance, ihn zu überholen. Ihre Nüstern flattern bereits, sie ist erschöpft von den Strapazen.

Damien ist vor uns an der Mauer und kommt schleudernd zum Stehen, wodurch er eine Barriere zwischen uns und dem Wald bildet. Eine letzte tödliche Hürde. Aber weder bremse ich meine Stute ab, noch wechsle ich die Richtung. Nicht mit den verbliebenen Jägern im Rücken.

»Sie wird den Sprung niemals schaffen«, schreit Phoenix und umklammert meine Taille noch fester.

»Doch, das wird sie«, rufe ich zurück.

Ich spüre, dass sie ein Pferd mit großer Seele ist, ein edles Ross und einer Cheyenne würdig – und ich flüstere ihr erneut ins Ohr.

Sofort hebt sie den Kopf und scheint von irgendwoher einen Quell verborgener Kraft zu mobilisieren, denn sie beschleunigt erneut und fliegt nun in gestrecktem Galopp auf die letzte Mauer zu. Damien zieht hastig seine Waffe. Doch meine Stute bleibt unerschrocken, zögert nicht und springt ...

Trotz des Gewichts von zwei Reitern schafft sie es, sowohl die Mauer als auch den Motorradfahrer zu überwinden.

Nun, fast ... denn mit ihrem Hinterhuf trifft sie Damiens Helm und schleudert ihn und seine Pistole gegen die Mauer.

36

»Braves Mädchen«, sage ich und klopfe der Palomino-Stute ihren schweißnassen Hals. Sie schnaubt leise, obwohl sie völlig erschöpft ist. Der lange, scharfe Ritt hätte ausgereicht, selbst das trainierteste Rennpferd zu ermüden. »Du musst dich ausruhen, nicht wahr, meine Gute?«

»Wir sind jetzt nicht mehr weit von Havenbury entfernt«, sagt Phoenix. »Es ist gleich hinter dem Hügel.«

In der Ferne erhebt sich ein grasbewachsener Hang, auf dessen Kuppe sich offenbar ein weiterer Steinkreis befindet, ähnlich dem bei Andover. Der Himmel über uns ist bleiern, bedeckt von einer stahlgrauen Schicht Gewitterwolken, die Regen ankündigen. Eine kühle Brise streift durch die Blätter der Bäume um uns herum, und mich überläuft ein Schauer, als in der Nähe ein Motorrad vorbeifährt. Obwohl wir Damien und seinen Seelenjägern knapp entkommen sind, ziehen ihre Bikes immer enger werdende Kreise um uns, das dumpfe Dröhnen ist eine beständige und quälende Erinnerung daran, dass sie immer noch auf der Jagd nach uns sind.

Doch unsere Stute ist am Ende ihrer Kräfte, kaum mehr in der Lage, einen Huf vor den anderen zu setzen.

»Wir sollten sie wenigstens kurz ausruhen und etwas trinken lassen«, schlage ich vor, als wir am Rande des Weges auf einen Bach stoßen.

Widerwillig stimmt Phoenix zu, steigt ab und stürzt dabei fast zu Boden.

»Alles in Ordnung bei dir?«, frage ich und springe hinunter, um ihm zu helfen.

Er verzieht schmerzerfüllt das Gesicht. »Ich glaube, ich habe mir beim Sturz das Bein verletzt«, antwortet er, lässt sich auf ein Stück Gras fallen und schüttelt den Rucksack ab. »Wenn wir erst einmal bei Gabriel sind, ist alles gut. Er sollte in der Lage sein, mich wieder in Ordnung zu bringen.«

Bei der Untersuchung seines verletzten Beins frage ich: »Sind Seelenseher auch Ärzte?«

»Nein«, sagt er mit zusammengebissenen Zähnen und zuckt kurz, als ich sein geschwollenes Knie abtaste. »Aber sie sind mächtige Heiler.«

Sein Bein ist glücklicherweise nicht gebrochen, dennoch mache ich mir Sorgen um sein Knie. Aber er besteht darauf, dass es keinen Anlass zur Sorge gibt, also setze ich mich neben ihn ins Gras, während wir darauf warten, dass mein Pferd seinen Durst am Bach stillt.

»Ich könnte selbst etwas Heilung gebrauchen«, sage ich, als ich mich ausstrecke und mein Nacken dabei bedrohlich knackt. Meine Muskeln sind steif und die Beine vom Ritt wund gescheuert. Welche Fähigkeiten sich auch immer aus meiner Inkarnation als Cheyenne übertragen haben, mein gegenwärtiger Körper ist einfach noch nicht an die Anforderungen sattellosen Reitens gewöhnt. »Es tut mir leid, dass ich die Jäger alarmiert und sie wieder auf unsere Spur gebracht habe«, bekenne ich.

»Das muss es nicht«, antwortet Phoenix. »Es war ohnehin nur eine Frage der Zeit, bis sie uns aufspüren.«

»Und es tut mir wirklich leid, dass ich an deiner Loyalität gezweifelt habe und dachte, du wolltest mich töten.« Spätestens nach dieser Verfolgungsjagd *weiß* ich, dass er wirklich mein Guardian ist.

Phoenix wendet sich mir zu, in seinem Blick liegt eine Mischung aus Reue und Nachsicht. »Nein, du hattest recht, an mir zu zweifeln«, gibt er zu. »Ich zweifle manchmal selbst an mir.« Er seufzt schwer. »An den Entscheidungen, die ich getroffen habe. Wegen der harten Opfer, zu denen ich dich manchmal gezwungen habe. Wegen der Menschen, die ich verletzt habe – oder töten musste –, um dich zu schützen. Um ehrlich zu sein, frage ich mich manchmal, ob es das alles wirklich wert ist.«

Er hebt einen Kieselstein vom Weg auf und wirft ihn in den Bach, wobei das Platschen unsere Stute zusammenzucken lässt. Während die kreisförmigen Wellen im Wasser langsam abebben, studiert Phoenix mit intensiver Hingabe mein Gesicht. »Aber dann schaue ich in deine Augen, und ich erkenne deine Seele, dein Licht«, murmelt er. »Und mir wird klar, dass ich *alles* tun muss, was nötig ist, um dich zu beschützen. Denn ohne dich würde diese Welt ein finsterer Ort werden.«

Genau in diesem Moment verschwindet das Sonnenlicht, die Temperatur sinkt um ein oder zwei Grad, und frischer Duft nach Regen erfüllt die Luft.

»Was ist das eigentlich für ein Licht, das ich in mir trage?«, frage ich, ein Frösteln abschüttelnd. »Was passiert, wenn es ausgelöscht wird?«

Phoenix atmet tief durch. »Gabriel wird es dir viel besser erklären können als ich. Er ist derjenige, der es dir sagen sollte. Das Licht ist jedenfalls überaus kostbar und muss geschützt werden.« Er hält meinem Blick stand. »Ich bin sogar irgendwie froh, dass du nach diesem römischen Schimmer weggelaufen bist. Du musst immer auf der Hut sein. Du darfst niemandem vertrauen – zumindest so lange nicht, bis du seine Seele gesehen hast.«

»Ich habe *deine* gesehen und ich vertraue dir«, antworte ich leise und fühle erneut, wie mich dieser unwiderstehliche Magnetismus zu ihm hinzieht.

Die ersten Regentropfen fallen und prasseln auf die Blätter und den Weg. Ihre kühle Berührung auf meiner nackten Haut bemerke ich kaum, so verzaubert bin ich von dem Sternenfunkeln im Blick meines Guardians.

»Wir ... wir sollten uns besser auf den Weg machen«, sagt Phoenix und löst den Bann. Unbeholfen stemmt er sich hoch, wobei er das meiste Gewicht auf sein rechtes Bein verlagert.

Als auch ich wieder zu Sinnen komme, erhebe ich

mich rasch und stütze ihn. Plötzlich zuckt ein Blitzstrahl über den Himmel und ein Donnerschlag zerreißt die Stille. Erschreckt prescht unsere Stute den Weg hinunter.

»Verdammt«, knurrt Phoenix, als sie im Wald verschwindet.

Ich bin traurig, dass sie uns verlässt, aber insgeheim auch froh, weil sie so außer Gefahr ist. Nach allem, was sie für uns getan hat, möchte ich nicht, dass Damien sie bei einer Verfolgungsjagd erschießt.

Jetzt regnet es in Strömen, und wir sind gezwungen, zu Fuß weiterzuwandern. Phoenix kämpft mit jedem Schritt, also suche ich einen kräftigen Ast, auf den er sich stützen kann, und schultere selbst den Rucksack. Das beschleunigt unser Vorankommen, und bald erreichen wir eine schmale Landstraße mit einem Hinweisschild, das Havenbury in eineinhalb Kilometern ankündigt.

»Wir sind fast da!«, sage ich und will auf die Straße abbiegen.

Aber Phoenix bremst mich. »Der schnellste Weg führt über den Hügel«, sagt er und deutet auf einen Wanderweg, der einem Schild zufolge in einem dreiviertel Kilometer zum Dorf führt.

»Aber was ist mit deinem Knie?«, frage ich, im Regen fröstelnd. »Wäre es nicht leichter, der Straße zu folgen?«

Phoenix nickt. »Sicher wäre es das. Aber wir dürfen nicht riskieren, auf Jäger zu stoßen.«

Also klettern wir über den Zaun und steigen langsam, aber stetig den Hügel hinauf. Das Gras ist glitschig und nass, und wir müssen aufpassen, dass wir nicht den Halt verlieren. Dem Wetter schutzlos ausgesetzt, sind wir bald völlig durchnässt – aber wenigstens vertreibt die Anstrengung des Aufstiegs die bittere Kälte des Winds.

Wir sind etwa auf halber Höhe, als sich ein Motorgrollen nähert, und als ich mich umdrehe, sehe ich einen Biker mit schwarzem Helm, der vor dem Zaun aus dem Sattel steigt. Er späht durch den Regen in unsere Richtung.

»Sie haben uns entdeckt!«, rufe ich, als weitere Motorräder herandonnern, um sich ihm anzuschließen.

Die Seelenjäger lassen ihre Bikes am Straßenrand stehen, springen über den Zaun und stürmen hinter uns den Hügel hinauf.

»Los! Los! LOS!«, drängt Phoenix, beißt die Zähne zusammen und humpelt so schnell, wie sein verletztes Bein es erlaubt.

Der Regen peitscht uns ins Gesicht, während wir den schlammigen Wanderweg erklimmen. Gegen den Sturm ankämpfend ergreife ich Phoenix' Hand und helfe ihm über den unebenen Boden. Hinter uns folgen die Jäger mit erschreckender Geschwindigkeit. Wir haben fast schon die Kuppe des Hügels erreicht, als Phoenix' Fuß unter ihm wegrutscht und wir beide auf die schlammige Erde stürzen. Er stößt einen gequälten Schrei aus, während ein weiterer Blitz den Himmel erhellt. Ich blicke alarmiert zurück. Damien rennt den Pfad hinauf, seine kohlschwarzen Augen glitzern im kurzen Aufflackern des Lichts.

»Lauf alleine weiter«, stöhnt Phoenix, der sich auf den

behelfsmäßigen Gehstock stützt und sich zu erheben versucht. »Lauf zu Gabriel!«

»Nein«, antworte ich, lege den Rucksack ab und hebe seinen Arm über meine Schultern. »Wir können es schaffen. *Gemeinsam.*«

Ich ziehe ihn hoch und keuchend taumeln wir weiter. Halb trage ich ihn, halb schleife ich ihn den restlichen Hang hinauf. Oben kommen die Kalksteinblöcke des magischen Kreises in Sicht. Dahinter liegt Havenbury, eingebettet in ein flaches Tal, der Kirchturm erhebt sich als Silhouette gegen den gewittrigen Horizont. Die sichere Zuflucht ist so nah … und doch ein ganzes Feld zu weit entfernt.

Inzwischen können wir Damiens Atem förmlich im Nacken spüren. Schneller, fitter und kampfstärker nähern er und seine Jäger sich ihrer Beute, und es ist völlig ausgeschlossen, dass wir das Dorf rechtzeitig erreichen. Während Phoenix vor Schmerz halb ohnmächtig ist, schwindet mit jedem taumelnden Schritt unsere Hoffnung auf Überleben. Ich stolpere unter seinem Gewicht und stehe selbst kurz vor dem Zusammenbruch.

Erneut zuckt ein grelles Licht über den Himmel und beleuchtet den Steinkreis, und in diesem Moment erinnere ich mich daran, was Phoenix mir in Andover gesagt hat: *Inkarnaten können einen heiligen Steinkreis nicht betreten, der durch das Licht geschützt ist.* Ich bete, dass er recht hat, und schleppe uns beide über die Begrenzung und in die Mitte des Kreises.

Nur wenige Schritte hinter uns bleibt Damien am Rand abrupt stehen. Seine Jäger scharen sich um ihn, dann beginnen sie frustriert an dem niedrigen Wall entlangzulaufen. Blutrünstig starren sie uns unter ihren Kapuzen durch den Regen an.

Ich spüre ein vertrautes Kribbeln in meinen Knochen und erlaube mir ein leichtes Lächeln des Triumphes. »Ihr könnt uns hier drinnen nichts anhaben!«, rufe ich Damien zu. »Dieser Kreis ist durch das Licht geschützt.«

Seine Kiefermuskeln verhärten sich, wodurch er noch mehr wie ein gefräßiger Wolf aussieht – einer, dem das Töten seiner Beute verwehrt wurde. Wutentbrannt blickt er auf den Ring aus heiligen Steinen. Dann huscht ein verschlagenes, bösartiges Grinsen über sein Gesicht.

»Oh, ich fürchte, da liegst du falsch, Genna«, sagt er, bevor er einen kühnen Schritt in den Kreis macht.

37

Der Regen fällt jetzt sturzbachartig, läuft in Rinnsalen die erodierten Seiten der Steine hinab und überschwemmt den Boden. Der Wind peitscht über den kahlen Hügel, Blitze entflammen den Himmel, die Sonne wird von den düsteren Gewitterwolken fast vollständig verdunkelt. Damien tritt langsam auf mich und Phoenix zu, seine Haut glitzert im Regen, seine Augen wirken unnatürlich groß und grausam kalt.

»A-aber warum ...?«, stottere ich, während wir über das schlammige Gras kriechend vor ihm zurückweichen.

Damien, dessen ganzer Körper seltsam zuckt, nickt in Richtung einer Lücke in dem neolithischen Monument. »Der Kreis ist durchbrochen«, verkündet er hämisch lachend. »Der Kopfstein fehlt, dadurch verliert er deutlich an Kraft.«

Tief im Innern weiß ich, dass er recht hat. Das Kribbeln der Energie in meinem Körper ist zwar deutlich spürbar, aber bei Weitem nicht so stark wie in Andover. Dennoch scheint die Restkraft immerhin auszureichen, um Damien zu schwächen und die anderen Jäger in Schach zu halten. Sie schleichen weiterhin am Rand des Kreises auf und ab, wie Hyänen, die darauf warten, dass der Löwe seine Beute erlegt.

Ein Tötungsakt, der kurz bevorsteht.

Damien zieht seine Pistole und zielt mit zitternder Hand auf Phoenix' Kopf. Erschöpft und vor Schmerz gelähmt, bringt Phoenix keine Widerstandskraft mehr auf. Der Regen rinnt an seinem zerschundenen Gesicht herab, während er seinen Rivalen in einer letzten Trotzreaktion anstarrt.

»Du wirst nicht gewinnen«, ruft Phoenix. »Ihr werdet *niemals* gewinnen.«

»So wie ich das sehe, ist uns der Sieg bereits sicher«, höhnt Damien, indem er auf Phoenix' geschwollenes Knie tritt und seinen Stiefel tief hineinbohrt.

Phoenix stößt einen gequälten Schrei aus, und Damien blickt mich von der Seite an. »Lasst uns diesen verletzten Welpen aus seinem Elend erlösen, sollen wir?«

»NEIN!«, schreie ich, stürze mich auf ihn und greife nach der Waffe.

Erstaunlicherweise verzieht sich Damiens Gesicht vor Anstrengung, als er mir zu widerstehen versucht. Ein Zittern geht durch seine Arme, gleichzeitig strömt eine seltsame Hitze durch meine eigenen.

Es scheint das Licht zu sein, das Damien schwächt … und mich kräftigt!

Während wir um die Kontrolle über die Waffe ringen,

glaube ich fast, ihn *wirklich* überwältigen zu können. Da ertönt ein ohrenbetäubendes *BÄNG!*

Für einen Moment bin ich völlig taub und benommen. Phoenix zuckt zusammen, aber die Kugel verfehlt ihn und trifft stattdessen einen der aufrecht stehenden Quader. Steinsplitter spritzen in alle Richtungen, die Kugel prallt ab und zwingt die anderen Jäger, Deckung zu suchen. In meinem betäubten Zustand stößt mich Damien wütend beiseite, um erneut auf Phoenix anzulegen. Ich versuche mich aufzurappeln, aber in meinem Kopf dreht sich alles.

»Lass ihn leben«, schreie ich. »Ich bin es, die du willst, nicht er! Hab Gnade, bitte.«

Damien sieht mich verächtlich an. »Aber, Genna, ich *bin* gnädig«, sagt er mit einer Stimme, die wie vom anderen Ende eines langen Tunnels zu kommen scheint. »Ich könnte ihn auch leben lassen, damit er deinen Tod miterleben muss. Auf die Art könnte ich seine Seele für die Ewigkcit zerstören. Stattdessen wird dein geliebter Phoenix jetzt sterben, damit er leben kann, nachdem du geopfert wurdest und deine Seele vergangen ist!«

Er zieht den Abzug ... doch es ertönt lediglich ein dumpfes *Klick*. Damien lädt die Pistole durch und drückt erneut ab. Ohne Erfolg.

»Keine Munition mehr?«, fragt Phoenix grinsend, seine Begnadigung in letzter Sekunde scheint ihn wiederzubeleben. Dann hämmert er mit einem wütenden Aufschrei seine behelfsmäßige Krücke gegen Damiens Beine und fegt ihn von den Füßen. Damien landet klatschend im Schlamm, seine leere Waffe fällt ihm aus der Hand. Phoenix, vollgepumpt mit Adrenalin, stürzt sich auf seinen Rivalen. Ich werde zur Seite gestoßen, und die beiden beginnen im Schlamm verbissen miteinander zu ringen.

Währenddessen laufen die Seelenjäger am Rande des Kreises auf und ab und feuern ihren Anführer an. Doch Phoenix gewinnt die Oberhand und zwingt Damien in einen Würgegriff. Damiens schwarze Augen quellen hervor, und alles scheint vorbei, als ich plötzlich das Aufblitzen von Jadestein bemerke.

»*Dolch!*«, schreie ich.

Aber meine Warnung kommt zu spät. Damien rammt den Jadedolch tief in Phoenix' Oberschenkel. Mit einem Aufschrei löst Phoenix seinen Klammergriff, und während er sein blutendes Bein umfasst hält, richtet sich Damien auf, um ihm den Rest zu geben.

In meiner Verzweiflung stürze ich mich blindlings auf Damien. Aber er sieht mich kommen und donnert mir den Ellbogen hart ins Gesicht. Sterne explodieren vor meinen Augen ... meine Knie werden schwach ... und ich falle benommen zu Boden.

Immerhin haben meine Bemühungen Phoenix ausreichend Zeit verschafft, sich wegzurollen und aufzurappeln. Er zieht den Obsidiansplitter aus seinem Gürtel, um damit erneut auf Damien loszugehen.

Die beiden umkreisen einander wie eingesperrte Tiger, die grüne und die schwarze Klinge glitzern im Unwetter.

»Das Licht tut weh, nicht wahr?«, spottet Phoenix, humpelnd und mit keuchendem Atem. »Du bist schwach in diesem Kreis.«

Damien spuckt Blut. »Aber du bist schwächer!«

Hilflos muss ich zusehen, wie Damien sich vorwärtsstürzt und mit dem Jadedolch zustößt. Die rasiermesserscharfe Klinge schlitzt Phoenix' Brust auf und hinterlässt eine dünne Blutspur. Vor Schmerz keuchend kontert mein Guardian mit einem Stoß seiner eigenen Klinge. Damien weicht dem Angriff geschickt aus und sticht mit der Geschwindigkeit eines Skorpions brutal zurück. Die Dolchspitze saust direkt auf Phoenix' Herz zu – aber mit einer Drehung seines Körpers in letzter Sekunde weicht er dem tödlichen Stich aus. Dann packt er Damiens gestreckten Arm, setzt seinen eigenen als Hebel ein und reißt ihn nach oben, sodass Damien den Jadedolch fallen lässt und Phoenix die antike Waffe in eine überflutete Senke kicken kann.

»Jetzt kommt ein wahrer Gnadentod«, erklärt Phoenix und hebt seine Obsidianklinge.

Aber Damien ist nicht so leicht zu schlagen. Er rammt Phoenix hart mit der Schulter, drängt ihn gegen einen der Monolithen und verpasst seinem Gegner einen harten Kick gegen das verletzte Bein, woraufhin Phoenix neben der Senke zusammenbricht. Mit einem weiteren brutalen Tritt entwaffnet ihn Damien und der Obsidiansplitter segelt davon. Bevor Phoenix sich erheben kann, setzt Damien ihm ein Knie auf den Rücken und drückt sein Gesicht in das Wasser eine überlaufenden Senke. Phoenix schlägt um sich und windet sich, um zu entkommen, aber Damien wirft sein ganzes Gewicht auf ihn und seine Hand hält Phoenix' Hinterkopf fest umklammert.

An der Grenze des Kreises stoßen die Seelenjäger johlende Beifallsrufe aus und trommeln sich im Rhythmus auf die Brust. Mit ihren Kapuzen wirken sie wie eine Schar dämonischer Mönche, als sie erneut ihren üblichen Gesang anstimmen:

»RA-KA! RA-KA! RA-KA!«

Immer noch halb betäubt von dem Schlag, beraubt mich nun auch der rhythmische Sprechgesang wieder jeder Energie, ich hocke verängstigt und kraftlos in der Mitte des Kreises, während Damien direkt vor meinen Augen Phoenix im schlammigen Wasser erstickt. Ich schreie vor Verzweiflung. Phoenix hat mir versichert, ich besäße den Geist einer Kriegerin. *Aber wenn ich ihn tatsächlich besitze, wo in aller Welt ist er jetzt?*

Meine Schimmer scheinen mir keine Hilfe anzubieten. Phoenix meinte, ich wäre in einem früheren Leben eine furchterregende Samurai-Kriegerin gewesen, aber was nützt mir das, wenn ich nicht darauf zurückgreifen kann; und selbst wenn ich nun wieder die Reitkünste einer Cheyenne habe, kann ich mich an keine von Waynokas *Kampf*fähigkeiten erinnern. Mein Versuch gerade eben, Damien aufzuhalten, hat das deutlich gezeigt. Keines meiner Leben, in die ich bisher eintauchen durfte, hat etwas Derartiges zu bieten gehabt.

Aber dann erinnere ich mich plötzlich an Zianya, mein Schimmer von mir als junges Mädchen des Omitl-Kriegerklans. Den Mut, den ich bewiesen hatte, als Necalli in Schwierigkeiten steckte. Das Risiko, das ich einging, um ihn zu retten. Ich rufe mir Zianyas Mut ins Gedächtnis – wenn nicht gar ihre Kampfkunst – und kämpfe mich durch Schlamm und Regen, während meine Finger verzweifelt nach der heruntergefallenen Obsidianspitze tasten. Leider ist es völlig unmöglich, den schwarzen Stein auf der dunklen, nassen Erde auszumachen.

Mit jeder verstreichenden Sekunde werden Phoenix' Kräfte schwächer, sein Widerstand vergeblicher. Der frenetische Gesang der Seelenjäger schwillt an, während Damien den Kopf meines Beschützers erbarmungslos in das Schlickwasser drückt.

Dann streifen meine Finger über etwas Hartes und Glattes. Ich fasse den groben Griff des Steinsplitters und stürze mich mit einem alten Omitl-Schlachtruf auf Damien.

Ich bin Zianya, ich bin Genna, und ich bündele alle meine Kräfte, all mein Können, um die Klinge in seinen Rücken zu rammen.

Damien grunzt vor Schreck und Schmerz. Der Griff, mit dem er Phoenix' Hinterkopf umklammert hält, löst sich, und er stürzt mit dem Gesicht voran in die aufgeweichte Erde.

Langsam erhebt sich Phoenix, schlammiges Wasser ausspuckend und nach Luft schnappend.

Ich ziehe ihn von Damiens Körper und der Schar der Jäger weg, die ihren Gesang abrupt unterbrochen haben und stumm verharren. Ihre Köpfe sind gebeugt, sie stehen so starr wie die Steine, die den heiligen Kreis bilden.

»Ich habe ihn mit deiner Obsidianklinge erwischt!«, sage ich zu Phoenix, meine Hände zittern unkontrolliert. »Ich glaube ... ich glaube ... ich habe ihn getötet!«

Die letzten Reste schlammigen Wassers ausspuckend, gelingt Phoenix ein schwaches Lächeln der Erleichterung. »Siehst du?«, sagt er. »Ich wusste doch, in dir steckt eine Kriegerin.«

Obwohl ich Phoenix das Leben gerettet habe, ist mir nicht nach Triumph zumute. Während ich Damiens leblosen Körper anstarre, überläuft mich ein eiskalter Schauer.

Der Schock, tatsächlich jemanden *getötet* zu haben, betäubt mich und erfasst mich mit all seiner Kälte.

»Komm schon – lass uns gehen«, drängt Phoenix, als er bemerkt, dass ich am ganzen Körper zittere. »Solange seine Jäger noch um ihn trauern.«

Bebend helfe ich Phoenix auf, sammle seinen behelfsmäßigen Gehstock ein und lege seinen Arm um meine Schultern. Doch gerade als wir den Kreis verlassen wollen, fangen die Jäger wieder an, leise und bedrohlich zu singen: »*Ra-Ka! Ra-Ka! Ra-Ka! Ra-Ka!*«

Als ich mich langsam umdrehe, weicht alles Blut aus meinem Kopf. Wie von den Toten auferstanden, hat Damien sich wieder aufgerichtet.

Seine Silhouette zeichnet sich vor dem dunklen, gewittrigen Himmel ab, er greift nach hinten und zieht den geschliffenen Stein aus seinem Rücken, wobei ein wenig tintenschwarzes Blut von der Spitze der Klinge tropft.

»Ts-ts. Habt ihr ernsthaft geglaubt, das würde bei *mir* wirken«, ruft Damien höhnisch. »Eine Obsidianklinge?«

38

Schlagartig hört es zu regnen auf, der Wind flaut ab und der Donner verstummt. Am Horizont zucken Blitze durch die Wolken, trügerische Ruhe senkt sich herab.

»Du hast mir sehr *wehgetan*, Genna«, sagt Damien, als ob ich ihm nicht ein Messer in den Rücken gerammt, sondern irgendwie seine Gefühle verletzt hätte. »Aber nicht so sehr, wie ich jetzt *dir* wehtun werde!«

Entsetzt starre ich auf den scheinbar unbesiegbaren Inkarnaten. *Wenn Obsidian ihn nicht töten kann, was dann?*

»Dazu musst du erst an mir vorbeikommen«, stößt Phoenix hervor. Trotz seines verletzten Beins steht er tapfer vor mir als mein Schild, seinen Stock zur Verteidigung erhoben. Mein treuer Guardian.

Doch so stark mein Glaube an ihn ist, so schnell schwindet auch meine Hoffnung, was unsere Überlebenschancen angeht. Die Seelenjäger umrunden langsam und strategisch geschickt die Kreisgrenze und riegeln jeden Fluchtweg ab.

»Wirst du es denn nie müde, sie zu beschützen?«, schnaubt Damien und nähert sich Phoenix mit der erhobenen Klinge. »Wie oft habe ich dich jetzt schon durchbohrt? Dir ein Messer ins Fleisch gestoßen? Dir die Knochen gebrochen? Dir das Leben genommen?«

»Wohl nicht oft genug!«, kontert Phoenix. »Ich stehe immer noch aufrecht und Gennas Seele lebt weiter.«

»Aber nicht mehr lange!«, knurrt Damien und stürzt sich auf uns.

Phoenix schwingt seinen Stock in einem gewaltigen Bogen. Doch Damien duckt sich darunter hinweg, während er gleichzeitig mit der Klinge zusticht. Von seinem verletzten Knie gehandicapt, kann Phoenix nicht schnell genug ausweichen.

»Hier, nimm dein Messer zurück!«, faucht der Inkarnat, indem er den schwarzen Steinsplitter in Phoenix' Bauch rammt.

Der Obsidiansplitter dringt tief ein. Phoenix sinkt mit einem gequälten Aufstöhnen auf die Knie. Er lässt den Stock fallen und umklammert stattdessen seinen Bauch, während das Blut zwischen seinen Fingern hindurchrinnt. Mit einem verzweifelten, allerletzten Blick zu mir schnappt er nach Luft und keucht: »*Denk an Gabriel! Lauf!*« Dann verblasst der Glanz in seinen Augen und er kippt nach vorne in den Schlamm.

Damien grinst. »Ich hab's dir doch gesagt, oder? Und jetzt hast du es selbst erlebt. Er beschützt dich nicht *immer*.«

Der Anblick von Phoenix, der zu meinen Füßen liegt, während sein Blut in der Erde versickert, reißt mir das Herz aus dem Leib und meine Seele in zwei Teile. Tiefe Trauer überfällt mich, und ich sinke neben meinem gefallenen Phoenix nieder. Ich neige den Kopf und wimmere, die Tränen rollen wie Regentropfen über meine Wangen.

»Warum heulst du?«, fragt Damien verächtlich. »Seine Seele ist nicht tot. Er wird wiedergeboren – obwohl es, zugegebenermaßen, viel zu spät sein wird, um deine heilige Seele zu retten.«

Er packt meinen Arm und beginnt mich aus dem Kreis zu schleifen, als sich plötzlich meine Nackenhaare sträuben. Die Luft knistert elektrisch, alles wird von einem gleißenden Licht überstrahlt – heller und heißer als die Sonne –, und dann detoniert irgendetwas mit einem ohrenbetäubenden Krachen, so nahe, dass ich rückwärts gegen einen Stein geschleudert werde –

Das sanfte, anhaltende Klatschen des Regens auf mein Gesicht bringt mein Bewusstsein zurück. Mein Kopf pocht und mein ganzer Körper schmerzt. Ein scharfer Geruch von Ozon steigt mir in die Nase, zusammen mit dem beißenden Gestank nach verbranntem Fleisch. Aller Energie beraubt, kann ich mich nur mühsam aufrichten.

Der Steinkreis ist übersät mit den leblosen Körpern Damiens und seiner Seelenjäger. Einer von ihnen liegt neben einem Portalstein, der jetzt in zwei Hälften gespalten ist, und ein unheilvoller Rauchkranz schwebt über den verkohlten Überresten des Jägers. Als der Himmel aufflackert und ein gewaltiger Donner grollt, dämmert es mir, dass ein Blitz in den Steinkreis eingeschlagen sein muss. Er wird uns alle von den Füßen gerissen haben. Der Jäger, der dem gespaltenen Stein am nächsten war, muss von einem Seitenarm des Blitzes getroffen und auf der Stelle getötet worden sein.

Ich kämpfe gegen meine Müdigkeit an, krieche zu Phoenix hinüber und rüttle ihn sanft an der Schulter. »*Phoenix?*«, flüstere ich, ohne eine Reaktion zu erhalten. Ich klammere mich an ihn, immer noch überwältigt von Trauer. Obwohl er wiedergeboren wird, ist sein Verlust in diesem Leben unendlich bitter. Ohne ihn fühle ich mich völlig alleine.

In meiner Nähe zuckt Damien und stößt ein schmerzerfülltes Stöhnen aus. Langsam kommen auch die anderen Jäger zu sich.

Denk an Gabriel! Lauf!

Phoenix' Worte hallen in meinem Kopf wider, sein letzter sorgender Rat weckt den Überlebensinstinkt in mir. Zärtlich küsse ich seine kalte, feuchte Wange und raune ihm einen verzweifelten Abschiedsgruß ins Ohr, dann taumle ich an den Rand des Kreises, verlasse den Ring aus heiligen Steinen und springe über den matschigen Wall.

Dann renne ich. Ich renne um mein Leben … und um alle meine zukünftigen Leben.

Ich rutsche und gleite den Abhang hinunter nach

Havenbury. Meine Beine sind wie aus Gummi, ich stürze mehrfach, und es ist mehr die Schwerkraft, die mich nach unten zu tragen scheint, als meine eigenen Kräfte. Schlamm und Gras verschmieren meine Kleider und Hände. Ich erreiche den Fuß des Hangs und stolpere weiter über das Feld, bis ich auf eine Landstraße gelange, die ins Dorf führt.

Havenbury besteht aus kaum mehr als einer Handvoll blassgelber Kalksteinhäuser, die sich um einen Ententeich herum drängen. Die Hauptstraße ist schmal und menschenleer, der Sturm hat alle hineingetrieben. Hinter den zugezogenen Vorhängen eines Häuschens bemerke ich den schwachen Schein von Kerzenlicht und eile darauf zu. Ich klopfe an die niedrige Holztür und quetsche mich tropfend und zitternd unter das hölzerne Vordach.

Zunächst antwortet niemand, daher klopfe ich erneut. Kurz darauf öffnet sich knarrend die Tür und eine alte Frau lugt heraus. Durch den Spalt zwischen Tür und Rahmen erspähe ich ein winziges Wohnzimmer mit einem Sofa, das mit einer weißen, gehäkelten Decke bezogen ist, und einen alten Fernseher. Eine rothaarige Katze liegt zusammengerollt auf dem Teppich vor einem Kamin, dessen flackernde Wärme einladend wirkt.

Doch der Empfang der alten Frau ist kalt. »Ja?«, schnappt sie.

»Ich suche Gabriel«, erkläre ich. »Wissen Sie, wo er wohnt?«

Sie mustert mich aus kleinen, grauen Augen. Mehrere

Sekunden lang schweigt sie. Vermutlich reicht allein mein schlammverschmiertes Äußeres, um jeden sofort misstrauisch zu machen. Dann huscht ein Ausdruck des Wiedererkennens über ihr runzliges Gesicht. Für einen Moment befürchte ich, sie könnte vielleicht eine Wächterin sein, dann regt sich kurz die Hoffnung, sie könnte eine Seelenschwester sein – doch weder wandelt sie sich, noch zeigt sie ein Lächeln.

Stattdessen knallt sie mir die Tür vor der Nase zu.

»Bitte!«, rufe ich und poche an die Tür. »Ich brauche Ihre Hilfe.«

»Gehen Sie weg oder ich hole die Polizei!«, schreit sie. Das Schloss klickt und ein Riegel wird von innen vorgeschoben. Höchstwahrscheinlich hat sie mein Gesicht in den Nachrichten gesehen. Nach Phoenix' Tod im Steinkreis frage ich mich, ob es nicht tatsächlich das Beste wäre, wenn ich oder irgendjemand anderes die Polizei verständigen würde. Doch dann erinnere ich mich an DI Shaw, was mich den Gedanken sofort wieder verwerfen lässt.

Meine einzige echte Chance besteht darin, Gabriel, den Seelenseher, zu finden.

Phoenix meinte, er sei der Pfarrer des Ortes, also werde ich mein Glück bei der Kirche versuchen.

Als ich wieder in den Regen hinaustrete und die Straße hinuntergehe, bewegen sich die Vorhänge des Häuschens, offenbar beobachtet mich die alte Frau. Mehrmals schaue ich zurück über meine Schulter, jedes Mal in der Erwartung, Damien und seine Jäger zu erblicken. Doch die Straße bleibt verlassen, nur ein Entenpaar watschelt zum Teich hinüber. Trotzdem wäre es naiv zu glauben, sie hätten die Jagd aufgegeben.

Die alte normannische Kirche Havenburys steht am Ende der Straße, das Kirchenschiff duckt sich unter dem massiven quadratischen Turm aus Cotswold-Stein. Mit den langen, von schmalen Buntglasfenstern durchbrochenen Wänden wirkt das Gebäude sehr imposant für ein so kleines Dorf. Durch ein eisernes Tor, dessen Scharniere laut quietschen, betrete ich den Kirchhof.

Flechtenbedeckte Grabsteine ragen in unregelmäßigen Reihen aus dem Boden, das Gras um sie herum ist lang und ungepflegt. Auf der einen Seite des Weges krümmt sich eine alte, verwachsene Eibe, die einen langen, skelettartigen Schatten auf die alten Grabsteine wirft, in einer Ecke türmt sich ein großer Haufen verrottender Blätter und ein Geruch nach Verwesung liegt in der Luft, als ob sich dort vor langer Zeit ein Tier verkrochen hätte, um zu verenden.

Eine einsame schwarze Krähe krächzt unheimlich auf der Spitze der Eibe, und ein kalter Schauer läuft mir über den Rücken. Ich empfinde ein beunruhigendes Déjà-vu-Gefühl, kann mich aber nicht erinnern, schon einmal hier gewesen zu sein, auch meldet sich keinerlei Schimmer.

Ich beschleunige meine Schritte und nähere mich dem Kirchenportal. Als ich eintreten will, erspähe ich aus dem

Augenwinkel eine Bewegung auf der Straße. Am äußersten Ende des Dorfes steht eine vermummte Gestalt. Mein Herz pocht heftiger, rasch drücke ich mich in den Eingang und beobachte, wie sich zu der Gestalt weitere hinzugesellen. Schwer zu sagen, ob ich bereits entdeckt worden bin, aber jedenfalls werden sie nicht lange brauchen, um das Dorf zu durchkämmen.

Ich packe den kalten, eisernen Ring der Tür und bete, dass die Kirche nicht verschlossen ist. Mit einem leisen Knarren öffnet sich das schwere Eichenportal, ich schlüpfe eilig hindurch und schließe es hinter mir. Dann ziehe ich einen Stuhl heran und verkeile die Tür damit. Meine Barrikade widersteht wohl kaum einem heftigeren Ansturm, aber sie verschafft mir vielleicht ein wenig Zeit.

Im Inneren der Kirche ist es kalt und dunkel, ein muffiger Geruch liegt in der Luft. In der Nähe des Eingangs steht ein steinernes Taufbecken sowie ein hölzerner Kollektenkasten und ein Regal mit angestaubten ledergebundenen Gesangbüchern. Mehrere Reihen Kirchenbänke trennen mich vom erhöhten Altarraum am östlichen Ende der Kirche, wo ein großes Bogenfenster die Kreuzigung Christi darstellt. Es brennt kein Licht, und auf den ersten Blick scheint es, als wäre ich allein. Dann bemerke ich in der Düsternis eine spindeldürre Gestalt in schwarzer Soutane und weißem Kragen, die vorne am Altar hantiert.

»*Gabriel?*«, flüstere ich und meine hoffnungsvolle Stimme hallt durch die leere Kirche.

Der Pfarrer dreht sich um. Sein Gesicht ist faltig und bleich wie Pergament, seine Wangen sind hohl, und sein schütteres schwarzes Haar ist gescheitelt und ordentlich über die kahlen Stellen gekämmt. Er trägt eine dunkle Wrap-Around-Sonnenbrille, was mich sofort auf der Hut sein lässt, aber sein Lächeln ist sanft und einladend.

»Ja, Kind?«, sagt er leise.

Langsam und behutsam nähere ich mich dem Altar. »Seid Ihr ... der Seelenseher?«, frage ich.

»Und wer magst du wohl sein?«, fragt der Priester.

»Ich bin Genna, eine Erste Nachkommin«, antworte ich. »Phoenix hat mich geschickt.«

39

Nachdem er aus dem Altarraum herabgestiegen ist, streckt Gabriel mir zur Begrüßung eine knochige weiße Hand entgegen. Ich umschließe sie mit einem unbeholfenen Händedruck. Seine Haut fühlt sich bei der Berührung ledrig an, sein Griff ist kühl und doch fest. Tatsächlich hält er meine Hand so fest umschlossen, dass ich einen Moment lang fürchte, er wird mich aus Freude über meine Ankunft niemals mehr loslassen.

»Du bist ja bis auf die Knochen durchgefroren!«, ruft Gabriel aus, dann befühlt er den Ärmel meiner Jacke. »Und klatschnass!«

Er tastet sich am Chorgestühl entlang, findet eine ausgefranste Decke und hält sie mir entgegen.

»Danke«, sage ich und wickele sie um meine zitternden Schultern. »Aber wir müssen uns um viel Dringenderes kümmern.«

»Natürlich müssen wir das. Warum sonst würdest du mich aufsuchen«, erwidert Gabriel, während er einen dünnen weißen Stock neben der Kanzel aufhebt. Er lässt die Spitze über den Boden gleiten, bis er die Treppenkante des Chores gefunden hat.

»Sie sind blind?«, frage ich, jetzt da der Grund für die dunkle Brille offensichtlich ist.

Er dreht sich abrupt zu mir um. »Ja. Ist das ein Problem?«

»Nein ... natürlich nicht«, antworte ich, beschämt über meine eigene Gefühllosigkeit. »Nur ... wie kann man ein Seelenseher sein, wenn man blind ist?«

Gabriel schenkt mir ein weises Lächeln. »Man braucht keine Augen, um zu sehen«, erklärt er. »In der heutigen Zeit haben viele Menschen ein ausgezeichnetes Sehvermögen, und trotzdem sind sie blind für so vieles!« Er seufzt leicht belustigt und scheint mich dann direkt anzustarren. Er scheint mir tief in die Augen zu schauen – direkt in meine Seele. »Aber *du* siehst jetzt klar, nicht wahr, Genna?«, bemerkt er. »Hattest du bereits einen Schimmer?«

»Ja, mehrere«, antworte ich.

Gabriel nickt, offenbar befriedigt über die Auskunft. »Trotzdem hast du bisher nur einen Bruchteil der Geschichte deiner Seele erfahren. Deine Vergangenheit ist tiefer als jeder Ozean. Vielschichtiger als jedes Buch. Die vielen Leben, die du gelebt hast, sind so zahllos wie die Sterne, jedes einzelne von ihnen trägt zu deinem Licht bei.« Sein blinder Blick scheint eine unsichtbare Aura um mich herum wahrzunehmen. »Denn du bist sicherlich die hellste Nachkommin, der ich je begegnet bin!«

»Es gibt noch andere?«, frage ich. *Dann bin ich nicht*

allein! Meine Hoffnung entzündet sich bei diesem Gedanken.

»Nicht so viele, wie es einmal waren«, antwortet er düster. Sich von der Kanzel entfernend, schlurft er den Gang entlang, sein Stock wischt über den Boden.

»Nun, es wird bald noch eine weniger geben«, rufe ich, und meine Worte lassen ihn innehalten, »es sei denn, Sie können mir helfen.«

Noch während ich es sage, frage ich mich, wie dieser Seelenseher mich vor Damien und seinen Jägern schützen soll.

Gabriel dreht sich zu mir um: »Du wirst gejagt«, raunt er heiser, und es ist mehr eine Feststellung als eine Frage.

»Ja«, antworte ich hastig. »Sie durchsuchen das Dorf nach mir, während wir hier miteinander reden.«

Gabriels Stirn legt sich in Falten. »Wo ist dein Guardian?«, fragt er.

»Phoenix –«, bei der bloßen Erwähnung seines Namens muss ich ein Schluchzen unterdrücken, »er wurde getötet. Als er mich beschützte.«

Gabriel lässt den Kopf hängen, macht das Kreuzzeichen und murmelt: »*Mors tantum initium est.*«

Auch diesmal verstehe ich das Lateinische problemlos: *Der Tod ist nur der Anfang.*

»Wir müssen hier weg«, dränge ich. »Uns bleibt nicht viel Zeit.«

»Diese Kirche ist im Moment der sicherste Ort für dich«, beteuert Gabriel. »Kein Inkarnat kann geheiligten

Boden betreten, ohne seine geschwärzte Seele zu gefährden.«

Ein Quietschen rostiger Scharniere widerlegt unmittelbar darauf seine Behauptung. »Sind Sie sich da ganz sicher?«, frage ich, während das Kirchtor wieder quietscht … und wieder … und wieder.

Der Seelenseher hebt den Kopf, als ob er die Luft schnuppern würde. »Wer genau jagt dich?«

»Damien«, antworte ich. »Oder zumindest nennt er sich in diesem Leben so.«

Seine Schultern fallen herab und Gabriel seufzt schwer. »Das ergibt Sinn. Das hellste Licht zieht den dunkelsten Inkarnaten an.«

Ich schlucke schwer. »Sie meinen … Tanas«, sage ich, und die bloße Erwähnung seines Namens lässt mich schaudern. »Dann müssen Sie wissen, dass es ihm gelungen ist, den Steinkreis auf dem Hügel zu betreten. Einer der Steine fehlte, aber vermutlich war auch der Boden heilig, nicht nur der Kreis.«

»Dann haben wir ein ernstes Problem«, räumt Gabriel ein. Er greift in seine Tasche, zieht einen Schlüsselbund heraus und läuft auf das Portal zu. Ich eile ihm hinterher und erneut steigt Panik in mir auf.

Als wir am Portal ankommen, dreht sich der Knauf, und ich werfe mich gegen die Tür. Gabriel will abschließen, stolpert aber über den Stuhl, den ich als Barrikade benutzt habe, und er lässt die Schlüssel fallen. Jemand rüttelt an der Tür und klopft.

»*Liebes, gutes kleines Schwein, lass mich doch zu dir herein!*«, höhnt Damien.

»Niemals!«, schreie ich, während sich der Riegel hebt und die Tür einen Spalt aufgedrückt wird. Ich stemme meinen Fuß gegen das Gesangbuchregal und dränge die Jäger mit aller Kraft zurück, während Gabriel auf dem Boden nach den Schlüsseln tastet. »Zu Ihrer Linken!«, zische ich. »Ein bisschen weiter.«

»*Ich werde strampeln und trampeln, ich werde husten und prusten und dir dein Haus zusammenpusten!*«, knurrt Damien. Das Portal erbebt in seinem Rahmen, als er mit der Schulter dagegenrammt. Das Bücherregal verschiebt sich und die Tür gibt noch einen Zentimeter nach. Ich beiße die Zähne zusammen und versuche mit aller Kraft, sie wieder zu schließen. Aber ich allein gegen einen starken Inkarnaten, das ist ein aussichtsloser Kampf.

Gabriels knochige Finger berühren schließlich den Schlüsselbund. Er schnappt ihn sich und wirft nun auch sein eigenes Gewicht gegen die Tür. Sie knallt gerade so lange zu, dass er den Schlüssel ins Schloss stecken und die Jäger aussperren kann. Auf der anderen Seite hämmern sie mit Fäusten dagegen, aber das Portal ist aus massiver Eiche, und allein durch Hämmern wird es sich nicht aufbrechen lassen.

Dann herrscht urplötzlich Stille. Die Ruhe ist noch weit bedrohlicher als das Lärmen zuvor.

»Wir müssen uns besser schützen«, zischt Gabriel, nimmt seinen Stock und schreitet das Kirchenschiff hinunter. Ich folge ihm zur Kanzel, wo ein kleiner Kasten mit Stiften und mehreren Stückchen weißer Kreide steht. Seine Finger tasten nach einem, dann kehrt er zur Mitte der Kirche zurück, wo sich Querschiff und Längsschiff kreuzen. Er kniet nieder und beginnt, seltsame Symbole auf den Steinboden zu zeichnen, während er in lateinischer Sprache Sätze ausstößt: »*Dum mors erit, desperatio* ...«

Ich schaue ihm über die Schulter. Er mag sein Augenlicht verloren haben, aber seine Bewegungen sind präzise und zielgerichtet. Trotzdem kann ich mir nicht vorstellen, was er da macht.

»Äh ... ich dachte eigentlich eher an weitere Barrikaden«, schlage ich versuchsweise vor.

»Versperre auf jeden Fall alle Eingänge«, murmelt Gabriel, in seine Aufgabe vertieft. »Aber das wird diese Inkarnaten nur eine gewisse Zeit aufhalten. Wir brauchen eine viel stärkere Verteidigung als nur physische Barrieren.«

Ich überlasse Gabriel seiner Zauberei und renne zu den großen Doppeltüren an der Westseite. Sie sind zwar verschlossen, aber nichtsdestotrotz schleife ich eine schwere Kirchenbank davor. Dann verkeile ich auch noch das große Portal der Vorhalle zusätzlich mit dem schweren Gesangbuchregal.

»Was kann ich sonst noch tun?«, frage ich, da ich keine anderen Türen entdecken kann, die verbarrikadiert werden müssen.

»Zünde ein paar Kerzen an«, antwortet Gabriel, während er mit fieberhafter Intensität weiterarbeitet. »Vertreibe die Dunkelheit.«

Als ich mich umsehe, erblicke ich ein kleines Metallgestell mit den geschwärzten Stümpfen mehrerer Votivkerzen. In einer Schublade finde ich einige schmale weiße Kerzen und eine halb gefüllte Schachtel Streichhölzer. Ich entzünde sämtliche Kerzen, bevor ich zwei weitere in Messinghaltern auf dem Altar entdecke. Sofort steige ich die drei Stufen dort hinauf.

Kaum sind die Kerzen entzündet, erhellt ihr flackernder Schein das hölzerne Kruzifix über dem Altar. Seltsamerweise steht das Kruzifix auf dem Kopf!

Da wir alle verfügbare Hilfe brauchen können, versuche ich das Kruzifix wieder umzudrehen, doch genau in diesem Moment zerspringt direkt über mir das Buntglasfenster. Erschrocken schütze ich mein Gesicht, während in einer Kaskade Glasscherben herabregnen und ein Ziegelstein über den Boden schlittert. Einen Augenblick später fliegt eine kleine, hinter einem Paravent im nördlichen Querschiff verborgene Tür auf und Damien tritt herein.

»Hoffentlich komme ich nicht zu spät zur Messe«, grinst er, »aber ich habe eine Weile gebraucht, um *das hier* zu finden!« Der Jadedolch, noch nass und glitzernd vom Regen, liegt in seiner Hand.

»Gabriel! Vorsicht!«, rufe ich, während Damien direkt auf den knienden Seelenseher zugeht. »Es ist Tanas!«

Gabriel erhebt sich, offenbar um sich ihm entgegenzustellen. Doch ehe Damien den Priester mit seinem Dolch angreift, bleibt er stehen, richtet seine toten, schwarzen Augen auf mich und lacht, sein unheiliges Gackern hallt durch das Kirchenschiff. »Meine liebe Genna, du irrst dich gewaltig ... *Ich* bin nicht Tanas.«

Verwirrt starre ich ihn an. Er *muss* Tanas sein. Dieser schwarzäugige Junge war in all meinen Schimmern präsent. Wie ein dunkler Schatten durchzieht sein Wesen meine früheren Leben.

In dem Moment werde ich tiefer in die schwarzen Tümpel seiner Augen hineingesogen und erhasche einen erschreckenden Blick in seine dunkelsten Abgründe. Unerwartet blitzen eine Reihe von Gesichtern vor mir auf: *der Kopfgeldjäger, der von Hiamovis Pfeil vom Pferd geschossen wurde ... der römische Soldat in der roten Tunika, der mit seinem Speer den Wald durchsuchte ... der Roundhead, der mit seiner doppelendigen Hellebarde Williams Seite durchbohrte ... der Tletl-Gefolgsmann, der das Opferritual vollenden wollte, bis ein Klumpen geschmolzenes Gestein seinen Schädel verbrannte ...*

Erst jetzt sehe ich, wer Damien *wirklich* ist und in meinen früheren Leben war. Nicht der US-Marschall, nicht der römische Zenturio, nicht der Roundhead mit dem Breitschwert, nicht einmal der Hohepriester. – Nein, keiner von diesen: vielmehr immer die rechte Hand des Inkarnaten-Führers. Kein Wunder, dass die Obsidianklinge ihn nicht getötet hat.

»Aber … w-wer ist dann Tanas?«, stottere ich, während Furcht durch meine Adern kriecht. Auf einmal bemerke ich, wie merkwürdig alles in der Kirche ist. Alle Blumen sind welk. Die Votivkerzenstummel im Ständer sind aus geschwärztem Wachs. Das lateinische Zitat auf der Kanzel lautet: »*Wo Gott eine Kirche hat, da hat der Teufel seine Kapelle.*« Und am aufschlussreichsten von allem ist das Kruzifix über dem Altar.

Diese Kirche ist nicht nur einfach verlassen, sie ist auch *entweiht*. Sie ist längst kein geheiligter Boden mehr. Kein Wunder, dass die Seelenjäger unversehrt hier eindringen konnten.

Dann überkommt mich eine schreckliche Erkenntnis: *Der Priester hat die Türen nicht verschlossen, um diese Jäger draußen zu halten …*

Als mein Blick auf die Kreidesymbole unten am Boden fällt - ein großes umgekehrtes Pentagramm, umgeben von okkulten Symbolen und finsteren Darstellungen von Skorpionen und Skarabäuskäfern -, lächelt Damien grausam. »Oh, Genna«, verkündet er. »Ich bin nicht Tanas … Ich *diene* Tanas.«

Und mit einer Verbeugung dreht er sich um und hält Gabriel den Jadedolch hin.

»*NEIN!*«, schreie ich und weiche vor Entsetzen gegen den Altar zurück. Ich klammere mich daran fest, der Boden unter meinen Füßen scheint nachzugeben. »Das *kann* unmöglich wahr sein … Sie sind doch der Seelenseher …«

Aber der Priester nimmt den Jadedolch bereitwillig von Damien entgegen. Dann schleudert er die Sonnenbrille von sich und enthüllt mir sein wahres Gesicht. Ein Schrei dringt aus meiner Kehle, als sich der Blick seiner Schlangenaugen in meine bohrt – dunkel, wirbelnd und unergründlich.

Ich versinke in deren ewiger Dunkelheit.

40

»Rura, rkumaa, raar ard ruhrd ...
Rura, rkumaa, raar ard ruhrd ...
Rura, rkumaa, raar ard ruhrd ...«

Das hypnotische Gemurmel uralter Worte holt mich zurück. Meine Augenlider flattern, und über mir erkenne ich verschwommen eine niedrige, gewölbte Decke. Zerbröckelnde Kalksteinsäulen, in die Reliefs grotesker Gesichter eingemeißelt sind, stützen die Decke ab, während im flackernden Licht schwarzer Kerzen verzerrte Schatten über die Steinwände huschen. Die Ziegelwände sind mit archaischen Symbolen und umgekehrten Pentagrammen beschmiert, ähnlich dem am Boden der entweihten Kirche. Der schwere, süßliche Duft von Kerzenwachs liegt in der feuchten Luft und macht mich ganz benommen, während die skandierenden Stimmen in meinen Ohren widerhallen.

Offenbar befinde ich mich in einer mittelalterlichen Krypta. Mein Körper liegt auf der flachen Deckplatte eines Marmorgrabes, deren glatte Oberfläche so kalt und weiß wie gebleichte Knochen ist. Die Seelenjäger sind in einem Halbkreis am Fuße des Grabes versammelt, ihre Köpfe sind gebeugt, ihre Gesichter durch Kapuzen verdeckt. Sie tragen jeweils eine Kerze, das heiße Wachs läuft ihnen wie schwarzes Blut über die Finger.

Während sie völlig in ihr Ritual versunken scheinen, schaue ich mich verzweifelt nach einem Fluchtweg um. Doch als ich meinen Kopf drehe, blicke ich direkt in ein hageres Gesicht mit toten, weißen Augen und unterdrücke einen Entsetzensschrei. Das aschfahle Gesicht starrt mich an, blind und stumm. Die Haut ist wachsartig, die Lippen eingefallen und die langen, weißen Haare kräuseln sich um die faltigen Ohren. Als mein erster Schreck nachlässt, wird mir klar, dass der alte Mann auf dem benachbarten Marmorgrab tot ist.

Dann bemerke ich voller Entsetzen, dass seine Brust aufgeschlitzt ist und sein Herz herausgerissen wurde. Dies ist der schreckliche Opfertod, der auch *mich* erwartet. Das Ritual, vor dem Phoenix mich bis jetzt bewahrt hat. Das meine Seele für immer auslöschen wird.

Mir wird klar, dass diese verstümmelte Leiche die sterbliche Hülle von Gabriel, dem Seelenseher, sein muss. Tanas hat ihn vor mir erreicht und dieses Ritual durchgeführt, damit der Seher nie mehr wiedergeboren werden konnte.

Die Beschwörungsformeln werden abrupt unterbrochen, und die Seelenjäger starren mich aus ihren kohlschwarzen Augen an. Ihr unheiliger Blick lässt mein Blut gefrieren. Sie wirken wie aus dem Grab auferstandene Leichen. Einer von ihnen hat rote, fächerförmige Verbrennungen an Hals und Gesicht, und ich erkenne in ihm den einen Jäger wieder, der im Steinkreis vermeintlich durch den Blitzschlag getötet wurde.

Nacheinander löschen die Kapuzenträger nun die Flammen ihrer Kerzen zwischen Daumen und Zeigefinger, wodurch sie die Gruft in noch tiefere Dunkelheit tauchen.

»Es ist Zeit, *dein* Licht auszulöschen, Genna«, höhnt Damien, während er die Flamme seiner Kerze erstickt.

Aufgerüttelt erhebe ich mich von der Marmorplatte, aber sofort packen mich die Jäger an Armen und Beinen und halten mich fest. Während ich mich in ihrem Griff winde, taucht Tanas aus der Dunkelheit auf. Er trägt nun eine Kutte mit Kapuze, die sein zerfurchtes Gesicht in tiefe Schatten hüllt. Obwohl er nicht mehr die gleichen hohen Wangenknochen und die scharfe Hakennase wie der Hohepriester hat, sind seine Augen nach wie vor so schwarz und hart wie Obsidian.

»Auf diesen Augenblick warte ich bereits eine Ewigkeit«, stößt Tanas mit rauer Stimme hervor. Ein sensenähnliches Lächeln macht sich auf seinen dünnen Lippen breit, und ich erschauere angesichts des Bösen.

Während er mich im Griff seiner Jäger zurücklässt, geht er hinüber zu einem in die Wand gemeißelten Steinaltar, wo eine Gottheit mit katzenähnlichen Augen und scharfen, spitzen Reißzähnen thront. In ihrem fauchend geöffneten Maul brennt eine schwarze Kerze, das geschmolzene Wachs fließt an der Zunge der Gottheit herunter und tropft in einen silbernen Kelch. Tanas kniet vor dem Altar nieder, holt den Jadedolch hervor und ritzt sich tief in seine offene Handfläche. Dann ballt er seine Hand zu einer Faust und lässt sein Blut in den Kelch tropfen, wo es sich mit dem geschmolzenen Wachs vermischt, während er in einer uralten Sprache skandiert: »*Ruq haq maar farad ur rouhk ta obesesh*!«

Ich habe keine Ahnung, was diese geheimnisvollen Worte bedeuten, aber ich spüre ihre zutiefst zerstörerische Kraft. Die Furcht hält mein Herz mit eisiger Faust umklammert, ich wehre mich noch heftiger und trete nach meinen Häschern. Doch die Jäger sind stark und halten mich auf dem Marmorgrab fest, während Tanas den Kelch in die Hand nimmt und ihn zu mir trägt. Er packt meinen Kiefer, zwingt mich, den Mund zu öffnen, dann legt er mir den silbernen Kelch an die Lippen und gießt mir die bittere Flüssigkeit in den Rachen. Ich spucke sie ihm ins Gesicht.

Mürrisch wischt Tanas den zähflüssigen Trank mit dem Rücken seiner knochigen Hand weg. »Ich würde das trinken, wenn ich du wäre«, knurrt er. »Der Schmerz wird nicht mehr ganz so unerträglich sein. Denn du wirst lange genug leben, um zu sehen, wie dir das Herz herausgerissen wird!«

Er gießt mir den Rest der Flüssigkeit in den Mund,

presst mir dann eine Hand über die Lippen und verschließt mir die Nase. Gegen meinen Willen schlucke ich den scharfen Trank. Spuckend und hustend spüre ich, wie er meine Kehle verbrennt und meinen Magen versengt.

Tanas lässt mich los. Die anderen Seelenjäger folgen seinem Beispiel.

Ich versuche mich zu erheben, zu kämpfen, zu fliehen. Aber meine Glieder fühlen sich jetzt schwer und wie gelähmt an. Mein Herz pocht wild und meine Ohren klingeln. In meinem Blickfeld beginnt alles zu verschwimmen, leuchtende Spurlinien von Kerzenlicht tanzen vor meinen Augen.

Tanas kehrt zum Steinaltar zurück, stellt den Giftkelch ab und ergreift den Jadedolch. Während ich hilflos auf dem Grab liege, hält er der Gottheit die gebogene grüne Klinge zum Segen hin, bevor er zu mir zurückkehrt. Die Jäger neigen ihre Köpfe und nehmen den rituellen Gesang wieder auf: »Ra-Ka! Ra-Ka! Ra-Ka!«, wobei ihre Stimmen in meinem delirierenden Zustand wie hämmernde Trommeln klingen.

Das Opfermesser hoch über meine Brust emporgehoben, nimmt Tanas die Beschwörung wieder auf, die er vor all den Jahrtausenden begonnen hat …

»*Rura, rkumaa, raar ard ruhrd …*«

Seine unheilvollen Worte dringen in meinen Kopf. Wie Schlangengift sickern sie in meine Ohren und vergiften meine Seele …

»*Qmourar ruq rouhk ur darchraqq …*«

Während ich zunehmend in seinen Bann gerate, wird mein Körper immer schwerer und schwerer, die Bindung meiner Seele an ihre Hülle schwächer und schwächer …

»Ghraruq urq kugr rour ararrurd …«

Als ob ein Skalpell die Verbindung zwischen meinem Körper und meiner Seele durchtrennt hätte, drifte ich weg. Ohne Anker … desorientiert … und körperlos. Meine Verbindung zum Leben und zu all meinen früheren Leben scheint sich aufzulösen, davonzuwehen wie Staub im Wind …

»Qard ur rou ra ra datsrq, Ra-Ka …«

Losgelöst von meiner körperlichen Gestalt sehe ich mich selbst wie von oben. Ein junges Mädchen mit dunklen Locken und bernsteinfarbener Haut liegt schlaff auf einer kahlen, weißen Marmorplatte. Die fünf vermummten Jäger postieren sich nun an jedem Ende des umgekehrten Pentagramms, das mit Kreide auf den Steinboden gezeichnet ist. In der Mitte steht Tanas, das Jademesser glänzt in seinen zitternden Händen, während er die letzte Zeile des seelenvernichtenden Zaubers rezitiert …

»Uur ra uhrdar bourkad, RA-KA!«

Mit einem Blick kalter Gier stößt Tanas die Klinge nach unten. Ein blendender blaugrüner Blitz explodiert wie ein Stern über mir, und das ohrenbetäubende Geräusch von tausend zersplitternden Glasscheiben hallt durch die Krypta.

Dann … Stille … und Dunkelheit.

41

Bin ich tot?

Ich fühle mich nicht tot. Andererseits habe ich keine Ahnung, wie sich der Tod anfühlt. *Oder doch ...?*

Schwache Erinnerungen an die *Sphäre* steigen langsam in mir auf. An diesen Ort zwischen den Leben. An diese Wirklichkeit jenseits unserer wahrgenommenen Realität. Diese ewige Weite, in der die Seelen wohnen, bis sie wiedergeboren werden.

Dieses helle, allumfassende Licht ...

Aber wenn ich wirklich körperlos bin, warum spüre ich dann immer noch etwas – fühle die blauen Flecken, die Schmerzen in meinen Muskeln, schmecke das bittere Brennen in meiner Kehle, höre das Rasseln meines Atmens?

Vielleicht sind dies noch Bruchstücke meines früheren Lebens? Phantomhafte Empfindungen, die mit der Zeit verblassen werden. Wenn es hier so etwas wie *Zeit* überhaupt gibt ...

Während sich meine Augen an die Dunkelheit gewöhnen, bemerke ich winzige glühende Punkte am Firmament. Rot wie sterbende Sterne.

Dieses Reich ist kälter als jedes, an das ich mich erinnere. Und es ist modrig-feucht.

Ein schmerzhaftes Stöhnen ertönt. Beißender Rauchgeruch liegt in der Luft. Harter Stein drückt gegen meinen Rücken. *Bin ich in der Hölle?*

Dann leuchtet ein helles, weißes Licht vor meinen Augen auf ... und offenbart die verwüstete Szenerie.

Ich liege immer noch auf dem Marmorgrab. Das grelle Licht stammt vom Display eines Handys. Die winzigen Glutpunkte rühren von den ausgeblasenen Kerzen her, das Stöhnen von auf dem Boden liegenden Jägern.

Tanas, dem ein dünner Blutstrom aus seinem rechten Nasenloch tropft, wurde gegen den Altar geschleudert und ist an seinem Sockel zusammengesackt. Er hält einen Jadesplitter in seiner schlaffen Hand, der Rest des rituellen Dolches liegt in Scherben auf dem Boden.

Was ist passiert? Hat sein Ritual versagt und meine Seele nicht zerstört?

Ein Blick auf meine Brust zeigt mir, dass meine Bluse zerrissen ist, doch da ist weder Blut noch eine Wunde. Nur der blaue Glanz meines Amuletts strahlt durch den Riss in meinem Oberteil ...

Mein Guardian-Stein!

Selbst nach dem Tod hat Phoenix mich noch beschützt.

Erschüttert und erleichtert zugleich umklammere ich das kostbare, lebensrettende Amulett mit meiner Hand.

Aber ich kann das Vibrieren darin nicht mehr spüren, und ich bemerke einen Riss in der polierten Oberfläche des Edelsteins. Welche göttliche Kraft auch immer das Amulett einmal besessen hat, jetzt ist sie verbraucht.

Der Strahl der Handytaschenlampe zuckt unregelmäßig, während Damien sich an einer Säule hochzieht. Dabei wird in der hinteren Ecke der Krypta kurz eine steile Steintreppe beleuchtet. Ich kämpfe gegen die Wirkung des Tranks, rutsche von der Grabstätte und taumle in Richtung des Freiheit verheißenden Ausgangs.

»Wo willst *du* denn hin?«, knurrt Damien und taumelt mir in den Weg.

Langsam erheben sich nun auch die anderen Jäger, um mir den Weg zu versperren.

Verängstigt weiche ich zurück, bis mein Rücken auf eine kalte Steinmauer trifft. Hier unten gibt es nur das Licht von Damiens Handy, und die Dunkelheit dringt von allen Seiten auf mich ein. In meiner immer noch verzerrten Wahrnehmung sehen die Seelenjäger mit ihren Kapuzen und hungrigen Augen wie merkwürdige Ninjas aus, die sich in den Schatten verstecken …

»*Die Ninja sind dein größter und tödlichster Feind, Miyoko-san*«, *erklärt mir mein glatzköpfiger Sensei, während er durch das verdunkelte Dojo schreitet. Die Nacht draußen ist still, abgesehen vom sanften Tropfen eines Brunnens im Zen-Garten vor unserem Übungsraum.* »*Doch obwohl sie unsichtbar erscheinen mögen, sind sie nicht unbesiegbar.*«

»Aber wie bekämpft man einen Feind, den man nicht sehen kann?«, frage ich auf der Reisstrohmatte in der Mitte des Dojos kniend. Meine Hände ruhen leicht auf der Seide meines elfenbeinweißen Kimonos, das beruhigende Gewicht meines Samurai-Schwertes wird von meinem Obi-Gürtel fest an meiner Hüfte gehalten.

»Die Augen mögen die Fenster zur Seele sein, aber sie sind nicht der einzige Sinn, mit dem wir sehen«, antwortet mein Meister aus einer fernen Ecke. »Nachts müssen deine Ohren und Hände zu deinen Augen werden. Lass dich von deinen anderen Sinnen leiten ... Lausche dem Gesang eines Schwertes, dem Pfiff eines Shuriken, dem Knacken einer Faust ... Fühle die Gewichtsverlagerung deines Gegners, sein plötzliches Anspannen eines Muskels oder das leichte Verschieben eines Fußes ... Schnuppere sogar in der Luft nach subtilen Düften von Parfüm oder Schweiß! Für den trainierten Krieger sind all dies klare Anzeichen dafür, dass ein Angriff bevorsteht.«

Ich spüre einen leichten Luftzug von hinten und bücke mich sofort nach vorne. Das Bokken meines Sensei verfehlt um Haaresbreite meinen Kopf und streift meinen Kanzashi-Kopfschmuck. Ich seufze erleichtert. Das hölzerne Trainingsschwert hätte mich zwar nicht geköpft, aber mit Sicherheit bewusstlos geschlagen!

»Gut, Miyoko-san«, lobt mein Sensei, plötzlich ganz in meiner Nähe. Er steckt hörbar sein Schwert in die Scheide, und ich entspanne mich, froh, seine Prüfung bestanden zu haben.

Aber dann wird das Rauschen des Brunnens hinter mir leiser, als ob das Geräusch von etwas verdeckt würde. Ein Fuß drückt sanft die Tatami-Matte ein, gefolgt von einem leisen Rascheln des Baumwollstoffs, und ich bekomme einen harten Tritt in den Rücken verpasst. Vorwärts geschleudert ziehe ich meinen Kopf ein, rolle mich ab und springe auf.

Noch während ich mich von dem Schlag erhole, bringe ich meine Hände in Verteidigungsstellung und spähe in der Dunkelheit nach meinem betagten Sensei. Er ist ein alter Mann, aber er tritt zu wie ein Maultier!

»Nur weil du einen Angriff abgewehrt hast, ist der Kampf noch lange nicht vorbei, Miyoko-san«, rügt er. Ich wirble herum, während seine Stimme aus allen Richtungen des Dojos widerzuhallen scheint. »Erinnere dich an Zanshin – das Bewusstsein des Kriegers. Nachdem du den Kampf gewonnen hast, ziehe den Gurt deines Helms straffer!«

Eine Faust saust geisterhaft durch die Dunkelheit. Nur das Flattern der Gi-Jacke meines Sensei warnt mich vor dem Angriff. Ich drehe mich zur Seite und spüre, wie seine knotigen Knöchel meine Wange streifen, das beabsichtigte Ziel jedoch verfehlen. Ich kontere mit einem eigenen Schlag ... und treffe nur Luft.

»Die Schlacht ist nicht zu Ende, wenn du gewonnen hast«, spottet mein Sensei und stößt mir mit einer Speerhand in die Rippen. »Sie endet erst, wenn man in der Konzentration nachlässt!«

Blitzschnell trete ich mit meinem Fuß in die Richtung seiner körperlosen Stimme, aber ich erwische ihn auch diesmal nicht. Frustriert balle ich meine Fäuste und bereite mich auf den nächsten unsichtbaren Angriff vor.

»Aber wenn Ninja für mich unsichtbar sind«, frage ich, »woher weiß ich dann, wohin ich schlagen und treten soll?«

Mein Sensei flüstert mir direkt ins Ohr, womit er mir einen Riesenschrecken einjagt. »Schlage mit der Seele zu, Miyoko-san, dann wirst du niemals danebentreffen!«

42

Eine Hand packt meinen Arm. Reflexartig schlinge ich ihn um den des Angreifers und reiße ihn nach oben, bis ich ein scharfes Schnappen höre. Der unsichtbare Jäger heult auf vor Schmerz. Geleitet von seinen Schreien verpasse ich ihm einen harten Frontkick vor die Brust. Er stürzt rückwärts gegen eine Säule und sackt zu Boden. Ich spüre, wie die anderen Jäger mich anstarren, verblüfft über die brutale Effizienz, mit der ich einen von ihnen ausgeschaltet habe.

Auch ich selbst bin beeindruckt von meinen neu entdeckten Fähigkeiten. So wie mich meine Inkarnation als Cheyenne mit fantastischen Reitkenntnissen versorgt hat, so sind offenbar mit der Erinnerung an mein Leben als Samurai-Kriegerin auch meine Kampfkunstfähigkeiten wieder zurück.

Phoenix hatte recht ... Ich habe den Geist einer Kriegerin!

Gestärkt durch meinen Schimmer, und weil die betäubende Wirkung des Tranks langsam nachlässt, bemerke ich die Faust, die auf mein Gesicht zufliegt. Mit einer raschen Drehung weiche ich dem Schlag aus, und die Fingerknöchel der Jägerin knirschen stattdessen gegen die Ziegelmauer. Ich ziehe mein Knie hoch und treffe sie in den Bauch. Dann packe ich ihre Haare und stoße sie mit dem Kopf voran gegen die Wand. Sie sinkt in einer Wolke von Ziegelstaub zu Boden.

Ein dritter Jäger, nach seiner Größe zu urteilen ein Schlägertyp, würgt mich von hinten. Wenige Augenblicke zuvor wäre ich völlig hilflos gewesen. Aber jetzt sagt mir mein Samurai-Instinkt, dass ich meine Beine hoch in die Luft schwingen, meinen Körper drehen und mein ganzes Gewicht einsetzen soll, um *Ura-maki-komi* auszuführen … den Opferwurf. Während meine Beine wieder nach unten schwingen, wird der Schläger über meine Schultern geschleudert. Ich lande auf ihm und presse die Luft aus seinen Lungen. Ein gut gezielter Schlag in seinen Solarplexus sorgt dafür, dass er für eine Weile unten bleibt.

Ich springe auf und sehe mich sofort der vierten Jägerin gegenüber. Während Damien mich mit dem Lichtkegel seines Handys blendet, bemerke ich in der Dunkelheit ein Aufblitzen von Stahl, offenbar ist es das große Mädchen mit den Schlagringen und dem Stahlrohr, das mir und Phoenix schon einmal zum Verhängnis geworden ist. Aber damit ist jetzt Schluss. Unbeeindruckt von ihrer Schnelligkeit und Stärke trete ich dem Mädchen mit einem Roundhouse-Kick in die Rippen …

Aber sie packt mein Bein und donnert mir das Ende

des Stahlrohrs auf den Oberschenkel. Die Zähne gegen den Schmerz zusammenbeißend, springe ich hoch und trete mit dem anderen Fuß zu, um ihr Kinn zu erwischen. Aber sie ist so schnell wie eine Viper und beugt sich wie ein Schilfrohr, um meinem Angriff auszuweichen.

Ich überschlage mich in der Luft, lande unbeholfen auf den Füßen und mein taubes Bein gibt unter mir nach. Während ich die Balance zu verlieren drohe, stürzt sich das Mädchen auf mich und stößt mich gegen einen Pfeiler. Sie drückt mir ihr Stahlrohr quer gegen die Kehle, hebt mich damit vom Boden hoch und würgt mich.

Trotz meiner neuen Fähigkeiten habe ich offenbar meine Meisterin gefunden. Nach Luft schnappend umklammere ich ihre Finger, aber es nützt nichts – das Stahlrohr ist wie ein eiserner Schraubstock. Mein Schädel beginnt zu pochen und meine Lungen schreien nach Luft. Trotzdem bin ich nicht so hilflos wie auf Schloss Arundel. In Erinnerung an meine Samurai-Ausbildung ramme ich dem Mädchen eine Speerhand in den unteren Teil ihrer eigenen Kehle und sie japst nach Luft. Für einen Augenblick lockert sie ihren schraubstockgleichen Griff, ich verpasse ihr einen Kniestoß in den Bauch, der sie rückwärts stolpern und das Stahlrohr in der Dunkelheit zu Boden klappern lässt. Ich wirble herum und verpasse ihr einen letzten Hakentritt gegen den Kopf. Mit einem schmerzerfüllten Grunzen sackt das Mädchen zu Boden.

»Das ist für Phoenix!«, knurre ich … und höre ein langsames Klatschen.

»Beeindruckend!«, gibt Damien zu, indem er einen Blick auf die am Boden liegenden Jäger wirft. »Aber du bist nicht die Einzige, die sich an solche Kampfkünste erinnert ... Miyoko-san!«

Mit dem Telefon in der Hand nimmt Damien eine Katzenfuß-Stellung ein: Knie gebeugt, linkes Bein nach vorne, Fußballen leicht den Boden berührend, die Hände wie Krallen ausgestreckt. Ich erkenne die Haltung als *Neko-ashi-dachi*, die bevorzugte Verteidigungshaltung der berüchtigten Ninja ...

»Tora Tsume!«, fauche ich, als sich der Ninja-Assassine wie ein sprungbereiter Panther vor mir duckt. Der Rest seines Killerclans liegt außer Gefecht und blutend um den Zen-Garten des Drachentempels, wo der Vollmond silbern auf die geharkten Kieselsteine fällt. Zwischen zwei Felsbrocken glänzt die stählerne Klinge meines Katana-Langschwerts, verlockend nah, aber unerreichbar.

»Miyoko-san«, spottet der Ninja, »du kämpfst gut ... für eine Samurai-Kriegerin!«

Schwer atmend, weil ich gerade einen tödlichen Hinterhalt abgewehrt habe, kontere ich: »Und du wirst gleich gut sterben ... für einen Ninja!«

Ich hechte zu meinem Schwert. Aber Tora Tsume springt mir in den Weg. Mit den an seinem Handschuh befestigten Shuko-Tigerkrallen schlägt er mir ins Gesicht und ritzt blutige Linien in meine Wange. Dann versucht er blitzschnell mit seiner anderen Krallenhand meine Kehle zu zerfleischen. Doch ich blocke den Angriff ab, ergreife seinen

Arm, drehe mich und werfe ihn über meine Schulter. Als er hart auf den Boden klatscht, wirbeln Kies und Staub auf. Bevor er sich von dem Aufprall erholen kann, schnappe ich mir mein Katana, wirble herum und hole aus, um sein erbärmliches Leben zu beenden.

»Gnade!«, schreit Tora Tsume, kauert sich zusammen und schirmt sein schwarzäugiges Gesicht ab. »Ich bin nur ein Diener Tanas'… gezwungen, seinen Befehlen zu folgen. Ich flehe dich an! Zeige mir den Weg zurück zum Licht!«

Angesichts dieser schwachen und wehrlosen Seele zu meinen Füßen zögere ich mit meinem Hieb. Ich fange sogar an, Mitleid mit ihm zu haben…

Da trifft mich eine Ladung Metsubushi-Pulver im Gesicht. Ich Närrin! Tora Tsume muss eine versteckte Eierschale in seiner Hand zerquetscht und mir den Inhalt ins Gesicht geblasen haben. Die ätzende Mischung aus Asche, Muschelkalk und Sand macht mich vorübergehend blind…

Ich taumle rückwärts und halte mir die Hände vors Gesicht.

»Du weißt, wie es letztes Mal ausgegangen ist«, höhnt Damien, wobei er mir weiter mit seinem Handy direkt in die Augen leuchtet. »Warum ersparst du dir nicht einfach dieses ganze Leid und ergibst dich mir gleich?«

Während er sich nähert, bin ich entschlossen, mich diesmal nicht von ihm austricksen oder schlagen zu lassen. Ich habe meine Lektion gelernt, niemals einem Ninja zu vertrauen.

»Ich brauche nicht zu sehen, um dich zu stoppen!«,

antworte ich und lande einen harten Crescent-Kick. Mein herabsausender Fuß tritt ihm das Telefon aus der Hand. Es klappert zu Boden, die Taschenlampe erlischt und taucht die Krypta erneut in pechschwarze Dunkelheit. Mein Vorteil ist jedoch nur von kurzer Dauer.

»Ich auch nicht«, sagt Damien mit einem grausamen Lachen und erinnert mich daran, dass seine Augen die Dunkelheit bevorzugen.

Während ich das Nachbild des Taschenlampenkegels auf meiner Netzhaut wegzublinzeln versuche, deuten leise scharrende Schritte und Kleiderrascheln auf einen drohenden Angriff. Ich ducke mich instinktiv und eine unsichtbare Faust fliegt über mich hinweg. Doch es war nur eine Finte, und ich krache direkt in einen Kniestoß von unten. Hart am Unterkiefer getroffen, explodieren Sternchen vor meinen Augen und ich taumle.

Damien lacht in der Dunkelheit. »Ich werde es genießen, dich *erneut* in Stücke zu reißen. Ich wünschte nur, ich hätte noch meine Shuko-Tigerkrallen!«

Ich zittere, wenn ich an meinen schicksalhaften und blutigen Kampf mit Tora Tsume denke. Es ging damals nicht gut aus. Und wenn ich diesen Kampf hier überleben soll, benötige ich das gesamte Können Miyokos. Ich ziele mit einem Side-Kick in die Richtung, aus der Damiens Stimme kam … aber mein Fuß stößt ins Leere.

»Hier drüben!«, lacht er und kontert mit einem brutalen Schlag gegen meine Rippen.

Ich stolpere rückwärts gegen eine Säule und Staub

rieselt von der Decke auf mich herab. Da ich einen weiteren Angriff erahne, hebe ich meinen Unterarm und blockiere seinen rechten Haken. Angesichts Damiens Stärke liegt überraschend wenig Kraft in seinem Schlag. Dann erinnere ich mich an seine Stichwunde und verpasse ihm sofort einen Stoß gegen seine Schulter – er heult auf vor Schmerzen und weicht zurück.

Seine Schwäche ausnutzend gehe ich zum Angriff über, wobei ich dem Scharren seiner zurückweichenden Füße folge. Damien erholt sich jedoch rasch wieder und wehrt meine Attacke ab. Als erprobte Gegner schenken wir uns nichts, tauschen erbitterte Schläge aus. In mir schüre ich meine ganze Wut und Frustration, meine Empörung und meinen Kummer, jeder Schlag und jeder Tritt ist Vergeltung für den Mord an Phoenix.

Doch obwohl ich möglicherweise die Kampftechniken meines früheren Lebens beherrsche, habe ich längst nicht die Ausdauer Miyoko-sans. Der Kampf fordert schnell seinen Tribut. Ich japse nach Luft, meine Muskeln ermüden, und ich kann nicht mit Damien mithalten, der viel stärker und fitter ist als ich. Als ich meinen Rhythmus verliere, versetzt er mir einen Tiefschlag in den Magen, gefolgt von einem überraschenden Aufwärtshaken, der mein Kinn erwischt und mich zu Boden schickt. Angeschlagen und geschwächt versuche ich wegzukriechen, meine Finger krallen sich in den Staub. Aber Damien packt mich am Fußknöchel und zerrt mich zurück, um mich weiter zu traktieren.

Am Ende meiner Kräfte ist mein Kampf mit Tora Tsume so gut wie verloren. Also rolle ich mich zu seinen Füßen zusammen. »Bitte... aufhören... Gnade!«, flehe ich und klinge genau wie der berüchtigte Ninja, der er einst war.

Damien steht über mir und sagt verächtlich: »Enttäuschend... *du* bist keine Miyoko-san.« In dem Moment raschelt etwas Stoff, offenbar senkt er seine Deckung...

Und genau in diesem Augenblick schleudere ich ihm eine Handvoll Ziegelstaub in die Augen!

Von dem brennenden Staub geblendet, kann er meinem Fußfeger nicht ausweichen und kracht mit einem schmerzhaften Aufstöhnen zu Boden. Ich setze mit einem Axe-Kick auf seine Brust nach. Seine Rippen brechen mit einem lauten *Knack*.

Ich warte nicht, bis er sich wieder erhebt, sondern springe auf, flitze um ihn herum und taste mich an der Wand entlang, bis ich die Stufen erreiche. Jeweils zwei auf einmal nehmend, entkomme ich der Krypta und lasse die Finsternis und ihre Anbeter hinter mir zurück.

43

Ich stolpere zurück ins Licht. Die Kirche ist kalt und verlassen, der Regen trommelt unablässig auf das Bleidach und strömt durch das zerbrochene Buntglasfenster herein. Ich taumle den Mittelgang hinunter und stoße dabei immer wieder gegen die Kirchenbänke.

Die Steinmauern scheinen sich zusammenzuziehen und wieder auszudehnen, als ob die Kirche selbst atmen würde, der Boden unter meinen Füßen schwankt wie ein Schiffsdeck. Mein Blutkreislauf muss noch immer den Ritualtrank Tanas' verarbeiten, seine toxische Wirkung durchspült mich in Wellen. Ich zwinge mich zum Erbrechen. Das hilft mir dabei, meinen Kopf wieder ein wenig klar zu kriegen.

Ich eile zum Hauptportal und schiebe das Gesangbuchregal beiseite. In meinem benommenen Zustand habe ich allerdings vergessen, dass Tanas die Tür verschlossen und immer noch den Schlüssel hat. Draußen weht ein starker Wind, ich höre das leise Klappern einer Tür und erinnere mich an den verborgenen Eingang im nördlichen Querschiff. Doch als ich in die Richtung steuere, lässt mich ein plötzliches Klingeln innehalten –

»Ist es das, was du suchst?«, tönt eine hämische Stimme von der Kanzel. Tanas lässt in seiner knochigen Hand einen Schlüsselbund baumeln. Aus seiner schmalen Nase fließt kein Blut mehr, aber seine aschfahlen Züge sind eingefallener und totenkopfartiger denn je. Das fehlgeschlagene Ritual hat ihm sichtlich zu schaffen gemacht.

Damien steht im Altarraum eine Stufe unterhalb seines Herrn, seine tintenschwarzen Augen tränen noch immer vom Ziegelstaub, eine Hand liegt über seinem angeknacksten Brustkorb. Sein blasses Gesicht hat einen bedrohlichen Ausdruck, er ist offenbar stinksauer, weil ich ihn mit seinem eigenen Ninja-Blendtrick geschlagen habe.

Tanas wirft die Schlüssel in die Mitte des Kreide-Pentagramms auf dem Boden. »Hier – sie gehören dir, wenn du sie willst«, schreit er.

Die Schlüssel sind natürlich nur ein Köder, wie Käse für eine Maus. Eine Falle. Inmitten des okkulten Symbols dürfte seine dunkle Macht sicher am stärksten sein. *Aber welche Wahl habe ich?* Mein Blick fällt auf das nördliche Querschiff. *Ist die Tür dort noch offen?* Soll ich mir lieber die Schlüssel schnappen oder zur Tür rennen … beides ist ein gewaltiges Risiko.

Vorsichtig bewege ich mich im Mittelgang zurück in ihre Richtung, wobei ich sowohl Tanas als auch Damien im Auge behalte.

Keiner von beiden rührt sich. Damien steht auf den Stufen des Altarraums wie ein junger Bräutigam, der auf seine Braut wartet, während sie den Gang entlangschreitet und der Priester ihr zulächelt. Nur fühlt es sich hier gerade weniger wie eine Hochzeit an, sondern eher wie eine Beerdigung.

Als ich mich dem Punkt nähere, an dem sich Querschiff und Längsschiff kreuzen, spannen sich Damiens Muskeln.

Offenkundig erwartet er, dass ich zum Nordausgang flüchte. Auch Tanas befeuchtet schon begierig seine dünnen Lippen, wie eine Schlange, die sich aufs Zustoßen vorbereitet.

Also tue ich das, womit beide rechnen, und sprinte auf die Tür zu. Aber sobald Damien sich zum nördlichen Querschiff bewegt, renne ich zurück zum Pentagramm. Als ich in den fünfzackigen Stern eintrete, greife ich nach den Schlüsseln und fühle mich plötzlich ... unendlich schwach. Wie eine Umkehrung des Steinkreises saugt das Pentagramm meine Kräfte aus. Es ist, als hätte ich meinen Samurai-Geist in der Krypta zurückgelassen und wäre wieder ein ganz normaler Teenager, ohne die Kräfte aus den Erinnerungen der Schimmer.

Blitzschnell ist Damien bei mir, biegt mir die Arme auf den Rücken und schlingt einen Arm um meine Kehle. In dem energiezehrenden Symbol gefangen, bin ich ihm wehrlos ausgeliefert, während Tanas langsam von der Kanzel herabsteigt und auf mich zukommt.

Als er das Pentagramm betritt, streckt er eine krallen-artige Hand nach meinem Nacken aus, das Kratzen sei-ner Fingernägel lässt meine Haut frösteln, als ob mich eine Leiche streifen würde. Dann schnappt er sich das Amulett um meinen Hals und zerreißt die Kette.

»Das hat also das Ritual verhindert!« Voller Abscheu starrt er auf den zerbrochenen Guardian-Stein. »Macht nichts«, grinst er und wirft ihn beiseite. »Jetzt werden wir vollenden, was wir begonnen haben.« In seiner anderen Hand hält er den verbliebenen Jadesplitter, dessen Spitze scharf und nadeldünn ist. Ohne das Amulett habe ich nichts, was mich vor dem Ritual schützen könnte.

»*Rura, rkumaa, raar ard ruhrd ...*«, intoniert Tanas sofort, seine Stimme schallt wie ein bizarres Gebet durch die Kirche. Auf meiner anderen Seite höre ich Damien murmeln: »*Ra-Ka! Ra-Ka! Ra-Ka! Ra-Ka!*«

Um mich herum beginnt sich alles wie ein irres Karus-sell zu drehen – Kanzel, Kirchenbänke und Altar. Das plötzliche Ablösen meiner Seele von meinem Körper fühlt sich an, als ob ich in einem Aufzug in die Tiefe rauschen würde, die Trennung erfolgt diesmal rascher und bruta-ler. Eine Welle der Verzweiflung überrollt mich. Nach all dem Fliehen, Kämpfen und Leiden wird Tanas nun doch seinen abscheulichen Sieg erringen. Er wird meine Seele und ihr Licht auslöschen ... *für immer.*

Wie in einer verzerrten Vision sehe ich Tanas' uner-gründliche Augen sich in wirbelnde schwarze Löcher verwandeln, und eine sich in dem zerbrochenen Buntglasfenster erhebende schattenhafte Gestalt. Als geflügelter Racheengel steigt sie auf den Altar hinab und huscht, während die Beschwörung ihren Höhepunkt erreicht, auf mich zu, um meine Seele zu holen –

Tanas schreit … ein dämonischer Schrei …

… als eine Obsidianspitze seine Brust durchbohrt. Blut spritzt aus seinem verzerrten Mund und er stürzt zu Boden. Damiens Umklammerung löst sich, und auch er sackt neben seinem sterbenden Herrn zusammen.

Ich stehe verwirrt und doch unverletzt im Zentrum des tödlichen Pentagramms. *Ist das Ritual erneut fehlgeschlagen?* Dann ergreift der geflügelte Engel meine Hand und zieht mich aus dem bösen Bann des Sterns.

»*Phoenix!*«, keuche ich, als mein Guardian erschöpft auf die Knie sinkt. Sein T-Shirt ist blutgetränkt und er sieht halb tot aus, aber er lächelt und seine Augen leuchten wieder wie Sterne.

»Das nenn ich mal verdammt knapp!«, bringt er mit einem schmerzerfüllten Lachen hervor.

»Du hast überlebt!«, schluchze ich, knie nieder und umarme ihn. »Aber *wie*?«

»Der Steinkreis hat mich gerettet«, stöhnt er. »Die Kraft des Lichts hat mich geheilt, jedenfalls genug, um –«

»*Verflucht seist du!*«, speit Tanas, der sich im Pentagramm in einer sich ausbreitenden Lache seines eigenen Blutes windet. Hilflos tastet er nach dem Jadesplitter. Meine Kraft kehrt zurück und ich trete den grünen Stein aus seinem Griff.

Er packt meinen Fuß, seine dürren Finger umschlingen meinen Knöchel wie eine giftige Ranke. »Noch eine Umdrehung des Lebensrades ...«, stammelt er und starrt mich an, »und ich komme zurück, um deine Seele zu holen!«

Dann sackt sein Kopf zu Boden und sein Griff löst sich.

Ich trete seine Hand weg, aber Tanas fixiert mich weiterhin mit seinem eiskalten Blick.

»Ist er ... *tot*?«, flüstere ich, paralysiert von den dunklen, starrenden Tiefen seiner Schlangenaugen.

Phoenix nickt erschöpft. »So tot, wie er in diesem Leben nur sein kann.«

Ich spähe zu dem anderen bewusstlosen Körper im Pentagramm hinüber. »Was ist mit Damien? Und den anderen?«, frage ich besorgt.

Phoenix lehnt sich gegen das Ende einer Kirchenbank. »Sie sind keine Bedrohung mehr. Wenn Tanas stirbt, dann endet auch sein Einfluss auf seine Anhänger. Möglicherweise wird Damien sich nicht einmal mehr an seine wahre Natur erinnern.«

Ich wende mich überrascht Phoenix zu. »Du meinst, er wird sich an *nichts* von dem erinnern, was er getan hat?«

»Oh, er wird sich ganz gewiss erinnern. Damien wird von den dunkelsten Albträumen heimgesucht werden«, erklärt Phoenix ernst. »Aber die Seelenjäger werden jetzt alle ruhen ... zumindest bis Tanas wiedergeboren wird.«

»Und wann wird das geschehen?«, frage ich.

»Nicht in diesem Leben«, beruhigt mich Phoenix. »Vielleicht nicht einmal im nächsten. Die Obsidianklinge wird Tanas' böse Seele stark geschwächt haben. Er wird seine Wunden noch sehr lange lecken müssen.«

Ich blicke auf den beunruhigenden Blutfleck auf Phoenix' T-Shirt. »Aber was ist mit dir?«

Phoenix lächelt schwach, als in der Ferne das Heulen von Sirenen ertönt. »Oh, mach dir keine Sorgen um mich ... nur *du* bist wichtig.«

Er schlingt seine Arme um meine Taille, beugt sich näher heran, und für einen Moment denke ich, er wird mich gleich küssen. Dann legt er seinen Kopf auf meine Schulter, schließt die Augen, als wäre er bereit für einen tiefen Schlaf, und sinkt langsam zu Boden.

44

»Ihrer Tochter droht jetzt keine Gefahr mehr, Mrs Adams«, verkündet DI Shaw. Die Polizeibeamtin sitzt mit einer Tasse Tee in der Hand in unserem Wohnzimmer. Sie hat eine mit mehreren Stichen genähte Wunde an der Stirn, der Bereich um ihre Augen ist dunkel von Blutergüssen, doch die Augen selbst leuchten hinter ihrer Brille wieder in einem freundlichen Grau.

Nervös hocke ich neben meiner Mutter auf der Sofakante, bereit, bei der geringsten Veränderung in Aussehen oder Verhalten der Kommissarin davonzulaufen. Eine blonde Polizistin steht an der Tür, und so athletisch sie auch erscheint, ich schätze ihre Chancen gegen DI Shaw nicht sehr hoch ein, falls diese sich wieder wandelt.

Detective Shaw nippt höflich an ihrem Tee, bevor sie die Tasse wieder beiseitestellt. »Nach Abschluss unserer Ermittlungen gehen wir davon aus, dass eine religiöse Sekte für den Anschlag auf den Clapham Market verantwortlich ist, ebenso wie für die Entführung und den damit einhergehenden Mordversuch an Ihrer Tochter. Hätte uns die aufmerksame alte Dame in Havenbury nicht verständigt, wären wir vielleicht zu spät gekommen. Aber ich kann Ihnen versichern, dass der Rädelsführer – ein ketzerischer Priester – jetzt tot ist und alle seine Anhänger gestellt und verhaftet wurden.«

Das bezweifle ich sehr!, denke ich. So sitzt mir zum Beispiel in diesem Augenblick die Inspektorin, die bis vor Kurzem selbst zu Tanas' Gefolgsleuten gehörte, in unserem Wohnzimmer gegenüber. Aber ich halte den Mund, wohl wissend, dass mein *Gefasel* über Seelenjäger keine Beachtung findet. Ich habe unzählige Male versucht zu erklären, was *wirklich* passiert ist, und kein Mensch hat mich ernst genommen.

»Was ist mit diesem Jungen, Phoenix?«, fragt mein Vater, der wie ein paranoider Leibwächter dicht hinter mir steht. Seit ich nach Hause gekommen bin, hat mich mein Dad keine Sekunde aus den Augen gelassen.

»Sobald er das Krankenhaus verlassen kann, wird er in die Vereinigten Staaten abgeschoben«, informiert uns Detective Shaw.

»Was wird dort mit ihm geschehen?«, frage ich. Ich umklammere das zerbrochene Amulett in meiner Hand, seine glatte, abgerundete Form beruhigt mich und ist das einzige Andenken an meinen Guardian. Ich bin völlig verzweifelt, seit die Polizei in der Kirche aufgetaucht ist und uns beide getrennt hat. Phoenix wurde von einem Krankenwagen mit bewaffneter Eskorte abtransportiert, und seitdem habe ich ihn nicht mehr gesehen. Trotz meiner Bitten lassen sie mich ihn nicht besuchen, und anfänglich wusste ich nicht einmal, ob Phoenix seine Verletzungen überlebt hat.

»Das kann ich nicht sagen«, antwortet DI Shaw knapp. »Auf Grundlage deiner eigenen Aussagen wurde er bereits wegen Totschlags aus Notwehr angeklagt und verurteilt. Weil er jedoch noch unter das Jugendstrafrecht fällt, und angesichts der außergewöhnlichen Umstände, hat der Richter ihm eine Gefängnisstrafe erspart. Aber es ist allein Sache der US-Behörden zu entscheiden, was mit ihm nach seiner Rückkehr geschieht.«

»Phoenix hat mir das Leben *gerettet*!«, rufe ich aus. »Warum behandeln Sie ihn wie einen Kriminellen?«

Meine Mutter legt ihre Hand auf mein Knie und tätschelt es sanft. »Weil er dich entführt und jemanden getötet hat«, erklärt sie in einem empörend herablassenden Tonfall, als würde sie einer Dreijährigen die Situation erklären.

»Er hat mir das Leben *gerettet*!«, beharre ich. »Er ist mein Beschützer! Warum will mir nur niemand glauben?«

»Genna, wir *verstehen*, wie verzweifelt du bist«, versichert mir mein Dad und drückt mir die Schulter. »Du hast eine schreckliche Zeit durchgemacht, aber jetzt ist es *unsere* Aufgabe als deine Eltern, dich zu beschützen.«

Ich schüttle seine Hand ab. »Ich brauche nur *einen* Beschützer … und das ist Phoenix!«

Die Kiefermuskeln meines Vaters spannen sich und

Mum beißt sich bei meinem Ausbruch ängstlich auf die Unterlippe. Es herrscht peinliche Stille. Die Erwachsenen tauschen wissende Blicke aus.

DI Shaw räuspert sich. »Ich kann sehen, dass Sie als Familie Zeit brauchen, um zu heilen«, erklärt sie und erhebt sich mit Hilfe einer Krücke. »Aber zögern Sie bitte nicht, mich anzurufen, wenn Sie weitere Hilfe benötigen.« Bedeutungsvoll schaut sie meinen Vater an. »Wir können einige *ausgezeichnete* Post-Trauma-Berater empfehlen.«

»Danke, Inspector«, sagt Dad und schüttelt ihr die Hand. »Danke für alles, was Sie für Genna getan haben. Es tut uns so leid, dass Ihr Kollege bei diesem Autounfall ums Leben kam.«

Ich möchte ihn am liebsten anschreien. Laut herausbrüllen, dass diese sogenannte *Polizistin* ihren eigenen Kollegen ermordet hat! Aber es gibt keine Beweise: Der Autounfall hat alle Hinweise auf ihre Tat vernichtet. Außerdem scheint sich DI Shaw nach dem Tod von Tanas nicht mehr an ihr Verbrechen zu erinnern. Obwohl ich der Polizei meine Seite der Geschichte komplett erzählt habe, wurde fast alles als Wahnvorstellungen eines traumatisierten Teenagers abgetan.

»Vielen Dank, Mr Adams«, sagt DI Shaw. »Ich werde Ihr Beileid seiner Familie übermitteln. Leider ist so etwas allerdings eines der Risiken unserer Arbeit.«

Mein Dad nickt mitfühlend, dann erhebt sich Mum, um ihr ebenfalls die Hand zu schütteln und die beiden Polizistinnen hinauszubegleiten.

An der Tür dreht sich DI Shaw noch einmal zu mir um und schenkt mir ein Lächeln, das sie vermutlich für tröstlich hält.

»Genna, mir ist klar, dass du immer noch unter Schock stehst«, sagt sie freundlich, »aber schöpfe einfach Kraft aus der Tatsache, dass du diese schreckliche Tortur überlebt hast. Ich hoffe, diese Kraft wird dir in deinem zukünftigen Leben zugutekommen.«

Vermutlich ist ihr gar nicht bewusst, wie treffend ihre Worte sind, trotzdem schaudert mich, als ich der ehemaligen Seelenjägerin nachsehe, wie sie sich von unserem Haus entfernt und den Weg hinunterhumpelt.

45

»Glaubst du, du wirst Phoenix jemals wiedersehen?«, fragt Mei, während wir im Park von Clapham Common am Teich sitzen und die Enten füttern. Mein Vater hockt auf einer Bank einige Meter entfernt und bemüht sich sehr, so zu tun, als würde er die Zeitung lesen.

Ich schüttle traurig den Kopf. »Mein Traumaberater findet, Phoenix hätte einen *negativen Einfluss* auf mich, und meine Eltern haben sich seiner Einschätzung angeschlossen.«

Mei schnaubt ungläubig. »Aber Phoenix ist der einzige Grund, warum du noch am Leben bist!«

»Klar«, antworte ich, breche ein Stück Brot ab und werfe es in das Gewusel von Enten und Tauben. »Er ist auch der Grund, warum ich all meine früheren Leben überlebt habe.«

Mei hebt eine Augenbraue und wirft mir einen zweifelnden Blick zu, als wolle sie sagen: *Ernsthaft? Du bist doch nicht immer noch auf diesem Wiedergeburtstrip, oder?*

In den letzten Wochen hat mein Post-Traumaberater

versucht, meine Erfahrungen und Visionen meiner früheren Leben einfach zu erklären als einen »Bewältigungsmechanismus meiner sensiblen Psyche, durch den ich den Stress und die Strapazen verarbeite, die mit dem Anschlag, der Entführung und dem Versuch eines rituellen Mordes einhergehen«. Ich denke, für ihn ergibt das einen gewissen Sinn.

Mein Berater hat auch meine Bindung an Phoenix als unmittelbare Folge eines Stockholm-Syndroms diagnostiziert. Und ich weise zugegebenermaßen viele der entsprechenden Symptome auf – positive Gefühle gegenüber meinem »Geiselnehmer«, ein Glaube an dieselben Werte und Ziele, die Weigerung, mit den Behörden gegen ihn zu kooperieren –, doch Phoenix *war nicht* mein Geiselnehmer. Er ist mein Retter und mein Freund. Mehr als das, wir teilen eine *tiefe* Verbindung zueinander, eine Seelenverwandtschaft. Den Verlust von Phoenix erlebe ich, als würde mir ein lebenswichtiges Organ fehlen, als wäre ein riesiges Loch in mein Herz gerissen.

Als Ergebnis der professionellen Einschätzungen des Beraters, und weil meine Eltern ansonsten auf einer Therapie bestehen würden, bringe ich die Themen Wiedergeburt oder Phoenix wenn möglich gar nicht mehr zur Sprache.

Nur manchmal, wenn ich wie jetzt mit meiner besten Freundin zusammen bin, werde ich etwas unvorsichtig. Aber glücklicherweise geht sie auch jetzt gar nicht weiter auf das strittige Thema ein. Stattdessen fragt sie mich:

»Und wann wird Phoenix wieder in die Staaten abgeschoben?«

»Morgen, glaube ich.« Ich verstumme und starre auf
die Wellen des Teichs, die im Sonnenlicht glitzern. Bei
dem Gedanken, meinen Guardian vielleicht nie wieder
zu sehen, lassen Tränen meinen Blick verschwimmen.
Mein Atem stockt, ich fasse mit einer Hand an meine
Brust und spüre die Kühle des Amuletts auf meiner Haut.
Die Erinnerung an all die Opfer, die er gebracht hat, um
mein Leben – meine Seele – zu schützen, bringen mich
nur noch mehr zum Weinen.

Mei legt tröstend einen Arm um meine Schultern.
»Auch wenn es schwer ist, immerhin kannst du sicher sein,
dass dein Schutzengel überlebt hat und nach Hause zurückkehrt und nicht ins Gefängnis muss. Außerdem«, sagt
sie, »weiß man nie, was die Zukunft noch bringen wird.«

Ich setze ein Lächeln auf. Jetzt, da ich die Geheimnisse
der Wiedergeburt kenne, ist meine Zukunft ein offenes
Buch. Eines mit einem bittersüßen Ende, zumindest in
diesem Fall. Ich mag Phoenix verloren haben, aber
immerhin bin ich sicher vor Tanas und seinen Jägern. Ich
kann dieses Leben genießen, ohne dass sich sein dunkler
Schatten erneut über mich legt. Trotzdem ist mein gegen-
wärtiges Leben nur eine von vielen ungeschriebenen
Geschichten, jede mit dem gleichen gnadenlosen Böse-
wicht und einem tapferen Helden in unterschiedlichen
Gestalten. Jede mit einem noch offenen Ende. Und nur
eine der Geschichten geht mit einem rituellen Opfer aus,

das sie schließlich alle beenden wird. Genau diese Geschichte muss ich um jeden Preis vermeiden.

»Was ist mit Damien?«, fragt Mei und verscheucht eine räudig aussehende Taube mit ihrem Fuß. »Wie geht es mit ihm weiter?«

Trotz der strahlenden Sonne läuft mir bei der bloßen Erwähnung seines Namens ein kalter Schauer über den Rücken. »Soweit ich weiß, ist er wegen Entführung und versuchten Mordes angeklagt. Sein Anwalt plädiert auf verminderte Schuldfähigkeit.«

Mei runzelt die Stirn. »Wieso das?«

Ich knete eine Brotkruste in meiner Hand und lasse die Krümel auf den Boden fallen. »Weil er bei seinen Taten angeblich nicht bei klarem Verstand war, sondern unter der Kontrolle eines religiösen Sektenführers stand.« Ich schaue sie von der Seite an. »Das bedeutet: Er ist nicht uneingeschränkt verantwortlich für seine Taten.«

Mei blickt erschrocken. »Aber er kommt trotzdem ins Gefängnis, oder?«

»Ich denke schon«, antworte ich mit einem Achselzucken. »Wahrscheinlich in einen Jugendknast.«

»Gut«, sagt Mei ernst und wirft das letzte Stückchen Brot den Vögeln zu. »Hauptsache, er stellt keine Bedrohung mehr für dich dar. Und da dieser gruselige Tanas-Typ auch tot ist, brauchst du dir um ihn auch keine Sorgen mehr zu machen.«

Nein, das brauche ich nicht, denke ich. *Zumindest nicht in diesem Leben.*

46

»Komm schon – beeil dich!«, sagt Dad und scheucht mich vom Rücksitz seines silbernen Volvos.

»Wozu die Eile?«, frage ich ein wenig außer Atem, während er mich durch die Tiefgarage zu den Aufzügen schiebt. Nachdem er mich heute früh geweckt hatte, hat mein Dad mich ins Auto gepackt, sich durch den morgendlichen Verkehr gekämpft, aber ohne mir zu verraten, wohin wir fahren und warum. Ich war zu dieser gnadenlos frühen Stunde noch im Halbschlaf und habe immer noch keine Ahnung, wo wir eigentlich gelandet sind.

»Das wirst du schon sehen«, antwortet er und drückt ungeduldig den Aufzugknopf.

Sobald sich die Türen öffnen, führt er mich hinein. Ich stehe nervös neben ihm, während wir in den zweiten Stock hinauffahren. Er wirkt besorgt, knetet seine Hände und wippt auf den Fußballen. Er lächelt mich angestrengt an, hält aber meinem fragenden Blick nicht stand. Als würde er sich auf etwas freuen … und sich zugleich davor fürchten. *Was in aller Welt geht hier vor?*

Die Türen öffnen sich mit einem *Ping*, und wir tauchen ein in die geschäftige Menge aufgeregter Reisender, gebräunter Urlauber, müder Geschäftsleute, lächelnder Flugbegleiter und überladener Gepäckwagen. Schlangen von Passagieren warten ungeduldig vor automatischen Check-in-Schaltern, auf riesigen Bildschirmen werden internationale und nationale Flüge angezeigt, die an diesem Morgen in Heathrow von Terminal 3 starten.

Ich starre meinen Vater an, verwirrt und etwas misstrauisch. »Was machen wir hier?«, will ich wissen, während er mich durch die Menge führt. »Ein Überraschungstrip?«

Eine gewisse Vorfreude regt sich in mir. Abgesehen von den Beratergesprächen und ein paar Besuchen bei Mei war ich in den letzten zwei Wochen so ziemlich ans Haus gefesselt und durfte nicht einmal zur Schule.

Dad schüttelt den Kopf. »Tut mir leid, diesmal nicht.«

»Warum sind wir dann hier?«

Er lächelt breit. Doch dann trübt sich seine Miene wieder ein wenig, und erneut wirkt er fast ängstlich.

»Ehrlich gesagt, deine Mutter war in dieser Angelegenheit nicht ganz meiner Meinung«, erklärt er und schluckt sichtlich sein Unbehagen hinunter. »Ja, ich bin selbst skeptisch, aber wenn man bedenkt, wie aufgewühlt du warst und wie dankbar wir als Eltern sein sollten, habe ich beschlossen, dass du wenigstens die Chance bekommen solltest.«

Dad hält abrupt vor der Abflugkontrolle und tritt zur

Seite. Er nickt dem Polizeibeamten zu, der einen großen athletischen Jungen in Jeans, weißem T-Shirt und schwarzer Lederjacke bewacht. Verblassende Blutergüsse färben seine hohen Wangenknochen und eine kleine Narbe zieht sich über seine Unterlippe. Er stützt sich auf eine Krücke, scheint aber kräftig genug, um auch ohne sie stehen zu können. Er wirkt definitiv glücklicher und gesünder als bei unserer letzten Begegnung, seine kastanienbraunen Locken reichen ihm fast bis auf die Schultern und in seinen saphirblauen Augen funkeln Spuren von Sternenlicht.

Ich starre Phoenix eine ganze Minute lang an, kann es kaum fassen, dass er tatsächlich vor mir steht. Ich hätte nicht gedacht, ihn noch einmal wiedersehen zu dürfen! Ich schaue zu meinem Vater, mein Mund formt ein stummes *Dankeschön*, woraufhin sich sein nervöses Lächeln entspannt. Allein mein strahlender Gesichtsausdruck genügt, um ihm zu verraten, dass er das Richtige getan hat.

Phoenix ist offenbar ebenso überwältigt, mich wiederzusehen, seine Augen lösen sich keine Sekunde von meinen. Dann beginnt sich meine Welt zu drehen ...

Wir stehen gemeinsam auf dem Bahnsteig eines belebten Bahnhofs. Ich trage die weiße Uniform einer Krankenschwester und mein blondes Haar ist zu einem Dutt aufgesteckt, er trägt eine khakifarbene Armeeuniform, seine Baskenmütze in der Hand und einen Seesack über die Schulter geschlungen. Dampf umweht uns, und ich höre die tränenreichen Verabschiedungen mehrerer anderer Paare.

»*Musst du wirklich gehen?*«, *frage ich Harry, als er die Tür des wartenden Waggons öffnet.*

Er nickt ernst. »*Du weißt, ich muss. Sie rekrutieren jeden Soldaten. Es heißt, wir wollen einen großen Vorstoß unternehmen.*«

Ich nehme seine Hand. »*Mir ist klar, dass der Krieg gewonnen werden muss*«, *flüstere ich leise,* »*aber was ist mit unserem Krieg? Was ist mit den Inkarnaten?*«

»*In gewisser Weise sind sie und dieser Weltkrieg eins*«, *antwortet er mit erschöpfter, leicht resignierter Miene. Dann setzt er ein Lächeln auf und drückt mir einen Kuss auf die Wange.* »*Aber meine Pflicht hier ist getan.*«

Ich schaue ihn an, mir kommen die Tränen, als der sanfte Druck seiner Lippen sich von meiner Wange löst. »*Dann werden wir uns nie wiedersehen?*«, *frage ich und bei dem Gedanken daran zerreißt es mir fast das Herz.*

Ein lauter Pfiff übertönt seine Antwort, und der Zug macht sich abfahrbereit. Nach einer letzten Umarmung klettert Harry in den Waggon, dreht sich noch einmal um und wirft mir einen letzten Kuss zu.

»*Sag niemals nie*«, *ruft er, während der Waggon in einer Dampfwolke davonrollt…*

Der Schimmer verschwindet wie Rauch vor meinen Augen, und ich befinde mich wieder im Flughafenterminal mit seinem chaotischen Treiben, den ganzen Reisenden, die zu ihren Fliegern eilen. Inmitten dieses ständigen Kommens und Gehens wird mir klar, dass ich wie ein geblendetes Reh dastehe und ihn immer noch anstarre.

»Phoenix«, schluchze ich und renne in seine offenen Arme.

Als ich ihn umschlinge, zuckt er kurz zusammen. »Vorsicht«, stöhnt er. »Ich bin noch nicht wieder ganz gesund.«

Sanft löse ich meine Umarmung, aber er hält mich weiter fest. In seiner Gegenwart fühle ich mich endlich wieder *ganz*.

Wiedervereint mit einem wichtigen Anteil meiner selbst. Ich weiche ein wenig zurück, schaue ihm tief in die Augen, und erneut erlebe ich diesen merkwürdigen und doch zutiefst vertrauten Magnetismus.

»Wie geht es dir?«, frage ich, während er sein Gewicht auf der Krücke verlagert.

»Bestens«, antwortet er mit ehrlichem Grinsen und einer Spur von Draufgängertum. »Die Ärzte meinen, ich hätte sehr viel Glück gehabt. Im Knie habe ich einen Bänderriss, aber es ist nichts gebrochen. Und durch die Stichwunde im Bauch wurden keine lebenswichtigen Organe verletzt. Bei entsprechender Ruhe und Pflege sollte ich innerhalb weniger Monate wieder völlig fit sein.« Er nimmt mich bei der Hand. »Aber, was noch wichtiger ist, wie geht es dir?«

Angesichts des frischen Schimmers aus dem Zweiten Weltkrieg – der mir wieder einmal deutlich bewiesen hat, dass ich früher schon gelebt *habe* – antworte ich: »Mir geht es gut … Aber niemand will mir meine früheren Leben glauben, oder dass du mein Guardian bist.«

Phoenix streicht mir zärtlich eine Locke aus dem Gesicht. »Genna, es ist völlig egal, ob sie es dir glauben oder nicht. Alles, was zählt, ist, dass du nicht mehr gejagt wirst. In diesem Leben bist du nun sicher.«

Ich nicke, getröstet durch seine Worte. »Aber ich brauche dich immer noch an meiner Seite. Ohne dich fühle ich mich verloren«, gebe ich zu. »Nur *du* verstehst, wer ich wirklich bin.«

Sein Blick wird weich, es liegt eine traurige Zärtlichkeit darin, ein Akzeptieren dessen, dass sich dieser Moment schon häufig zwischen uns abgespielt hat und er das Ergebnis bereits kennt. Und tief im Inneren kenne ich es auch.

»Unsere Lebenswege scheinen sich für Erste zu trennen«, sagt er sanft. Er legt seine Handfläche auf mein Brustbein, genau dort, wo der Guardian-Stein liegt. »Aber ich werde nie weit von dir sein.«

Bei seinen Worten schmilzt mein Herz, und zugleich schmerzt es angesichts des Abschieds. »Wie kann ich mich mit dir in Verbindung setzen?«, frage ich. »Hast du eine Handynummer? E-Mail?«

Phoenix schüttelt traurig den Kopf. »Du weißt, was ich über Technik gesagt habe – ich vertraue ihr nicht.«

»Wohin gehst du jetzt?«

»Zurück nach Hause, hoffe ich.« Er wirft einen raschen Blick auf den Polizisten. »Sofern die Behörden es mir erlauben.«

»Und wo genau ist zu Hause?«

Er runzelt die Stirn. »Ich hatte in diesem Leben schon viele Zuhause, aber ich schätze, Flagstaff, Arizona, ist mein Heimatort. Dort wurde ich geboren. Oder vielleicht hänge ich ein bisschen am Strand von L. A. ab. Die Sonne und das Surfen werden mir guttun.«

»Du surfst?«, frage ich, begierig, einen kleinen Einblick in das Leben zu bekommen, das er geführt hat, bevor er mich fand.

»Ein bisschen«, antwortet er bescheiden.

»Hast du das in einem früheren Leben gelernt?«

Lächelnd schüttelt er den Kopf. »Nein, in diesem. Obwohl ich mir nicht sicher bin, wie diese besondere Fähigkeit mir helfen wird, dich in einem zukünftigen zu beschützen, es sei denn, Tanas käme irgendwann einmal als Hai zurück!«

Ich lache zum ersten Mal seit langer Zeit, und mir fällt auf, wie entspannt ich bei Phoenix bin. Wie sicher ich mich in seiner Gegenwart fühle, selbst wenn nun gar keine äußere Gefahr mehr droht. Wir plaudern weiter wie die alten Freunde, die wir ja tatsächlich sind, wobei ich die meisten Fragen stelle und so viel wie möglich über ihn herausfinden möchte, damit ich mir vorstellen kann, wie er nun bald in Amerika leben wird. Aber die kurze Zeit, die wir zusammen haben, scheint in Sekundenschnelle zu verfliegen, und der Polizeibeamte greift allzu bald an Phoenix' Arm.

»Eben wurde das letzte Mal zum Boarding aufgerufen«, erklärt ihm der Beamte.

»Nein!«, flehe ich und will meinen Guardian nicht gehen lassen. Ich blicke verzweifelt zu Phoenix. »Werde ich dich *jemals* wiedersehen?«

»Natürlich wirst du das«, antwortet Phoenix lächelnd, während er durch die Sicherheitsschleuse eskortiert wird. »Wenn nicht in diesem Leben, dann im nächsten.«

**Wie Gennas und Phoenix'
Geschichte weitergeht ...**

LESEPROBE
aus Soul Prophecy,
Band 2 der der Soul-Trilogie

Prolog

Los Angeles, Gegenwart

Mit heulender Sirene und Blaulicht bahnt sich der Krankenwagen einen Weg durch den Verkehr, während die Sonne über Huntington Park versinkt. Das Fahrzeug fährt scharf an die Bordsteinkante, die Türen fliegen auf und zwei Sanitäter springen heraus.

Auf dem Gehweg liegt ein lebloser Körper.

Die beiden Sanitäter drängen sich durch die Menge der Schaulustigen und eilen zu einem muskulösen Mann in schickem Anzug und mit dunkel getönter Brille, der seine Hände fest auf die Brust des Verletzten drückt. Blut rinnt ihm zwischen den Fingern hindurch.

»Alex ist angeschossen worden!«, knurrt der Mann mit einem verzweifelten und zugleich fest entschlossenen Ausdruck in seinem wettergegerbten Gesicht.

Einer der Sanitäter, eine junge Frau mit zu einem straffen Pferdeschwanz gebundenem, kupferrotem Haar, deren Namensschild sie als BAILEY ausweist, kniet sich hin, um den Verletzten zu untersuchen. Der Mann im Anzug löst seine Hände von Alex' Brust und tritt rasch zur Seite, damit die Sanitäterin ihre lebensrettende Arbeit tun kann.

»Jeweils eine klare Eintritts- und Austrittswunde ... schätzungsweise Kaliber 9 Millimeter ... erheblicher Blutverlust. Legen wir schnell ein paar Druckverbände und eine belüftete Wundversiegelung an.«

Der zweite Sanitäter, ein älterer Mann mit säuberlich gestutztem Bart, rasiertem Schädel und dem Namensschild CARTER, reißt sofort ein Paket mit sterilen Verbänden auf und kümmert sich um die Wunden.

»Alex, können Sie mich hören?«, fragt Bailey, aber sie erhält keine Antwort. Sie checkt die Vitalfunktionen des Verletzten, während ihr Partner eine Infusion vorbereitet, um überlebenswichtige Flüssigkeiten zuzuführen. »Der Verletzte atmet nicht mehr«, ruft sie und beginnt sofort mit der Herzmassage.

Carter zieht einen tragbaren Defibrillator aus seinem Notfallkoffer und bringt zwei Elektrodenpolster an der Brust des Verletzten an. Sobald das Gerät hochgefahren ist, piept der EKG-Monitor in einem schnellen und unregelmäßigen Rhythmus.

»Herzstillstand«, ruft Carter. Gleich darauf, als eine rote Kontrollleuchte aufblinkt, warnt er: »Zurücktreten!«

Bailey zieht ihre Hände weg, bevor der Defibrillator einen Stromschlag auslöst. Alex' Körper zuckt leicht, aber die Kurve auf dem EKG-Monitor spielt weiterhin verrückt, bevor sie vollständig zu einer Nulllinie ausläuft. Während der Monitor unheilvoll brummt, nimmt die Rettungssanitäterin sofort die Herzmassage wieder auf –

Alex beobachtet diesen Kampf um sein Leben unbeteiligt von oben – als ob das alles jemand anderem widerfahren würde. Tatsächlich wirkt der Mann mit dem maßgeschneiderten blauen Anzug und der Sonnenbrille wesentlich beunruhigter. Er spricht schnell in sein Mobiltelefon, einen zutiefst besorgten Ausdruck auf seinem markanten Gesicht. Wie war noch mal sein Name? Clive, stimmt's? Nein, nicht Clive, Clint!

Aber im Gegensatz zu Clint fühlt Alex keine Sorgen, keinen Schmerz und keinen Kummer mehr. Nach all den Kämpfen und Belastungen seines Lebens ist dieses Gefühl der losgelösten Ruhe wohltuend ... und sogar willkommen. Die Verbindung zwischen Körper und Seele ist jetzt kaum mehr als ein feiner Silberfaden in der wachsenden Dunkelheit.

Während Alex auf die beiden Sanitäter herabschaut, die sich verzweifelt um seine Wiederbelebung bemühen, erscheint ein helles, warmes Licht am Ende eines langen Tunnels. Von dem Licht angezogen, lässt Alex seinen Körper auf dem Bürgersteig zurück und schwebt den Tunnel entlang, wobei der Silberfaden, der Seele und Körper verbindet, immer dünner und dünner wird ...

»Adrenalinspritze!«, kommandiert Bailey, und ihr Partner beugt sich hektisch über seinen Koffer, um die richtige Spritze zu suchen. »Beeilung ... oder wir verlieren den Patienten endgültig!«

In der Ferne ist jetzt das Heulen von Polizeisirenen zu hören, die sich aus allen Richtungen nähern, während Bailey mit einer Kombination aus Brustkompressionen und Mund-zu-Mund-Beatmung fortfährt.

Ihr Partner zieht die Kappe von der Spritze, sucht eine geeignete Vene, dann injiziert er das Stimulans, um das Herz in Schwung zu bringen ...

Die spannungsgeladene Szene auf dem Bürgersteig verblasst langsam, die Farben und Geräusche werden schwächer, bis die beiden Sanitäter und ihr Patient kaum mehr sind als ein stummer Schwarz-Weiß-Film, der in der Ferne flackert. Alex driftet immer weiter den Tunnel entlang, das weiße, himmlische Licht wird mit jedem Augenblick heller und lebendiger.

Doch als sich das Ende des Tunnels nähert, blockiert ein langer, spindeldürrer Schatten das Licht.

Alex zögert, er kennt die Seele nicht, die da plötzlich vor ihm auftaucht. Hallo? Kenne ich dich?

Nein!, ertönt eine barsche Antwort. Aber dein Ende ist mein Anfang.

Mit beängstigender Geschwindigkeit huscht der Schatten auf Alex zu, verschlingt alles Licht und erstickt seine Seele in einer allumfassenden Dunkelheit ...

»Immer noch keine Reaktion«, verkündet Carter, nachdem er eine zweite Adrenalinspritze injiziert hat.

Erschöpft und am Ende ihrer Optionen sieht sich Bailey gezwungen, die Wiederbelebungsmaßnahmen abzubrechen und den Patienten noch am Unfallort für tot zu erklären.

Der Mann im Anzug flucht und schleudert in einem Anfall von Wut und Trauer sein Telefon zu Boden.

Dann – gerade als Carter die Pads des Defibrillators entfernen will – ertönt aus dem Monitor ein schwaches Piepen.

»Warte, wir haben einen Herzschlag ...«

Dank

Es beginnt ein neues Kapitel in meinem Leben und ein neues Abenteuer für meine treuen Leser! Zuerst möchte ich mich bei *euch*, liebe Leser, dafür bedanken, dass ihr mir von »Young Samurai« über »Bodyguard« bis zu dieser Serie gefolgt seid; und ein großes Willkommen an alle neuen Leser, die zum ersten Mal dabei sind. Ich hoffe, ihr genießt diese actiongeladene Reise durch die Zeitalter und seid bereit für den zweiten Band der Soul Hunters im nächsten Jahr!

Ich möchte Mary, der dieses Buch gewidmet ist, meine ewige Dankbarkeit aussprechen. Es ist so wunderbar, dich wiedergetroffen zu haben, meine alte Freundin. Danke, dass du mir bewiesen hast, dass meine Ideen manchmal mehr Fakt als Fiktion sind, und danke auch für all deine Fürsorge, Freundlichkeit und Heilung.

Meinem Agenten Charlie Viney danke ich für die ständige und unerschütterliche Unterstützung und den Glauben an mein Schreiben. Dies ist *die* Buchreihe, auf die wir stetig hingearbeitet haben!

Meiner Herausgeberin Emma Jones danke ich für ihr

hervorragendes redaktionelles Auge, ihre Ideen und ihren Enthusiasmus für »Soul Hunters« – es ist so gut, auf der gleichen Wellenlänge zu liegen; Sarah Hall, die das Manuskript geschliffen und poliert hat, für ihre unglaubliche Arbeit; und natürlich meinem ständigen Leitstern bei Puffin: Wendy Shakespeare. (Sie dürfen niemals gehen!)

Besonderer Dank an Philippa Luscombe und Andy Hitt für ihre redaktionelle Fachberatung zum Thema Reiten und medizinische Nofallversorgung. Ebenso an Pippa Le Quesne für ihren frühen Beitrag zum ersten Entwurf. Camilla Kenyon dafür, dass sie alle meine Veranstaltungen an Schulen mit Effizienz und Hingabe begleitet.

A Marcela, por ayudar a sanar mi alma y mi corazón. Solo te deseo felicidad en esta vida.

Meiner lieben Mum und meinem lieben Dad für ihre Liebe, Unterstützung, Anleitung und ihr Vertrauen in alles, was ich tue.

Dank auch an meine beiden Jungs, Zach und Leo; dass ihr beschlossen habt, mit mir zusammenzuleben, ist ein wahrer Segen für mich. Ihr seid zwei der strahlendsten Seelen, die in meinem Leben leuchten, und ich liebe euch von ganzem Herzen. Ich bin und werde immer euer Guardian sein.

Und schließlich Dank und Liebe an meine geliebte verstorbene Nan, deren Geschichte diese Serie inspiriert hat.

Wir sehen uns – in diesem oder einem anderen Leben!
Chris

Autor

Chris Bradford recherchiert stets genau, bevor er mit dem Schreiben beginnt: Für seine »Soul«-Trilogie bereiste er die ganze Welt, um die im Buch vorkommenden Kulturen kennenzulernen – so lebte er zum Beispiel mit afrikanischen Stämmen in Simbabwe, wanderte auf Inka-Pfaden und meditierte in einem buddhistischen Tempel in den Bergen Japans. Seine Bestseller wurden in über fünfundzwanzig Sprachen übersetzt und haben mehr als dreißig Kinderbuchpreise und Nominierungen erhalten. Chris lebt mit seinen beiden Söhnen in England.

Von Chris Bradford sind bei cbj erschienen:

Soul Prophecy (Band 2; 17573)
Soul Survivor (Band 3; 17574)
Bodyguard – Die Geisel (Band 1; 40275)
Bodyguard – Das Lösegeld (Band 2; 40276)
Bodyguard – Der Hinterhalt (Band 3; 40315)
Bodyguard – Im Fadenkreuz (Band 4; 40316)
Bodyguard – Der Anschlag (Band 5; 40350)
Bodyguard – Die Entscheidung (Band 6; 31205)
Super Bodyguard (40365)
Ninja (31259)

Mehr über cbj auf Instagram unter @hey_reader

Chris Bradford

BÖDYGUARD

Der 14-jährige Martial-Arts-Experte Connor Reeves entspricht
nicht gerade dem, was man sich unter einem typischen Bodyguard
vorstellt – und genau deshalb ist er so hervorragend geeignet für seinen
neuen Job: Er wird für eine geheime Einheit hochprofessioneller junger
Bodyguards angeworben, die jugendliche Stars und die Kinder superreicher
Eltern begleiten sollen. Denn wer könnte sie unauffälliger beschützen als
ein Gleichaltriger? Nach einem gnadenlosen Training heißt es dann für
Connor Reeves bei seinen brandheißen Aufträgen:
Und Action!

Die Geisel
Band 1, 480 Seiten,
ISBN 978-3-570-40275-7

Das Lösegeld
Band 2, 480 Seiten,
ISBN 978-3-570-40276-4

Der Hinterhalt
Band 3, 448 Seiten,
ISBN 978-3-570-40315-0

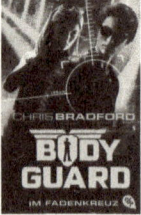
Im Fadenkreuz
Band 4, 480 Seiten,
ISBN 978-3-570-40316-7

Der Anschlag
Band 5, 350 Seiten,
ISBN 978-3-570-40350-1

Die Entscheidung
Band 6, ca. 350 Seiten,
ISBN 978-3-570-31205-6

30344_6

www.cbj-verlag.de